保大叔的故事

张 琨 陈国栋 / 著

山东文艺出版社

图书在版编目（CIP）数据

保大叔的故事 / 张琨，陈国栋著—济南：山东文艺出版社，2021.1
ISBN 978-7-5329-6252-5

Ⅰ.①保… Ⅱ.①张… ②陈… Ⅲ.①报告文学—中国—当代 Ⅳ.① I25

中国版本图书馆 CIP 数据核字（2020）第 211947 号

保大叔的故事
BAODASHU DE GUSHI
张 琨 陈国栋 著

主管单位	山东出版传媒股份有限公司
出版发行	山东文艺出版社
社　　址	山东省济南市英雄山路 189 号
邮　　编	250002
网　　址	www.sdwypress.com

读者服务	0531-82098776（总编室）
	0531-82098775（市场营销部）
电子邮箱	sdwy@sdpress.com.cn

印　　刷	山东泰安新华印务有限责任公司
开　　本	700 毫米 × 1000 毫米　1/16
印　　张	21.5
字　　数	200 千
版　　次	2021 年 1 月第 1 版
印　　次	2021 年 1 月第 1 次印刷
书　　号	ISBN 978-7-5329-6252-5
定　　价	68.00 元

版权专有，侵权必究。如有图书质量问题，请与出版社联系调换。

序　岁月峥嵘最忆时

见证了新中国成长发展壮大的李保忠同志，1952年地质部组建时，就成为地质队伍中的一员，1994年离休，今年87岁。在他的地质生涯中，大部分时间是在野外地质队为从事地质找矿的地质队员做保障工作和工会工作。在他的身上体现出来的"公家的事为大的家国情怀，倾情尽心为地质职工服务的工作态度，乐观开朗积极向上"的特点，今天看来弥足珍贵。

1985年，李保忠同志到云南省地矿局调研工会工作时我们就认识了。1994年3月，中国煤矿地质工会在山西省太原市的西山矿务局召开年度工作会议。我作为云南省地质工会主席参加了会议，会议决定由云南省地质工会举办一期工会干部学习《中华人民共和国劳动法》的培训班。刚办完离休手续的中国煤矿地质工会地质工作委员会主任的李保忠再三叮嘱我："来自全国地质系统的工会干部参加培训，人多规模大，一定要注意安全。"弹指一挥间，我与在地矿系统官称"保大叔"的李保忠相识已有36年了，尽管我俩的年龄相差26岁，但一直能够做到每年见面一两次。尤其是保大叔离休后去加拿大温哥华女儿处居住的时间相对多一些，但他每次回到祖国我们都会见面，聊聊各自的所思所想所见所闻。时间长了，我对保大叔所经历的时代发展、岁月沧桑和他的故事有了更多的了解，也特别敬重他矢志不移地为地质事业的发展、为野外地质职工热情尽力服务的持久和认真劲。他放弃留在地质部机关工作的机会，坚持要到野外地质一线工作。自1980年到1994年他在中国煤矿地质工会工作的14年中，他到过全国495个地质队中的428个。为了解决地质队员的孩子上学和农转非的问题，以及地质队基层工会经费留用问题，他深入调研四处奔波，用心用情说服并感动了主管部门。他和妻子在结婚后的第二天就天各一方，分居长达25年。3个孩子的童年、少年时期，他都没有陪伴他们成长，以至于李保忠的大儿子李小卫（中国地质调查局的处级干部，已退休）50多年从没叫过他一声"爸爸"。直到2009年的除夕，李小卫的儿子李想从国外留学回来，在全家吃团圆饭时，李想当着全家人的面，端起一杯红酒站起来说："在座的亲人们！今天是年三十，我爷爷奶奶从加拿大回来，我也从美国回来，我提议大家举杯，请我爸爸管我爷爷叫一声爸爸！"沉默了许久的李小卫手举杯中酒，对着李保忠，大声地叫了一声："爸爸！祝您福寿绵长，永远健康！"就是这一声迟来的"爸爸"感动了全家，让李保忠激动地流下了幸福的泪花。这个故事让人动容。事后，这个真实的故事在地矿部机关广为流传。

2017年12月的一天，保大叔从温哥华回来，在聊天过程中，我就动员他，将自己一生从事地质工作的历程梳理一下，既可以让自己的晚年生活丰富多彩一些，同时也可以使读者通过他的人生经历，从另一个侧面了解我国地质事业发展的历史。当时，我就想到"保大叔的故事"这一主题。在我的动员说服之下，保大叔应诺了。2018年春节后，中国自然资源作家协会安排我和从贵州六盘水113地质队来驻会的青年作家张琨，共同完成"保大叔的故事"的采访资料收集和创作工作。经过两年多的采访创作，形成了现在这部书稿。

全国总工会能源化工煤矿地质工会的领导了解到我们正在创作《保大叔的故事》一书，给予了极大的关注和支持，一同商议出版事宜。中国自然资源作家协会的作家陈廷一为本书的创作提出了很好的建议。如今，《保大叔的故事》的书稿即将提交出版社，手捧书稿阅读修改之时，保大叔的笑容不时在我脑海中出现，保大叔的身影不时在我眼前闪过。

岁月峥嵘最忆时，完成本书稿的最后修改定稿时，李保忠同志荣获由中共中央、国务院、中央军委颁发的"庆祝中华人民共和国成立70周年纪念章"。这是党和国家对他们这一代人的褒奖。与保大叔相识相知的36年，我的体会是：岁月静好更忆情。期盼着这本书能够早日与读者见面，更期盼我与保大叔每年聚两次的惯例一直持续下去。

以上体会是为序！

陈国栋　中国作家协会全委会委员
　　　　中国自然资源作家协会主席

2020年9月30日

目 录

序　岁月峥嵘最忆时　　　　　　　　　　　　　1

引言　　　　　　　　　　　　　　　　　　　　1

第一章　地质部的年轻人　　　　　　　　　　　5
　　一　立志　　　　　　　　　　　　　　　　7
　　二　投身地质　　　　　　　　　　　　　　12
　　三　地质部的前身今世　　　　　　　　　　18
　　四　李保忠所知道的李四光　　　　　　　　31
　　五　李保忠眼中的何长工　　　　　　　　　38

第二章　童年时光　　　　　　　　　　　　　　43
　　一　十年私塾　　　　　　　　　　　　　　45

二　日寇蹄铁下的北平 ………… 49

　　三　难忘的1948年 ………… 55

　　四　解放前后的北平城 ………… 62

第三章　与妻子的三次约定 ………… 67

　　一　婚前约定 ………… 69

　　二　相约 ………… 78

　　三　密约 ………… 82

第四章　东海探宝 ………… 83

　　一　尽快摸清成矿规律 ………… 85

　　二　1.5吨的单体水晶的发现 ………… 90

　　三　放弃组织照顾的婚假 ………… 93

　　四　地质部的慰问 ………… 98

　　五　60年后再聚东海 ………… 100

第五章　凤阳地质队的往事 ………… 107

　　一　地质队员之死 ………… 115

　　二　和狼的斗争 ………… 122

　　三　迟来的电报 ………… 123

第六章 河北省物探大队的往事 ……… 127
  - 一 为职工谋福利 ……… 131
  - 二 苦练基本功,为职工争取应享受的福利 ……… 134
  - 三 人性化的措施深受职工拥护 ……… 140

第七章 做职工的贴心人 ……… 155
  - 一 艰苦的物探工作 ……… 160
  - 二 地质找矿工作有一双"眼睛" ……… 163
  - 三 702号支农仪器 ……… 171
  - 四 劝人戒烟的故事 ……… 175
  - 五 唐山遇地震 ……… 179

第八章 改革开放后的地质工会工作 ……… 187
  - 一 哭出来的工会经费 ……… 192
  - 二 解决地质队员子女上学难 ……… 197
  - 三 特批一台电视机 ……… 204
  - 四 不爱家宴爱食堂 ……… 209
  - 五 丰富多彩的文体活动 ……… 213
  - 六 世界上最好听的歌——《勘探队之歌》 ……… 215
  - 七 坚持原则 ……… 218
  - 八 "三光荣"精神的见证者 ……… 220

第九章　三次巡回演出 227

　　一　1986年大西北地区慰问演出 229

　　二　1990年东北地区慰问演出 260

　　三　1992年华东地区慰问演出 273

　　四　"三光荣"精神永远闪光 286

第十章　旅居加拿大 293

　　一　坚持做到"五不忘" 295

　　二　创建温哥华老年华人协会 299

　　三　维护祖国尊严 303

　　四　坚守政治规矩 305

　　五　终于盼来大儿子叫声"爸爸" 308

　　六　被加拿大联邦政府授予先进人物称号 311

　　七　身在异域，心系祖国 314

　　八　向捐献藏石的愿望 317

第十一章　美好的未来 321

　　一　钻石婚的感言 323

　　二　展望地质事业的明天 326

李保忠大事记 327

引 言

  进入位于北京南礼士路的全国总工会家属院,楼道管理员问我们找谁,我们说找李保忠。他稍作迟疑,说:"喔,找保大叔啊!"我们连忙说:"对对对,找保大叔。"在基层地质队、部机关,关于保大叔的称呼和保大叔的故事我们早有耳闻,没想到在全国总工会的家属院,年轻的楼道管理员也这样称呼他。

  保大叔名叫李保忠。新中国的诞生,召唤着年轻人"到边疆去、到最艰苦的地方去,到祖国最需要的地方去"。1952年,中央人民政府地质部顺势而生,李保忠在祖国的召唤下,立即投入刚成立不久的地质部工作,直至离休。常年的野外地质工作,李保忠深知地质职工疾苦,在他从事地质工会工作后,他以关心地质职工为己任,积极为地质职工做好事,谋幸福,解决地质队员的后顾之忧。在地质系统,无论老少,大家都亲切地叫他——保大叔。

  进入李保忠家,屋内陈设仍是20世纪80年代的风格,虽老旧，却不失庄重古朴——淡蓝色的沙发，垫布绣有牡丹、鸳鸯、金鱼的图案；桌椅家具是用黑色老漆漆的，经过岁月的打磨，泛出质朴的光泽。李保忠说，这些都是和老伴正式居住在一起后，才置办的家具。李保忠结婚后的第二天，他就告别新婚的妻子随地质队奔赴野外，从此两地分居长达25年。直到1980年，经中央组织部特批，将他从一个基层地质队调到全国总工会中国地质工会工作，他才和爱人在同一个屋檐下生活，结束了劳燕分飞、鸿雁传书的生活。

八仙桌上盖着厚沉的玻璃，一如历史的厚重感，玻璃下压着不同时期的照片。这些照片上，李保忠中等身材，英气勃发，剑眉星目。岁月的淘洗，并没有让眼前这位老人精神疲惫，他的话语中气十足，以至于我们在埋头记录时，恍若不是同一位耄耋老人在交谈。目光从照片上的他移到面前的他才发现，曾经俊逸的脸庞，平添了不少岁月的沟壑。那些往事，在时光中沉淀下来，历久弥香。

老式铝制水壶里的水烧开了，"呜呜"地叫着，本想帮忙做点什么，老人示意不用。一位85岁的老人，行动还如此自如，精神还如此神采奕奕，按照李保忠自己的话，"是在野外地质队锻炼出来的"。只见他在厨房里忙碌了一阵儿，端了两杯茶出来，递给我们。端着这暖暖的茶杯，窗外阳光穿过有些年代的窗户，洒在八仙桌上，氤氲的茶汽在眼前像云雾般流动。李保忠看着这有些年头的照片，讲述起背后的故事。这恰如其分的光线、茶汽、老照片，似乎和眼前的讲述相融一体。风轻云淡的环境里，适宜听沧海横流的故事。

在他的讲述中，我们留心到两个数字：42、25。这是两个枯燥的数字。如果在每个数字后，再加以年，在历史的长河里，也只是沧海一粟。可是，在一个人身上呢？李保忠参加地质工作42年，从事地质工会工作25年。一生中最宝贵的时光，他都献给了热爱的地质事业和工会工作。人生有几个42年？有几个25年？毛主席说，一个人做件好事并不难，难的是一辈子做好事。李保忠就是这样一个人。几十年如一日地为职工谋福利、做实事、做好事。

李保忠结婚第二天即告别新婚的妻子离开地质部机关奔赴野外。为了工作，他与妻子三次约定，目的是使他能安心野外工作。两个儿子出生，他没能在妻子身边照顾，更何况平日的陪伴。为此，他的大儿子始终不叫他爸爸。失去这些天伦之乐的背后，却是他为野外地质职工做出的贡献：他走访了全国495个地质队中的428个。在大量调研的基础上，他发现并解决了地质队亟需解决的大量现实问题——解决了高度流动的地质队员子女可挂靠城市亲戚读书问题、解决了地质队职工家属看病报销问题、争取了地质工会经费留用问题。他还三次带领地质部业余文艺演出团慰问西北、东北、华东地区的地质队和感谢慰问当地政府对地质工作的关心和支持。

他赢得了大家的尊重，却听不到孩子叫他一声"爸爸"。

我们敬重这样的长辈，李保忠这一代人的身上，自然流露出的品质，高贵而朴素，平凡而伟大。

地质队是找矿的队伍，地质队员翻山越岭，为的是给祖国找到富饶的矿藏。而他们在为祖国寻找矿藏中所表现出来的精神，何尝不是我们这个时代需要挖掘的精神。

地质找矿的实践证明，"一支找矿成果丰硕的地质队伍，身后都有一个坚强有力的党团工会组织"。地质队伍要稳定，首先地质队员要稳定。地质队员要稳定，工会就得要给力。可以这样说，我们现在正在享受的各项物质成果，天上飞的、地上跑的、海里游的，甚至一块小小的芯片、随手不离的手机，都离不开地质队员的贡献，当然，也就离不开那些在背后默默无闻的工会工作者的付出。

李保忠的一生究竟有些什么故事？他为地质队员做了些什么？话得从1952年的秋天说起……

第一章

地质部的年轻人

一　立　志

李四光的亲笔签名

1952年10月2日,北京的空气里已经有一丝薄薄的凉意,风一阵阵地席卷着街道上的落叶,行人中有的已经穿上厚实的中山装。天安门前举行国庆庆典的铁流硝烟味似乎还未散去,人们还沉浸在国庆节日的喜悦之中。有三年历史的新中国首都北京,处处弥漫着水泥及泥土味,天安门城楼前望出去,工厂烟囱、塔吊林立,呈现出首都建设的一派新气象。

天安门西侧的中山公园中山堂正在召开亚洲及太平洋区域和平会议,出席这次大会有宋庆龄、郭沫若、彭真、刘宁一等社会各界著名人士和国际人士三百余人。李保忠和他的同事作为会议工作服务人员已忙活了好多天。这是新中国成立后第一次在北京举办的国际性会议,其意义的重要性不言而喻。经过多天的忙碌,会议圆满结束后,在中山公园中山堂举行联欢会,代表们纷纷合影、相互签名留念。此时，李保忠见到一位神采奕奕、风度儒雅的长者。李保忠知道他是与会代表，心想一定是位名人，就有了要签名的想法。在小心翼翼地把笔记本递给他时，那长者打量着李保忠，和蔼地询问了他的职业、年龄，同时将签上名字的笔记本递还给李保忠，勉励他好好工作，为新中国的建设做出贡献，说完长者微笑着大步流星走开。长者的和声细语仿佛还在耳边萦绕，李保忠定睛一看，笔记本上写着三个苍劲有力的字——李四光。

李保忠心头为之一震，他知道李四光是世界著名的地质学家，在周总理的亲切关怀下，他冲破西方和台湾国民党的层层阻挡，不远万里回到祖国。他回来不久就被任命为"中国地质工作计划指导委员会"主任和中国科学院副院长，刚刚又被任命为新成立的地质部部长。有了他的回归，新中国的地质事业一定会取得辉煌的成就。让李保忠没想到的是，他不仅亲眼见到这位爱国的地质学家，自己的小本子上还留下了他的签名。越想心情越激动，李保忠走出联欢会热闹的会场，找到一个僻静之地，静静品味着李四光和他交谈的点滴，盯着"李四光"三个字出神。

"嘿！嘿！快过来，有事。"同事的呼喊才使他回过神来。

从那天起，李保忠一直在回想李四光对他说的话。晚上回到宿舍，他躺在床上不停地翻开笔记本看李四光的签名。他已深深被李四光折服。李保忠不停地在想："国家需要建设，建设需要各类矿产资源，地质工作就是寻找矿产资源的。我要像李四光那样，为祖国建设做出贡献。"18岁的李保忠把李四光

第一章 地质部的年轻人

签名的小本捂在胸口，暗下决心："要投身地质工作，要把一生献给祖国地质事业。"

最可爱的人

要投身祖国社会主义建设的想法，李保忠不是这时才有的。早在1951年国庆期间，李保忠在华北军区招待处当招待员时，接待了中国人民志愿军国庆观礼代表团。在和崔建国、郑起、杨连弟等英雄模范近一个月的朝夕相处，每天为他们热情服务的日子里，李保忠多次聆听这些英雄模范在朝鲜战场上为了保家卫国、不怕牺牲、英勇杀敌的事迹报告。这激发了他心灵深处对中国人民志愿军无比的热爱，发自内心地将中国人民志愿军视为"最可爱的人"。

每当李保忠跟随"英模"报告团，去学校、到社会上做英雄事迹报告时，他每听一次，都受到一次深刻的教育。特别是他看到会场里听报告的人和他一样听得那么动情，每每听到志愿军战士在冰天雪地里和敌人赤身搏斗，子弹打光了，拼刺刀，杀得敌人死尸遍地，丢盔卸甲，望风而逃；以及战友们在防空洞里，吃一口炒面、含一口雪的时候，

1951年，李保忠在华北军区招待处的工作照。

容纳千人的大礼堂，静得没有一点声音，主席台前排有人放茶缸的声音都能听到。所有的人无不盛赞这些最可爱的人。报告会结束的时候，往往是齐唱《志愿军战歌》。那歌声，慷慨激昂，听得李保忠热血沸腾，李保忠觉得自己虽不能像志愿军将士那样为保卫祖国流血，但一定要为建设祖国流汗！

每每听完演讲回来，李保忠都和战友们讨论那些战斗故事细节，大家都不禁为之感动。战友小王这时念起了《谁是最可爱的人》："亲爱的朋友们，当你坐上早晨第一列电车走向工厂的时候，当你扛上犁耙走向田野的时候，当你喝完一杯豆浆、提着书包走向学校的时候，当你安安静静坐到办公桌前计划这一天工作的时候，当你向孩子嘴里塞着苹果的时候，当你和爱人悠闲散步的时候，朋友，你是否意识到你是在幸福之中呢？你也许很惊讶地看我：'这是很平常的呀！'可是，从朝鲜归来的人，会知道你正生活在幸福中。请你们意识到这是一种幸福吧，因为只有你意识到这一点，你才能更深刻了解我们的战士在朝鲜奋不顾身的原因。朋友！你已经知道了爱我们的祖国，爱我们的领袖，请再深深地爱我们的战士吧，他们确实是我们最可爱的人！"

战友小陈打断小王说："得了！有本事你也上战场去。"

"不是没机会嘛。"小王嘟囔道。

李保忠也在思考。这阵子听了这么多英雄事迹，又和这些最可爱的人亲密相处了那么久。李保忠认为，男儿就应该像这些最可爱的人一样，报效祖国！

那些最可爱的人终究要回朝鲜了，要回到那个属于他们的战场了。李保忠似乎有些不舍。"他们去了那边还能不能平安回来？不过英勇的志愿军战士是战无不胜的。"李保忠安慰着自己。

经过近一个月和这些英雄模范的相处，令李保忠最难忘的是，他和登高英雄杨连弟成了好朋友。当杨连弟要重返朝鲜战场前夕，他哥哥从天津来看他，杨连弟也将李保忠叫来和他哥哥见面相识。就是在这次见面时，杨连弟将身上所有的人民币全部给了他哥哥，并将一张写有杨连弟名字的照片给了李保忠，并对李保忠说："好弟弟，这阵子你们为我们服务很辛苦，谢谢你和你的战友。"

"连弟同志，听了你们的事迹报告，我深受鼓舞。只恨我自己不能和你们一样到战场杀敌立功，但我要永远记着你们英勇杀敌保家卫国的精神，希望你们早日凯旋！"万万没有想到，这次竟是他俩生死两别的谈话。他回到朝鲜战场前线不久，在一次抢修半山腰的铁路时，被美帝国主义的飞机轰炸牺牲。他的牺牲，更加激励李保忠我没有为解放祖国和保卫祖国流血，我要为建设祖国流汗。

二　投身地质

请调申请书

决心下定了，李保忠开始着手以他的方式报效祖国。他的目标是要到祖国最艰苦的地方去、到祖国最需要的地方去，虽然不能像志愿军战士那样为祖国流血，但一定要为祖国流汗。

1952年8月，李保忠从华北军区招待处复员到苏联专家招待处工作。这是一个相对舒适的工作单位。但自从和李四光相见后，他的心思就一直向往从事地质工作，到祖国建设需要的地质队去。为此，李保忠向招待处领导递交了一份请调申请，要求到刚刚成立的地质部去工作。报告递交上去后，一直没有回音。于是李保忠就找到领导，表明自己的决心。一天早上，领导对他说："小李啊，想法很不错。但是建设新中国，哪里不需要人啊？我们苏联专家招待处就不需要人吗？你有一定的文化水平，上次突击学习俄语，你学得就很好，招待处现在就需要你这样的人才。再说了，在北京待着哪里不好啊？"领导坐在藤椅上，双手拿着李保忠的请调申请，一边看一边打量着李保忠，不时用手扶一扶脸上那副粗镜框的眼镜。

"所长，我认为现在祖国建设需要大量矿产资源，地质工作就是寻找矿产资源的，工作虽然艰苦，好男儿应志在四方。"李保忠不知道从哪来的底气，竟在领导面前大讲了一通，同时将自己遇见李四光，李四光为他签名的经历也做了汇报。

领导见李保忠如此坚定，陷入了沉思。这时，李保忠觉得空气似乎都要凝固了。沉默了一会儿后，领导开口了："这样吧，小李。你先回去，我帮你问问。你想去，别人不见得就非要你呢，你说是吧。"

李保忠退出了领导办公室，但心里很忐忑。虽然北京的秋景是很美的，天很蓝，李保忠望着蓝天，心情却没有应景开心，他总觉得领导语气似乎不对，如果不同意呢？李保忠好几天都寝食不安。

他走后，领导拿起电话："您好，请接地质部人事司……"

走进地质部

1952年12月20日，李保忠接到了地质部人事司通知，让他到人事司来一趟。当天，李保忠就来到西单皮库胡同地质部人事司报到。接待他的是人事司干部管理科科长赵奎位。一杯热水送到他面前，并递上一张表让他填。李保忠小心翼翼填写着，生怕填错哪个地方，不时问一问那位赵科长，那里该怎样填。

重温1952年12月跨入地质部大门的一刻。

赵科长始终微笑回答着,一张表足足填了十多分钟。

"你对工作有什么要求?"赵奎位问。

李保忠不假思索回道:"我要到野外地质队,成为一名地质队员,没有其他要求。"

"好的,我们知道你的想法了,等上级研究后再通知你。"赵奎位说。

临走前,李保忠喝了一口热水,看着赵科长微笑的面容,想到即将加入地质这个大家庭，心里无比兴奋。

离开地质部后，李保忠天天盼望着到地质队报到的通知，可一连等了很多天都没有消息。李保忠焦灼地等啊，春节也没过好，心里惦记着事，觉也睡不好，生怕事情黄了。

过完春节后的2月25日，李保忠收到了地质部人事司的通知，要他到人事司去。接待他的还是赵奎位。他说："李保忠同志，根据你的个人志愿，结合实际需要，部里研究决定，安排你去内蒙古大青山地质队工作。这是一支新组建的队伍，也是你们大有作为的地方。"

"坚决服从安排，什么时候出发啊……"李保忠有些激动地问。

"队部驻地现在处于大雪封山期，和气象部门联系后，他们反馈，3月上旬将回暖。所以部里定的出发时间是3月5日，你回去做好准备，出发那天先到这里，拿上介绍信和车票出发。"

听到这，李保忠的心仿佛已经飞到了茫茫的大草原，心里激动得不得了，以至于自己是怎么出的地质部大门都不清楚。他来到天安门广场，在毛主席的像前，端正地鞠了一个躬，向毛主席辞行，准备开始新的征程。

告别母亲

这一周，李保忠觉得过得既慢又快。慢，是因为他盼望着早日到祖国的边疆去，到祖国最需要的地方去建功立业，他恨不得立马就出发。快，是因为这些天李保忠都在陪妈妈。妈妈对他到外地工作的事情没有说什么,可毕竟是母亲啊,儿行千里母担忧。但他知道妈妈是深明大义的人,旧社会时,妈妈就坚持要他读书学知识,给他讲岳飞抗金的故事,希望李保忠有朝一日为国家效力。"妈妈含辛茹苦把自己抚养大,工作后还没好好尽过孝心呢。"回忆起自己的母亲,李保忠感叹道。

那段时间,李保忠把家里的水缸都挑满,砍来的柴禾堆得像小山高,陪妈妈说了很多话却感觉怎么说也说不够。妈妈这些天陆续给李保忠收拾行李、准备干粮、缝缝补补。出发前一晚,妈妈和李保忠一边说话一边缝衣服。李保忠不知不觉睡着了,半夜迷迷糊糊醒来,透过煤油灯光看见妈妈在微光中缝补着衣服,李保忠叫了一声:"妈,您还没休息?"只见妈妈转过脸去,做了一个抹鼻子的动作,啥也没说,"嗯"了一声。李保忠不禁鼻子发酸,眼泪涌出,灯光里的妈妈变成了无数个妈妈,闪耀着星星般的光芒。李保忠那晚是蒙着被子睡的。

留部工作

出发那天,李保忠背着大包小包到了地质部人事司。进门后,赵奎位接待了他。李保忠心已经在绿皮车厢上,去祖国需要他的路上了。但科长的一席话把李保忠的心拉了回来,科长一杯热水递到李保忠面前:"保忠同志啊,上次你填的登记表,领导看过了。"赵奎位停顿了一下接着说:"字写得很好啊!现在我们科正缺一个工作人员,经领导研究后决定,以后你就在咱们科工作,你坐的凳子就是以后你的办公凳,你身旁的桌子就是你以后的办公桌了……"和科长的沟通中,李保忠得知,原来人事司领导看了李保忠填写的登记表后,认为这个小伙子字写得不错,部里正缺人手,可以留下来做文书工作。

李保忠多年后回忆起那一幕,很难说清楚是什么心情:科长接下来的意思是结合李保忠的工作经历和部里需要,李保忠就从一名工勤人员转为国家干部了,直接留在部机关工作了。

可是报效祖国到野外地质队的理想呢?李保忠欲说又止,科长看出他的想法,说道:"服从组织决定。你想到野外地质队工作的想法,以后会有机会的。"就这样,李保忠开始了他在地质部机关工作的经历。

不久,地质部成立建房办公室,李保忠就调到了这个办公室。

三　地质部的前身今世

地质部建部初期的家底

　　1952年9月2日，在西单十字路口以西路北约200米的原旧刑部街西单剧场，召开了"庆祝中央人民政府地质部成立大会"。会后，一块象征新中国地质工作最高领导机关——"中央人民政府地质部"的牌子便悬挂在了西四南兵马司胡同9号院门的左侧。这幢三层高的楼，总共面积不到3000平方米，就是地质部的第一幢大楼，可见地质部成立之时家底之薄。

　　回忆起建部初期的地质部，李保忠不胜感慨道，那个时候地质部的家底很薄啊，可以毫不夸张地讲，当时全国的地质家底，还不如现在一个省级地矿局的家底。

　　李保忠说，成立地质部是李富春同志向中央建议的，由陈云同志直接抓的。当时国家正在制定社会主义国民经济第一个五年计划，很多想上的项目上不了，原因就是缺乏地质矿产资料依据。地质情况不明了,矿产资源不清楚,就无法设计工程项目。当年毛主席曾说:"地质部是地下情况的侦查部,它的工作做不好,一马挡道,万马不能前行。"1949年12月,新中国成立仅几个月,毛主席出访苏联期间,亲自为留苏地质学生题写了"开发矿业"的题词,足见毛主席和国家领导人对地质工作的殷切期望。

1950年9月,李四光还在归国路上,新中国就成立了由政务院财政经济委员会和文教委员会共同领导的地质工作计划指导委员会。但这还是难以承担地质事业发展和扩建地质队伍的任务,因此,决定在这个指导委员会的基础上组建地质部。

李保忠回忆起地质部建部前后的基本情况:

建部前,中央只有一个地质工作计划指导委员会,仅对各地地质调查单位进行协调、指导,不具备管理职能。委员会本身只有20多个干部,直接指导的单位只有:财经委员会下属的地质勘探局,办公地址位于西四兵马司胡同原"北平地质调查所";南京地质勘探分局;中国科学院下属的地质研究所、古生物研究所。

这4家单位,其中后3个单位都位于南京,除此之外还有个别省份设有地质调查机构。

地质部成立后,立即着手统一各大区及省一级的地质调查队伍。由部里直接抓的6个重点直属队有:庞家堡的221队、白云鄂博的241队、铜官山的321队、大冶的429队、白银厂的641队、渭北的642队。

新中国成立初期的地质专家,据统计只有200余人,这就是大家常讲的"二百个老头"。临近建部时，又陆续增加了一些大学毕业的地质专业学生，加上之前的，总共也就300多人。这些就是新中国地质工作的全部技术骨干。在其他干部方面，之后原重工业部改组，大部分干部分流到了一机部、二机部和改组后的重工业部，地质部也分到了一部分，地质部党组书记、副部长何长工，就是在原重工业部改组时带着25个干部来到地质部工作的。

建部后，何长工对地质工作提出了三条要求，第一条就是抓干部。何长工和中央组织部千方百计协调增加新生力量，得到了很多有经验的老干部：江西袁州专区撤销时，专区120多名干部全部调给地质部；察哈尔省撤销时，原省直机关500多名干部也调给了地质部。后又在全国大学毕业生中分配来了100多名应届毕业生，有地质、采矿、物理、化学、测量、土木、财经等专业，各方面技术力量得到了加强。

建部时，地质部没有一个厂，连基本的地质罗盘都不能生产。进行地质调查、探明矿产储量，没有先进机械装备，原来各种仪器装备均从苏联进口，只能临时应急，长期下去是不行的。

地质部第一个厂是何长工亲自抓的，由时任供应司司长张彦文具体负责，在北京天桥附近搞了一个小厂子，主要用来修复损坏的钻机。当时地质部在东北、华北地区所拥有的钻机，建部当年年初只有18台，还是旧的，后来陆续添置了一些，可迫于相应的人才匮乏，管理配套跟不上，建部当年也只开动了40余台。1952年，地质部决定在张家口办一个装备制造厂。这个厂原来是张家口铁路工厂，有相当长的历史和一定的规模，是铁道部当时的一个大厂。经何长工和时任铁道部副部长、解放军铁道兵副司令员吕正操协调,铁道部把这个厂划给了地质部。这个厂后来改造成钻机制造厂,1954年投产,仿制300米、500米钻机,后来发展成为自行设计生产钻机主机的骨干制造厂。接下来,地质部分别在衡阳、上海、无锡、天津、重庆、北京、武汉先后组建了探矿机械、工具、仪器厂。可以说,地质装备生产工厂遍地开花。从1957年起,地质部开始生产自己设计的钻机,结束了仿制进口钻机的历史。在组建这些厂的时候,地质部得到了当时铁道部、文教部、财政部和其他部门以及地方的支持。地质部是相当感激的,也是铭记在心的。后来,地质部也应其他部需要,将武汉探矿机械厂支援四机部,20世纪60年代,地质部的直属工厂还承担过支援越南的军工生产任务。

随着地质事业的发展,地质队伍规模的扩大,地质部原来2000多平方米的办公楼和分散办公的司、局,已不能满足工作的需要,于是建设新的部机关大楼就提上了议事日程。

成立建房办公室

地质部建部时各司局的分布大致情况是:

人事司和供应司在西单皮库胡同办公,资料局在安定门外六铺炕,财务司和教育司在丰盛胡同,行政司虽也在兵马司胡同,但也不和部机关在一个院。

为了让司、局能在一起办公,以提高工作效率,部党组决定另选新址建造部机关大楼,同时兴建中国地质博物馆。

1953年3月,地质部建房办公室成立,李保忠从刚去不久的人事司干部管理科调到了建房办公室工作。

正当建房办公室积极着手新办公楼选址工作时,国家机关推出了"四部一会"办公楼的筹建计划。"四部一会"即:地质部、冶金部、第一机械工业部、第二机械工业部、国家计划委员会。计划这4个部和国家计委合用一个办公楼,主体为国家计委。由于房屋不够分配,地质部另选新址在西四兴建,即现在的自然资源部机关所在地。

为什么要选在西四兴建地质部的办公楼呢?据说时任地质部副部长的何长工同志出于三点考虑:一是要和中国地质博物馆同时兴建,这里交通较为方便,便于群众参观。二是这里曾是清朝重臣吴三桂小妾陈圆圆的后花园,动迁居民较少。三是这里所占用的面积中,有三分之二的地方是由一支部队驻防的。按照当时规定,国家机关征用国家土地房产不需要缴纳任何费用。

新址选定后,即开始动员搬迁,当地居民在建设新中国的号召下,积极配合搬迁。当时的拆迁,只需要给居民和他原来所住房屋大小相当的房屋,再给予一定搬迁补助费即可,在郊区如占用农民的耕地,一般耕地每亩赔偿费为100元,菜地每亩为300元。土地被征用后,家庭中的青壮劳动力由政府安排适当的工作。在这些政策的引导下,居民动迁,征用农民土地,一般都是很顺利的。

但是也有个别农民经历了旧社会的苦难,刚刚分到属于自己的土地,不愿意再折腾。这时候李保忠和同事们就要去做农民的思想工作，讲解国家经济建设的需要，动员他们让出土地。一次不行再次。每次上门结束，离开农民家时，都要将水缸挑满，庭院打扫干净。这是李保忠所在的"建房办"工作人员必做的事情。农民也会留他们吃饭，但是李保忠和同事们坚决不吃，有时还会捎上一些食物送给他们。偶尔需要临时借用老百姓的家做仓库存放物资，也会给一定的经济补偿。农民看到有些物资的包装上面并不是中文，也会好奇地问一下是什么？李保忠就向他们介绍，这是苏联援助中国的经济建设所需的资料。农民看到如此重要的资料，没有地方放是不行的，又看到李保忠他们如此尽心尽力的工作，慢慢地开始理解他们，经过一段时间的动员，农民最终同意将所需要征用的土地全部转让给了国家。

李保忠还记得在原地质部大院西头有一个破旧的尼姑庵，里面还住着一位尼姑。经动员她愿意还俗，国家发给路费，并出具证明让她返回原籍。

唯一遇到的麻烦，是占用这个大院的华北军区某部汽车团。团长是一位经历过长征的老红军，有资历、有功绩，以此地便于开展工作为由，不愿迁离此地。一般的工作人员上门做动员，要么避而不见，要么被他轰走，严重影响了地质部机关的基建工作的进展。地质部建房办公室就此事向何长工做了汇报。据说何长工到中央军委了解了这位团长的经历，该团长竟是何长工在井冈山革命战争时期的警卫员。不几日，一纸命令下到老红军团长手中。团长接到命令，按要求及时撤离，并将营区打扫得干干净净。

陈圆圆的后花园

现在的自然资源部机关坐落在西四路口西南,阜成门外大街以南,羊肉胡同以北。这里曾经是吴三桂爱妾陈圆圆的后花园,时过境迁,到建部时,这里已经是荒芜的断壁残垣。名为花园,却早已没有奇花异草、楼亭水榭和假山趣石,深宅闺房也荡然无存,只在东、西两头分别留有两个年久失修的凉亭,分别建在一米多高由岩石筑起的高台上。凉亭柱子红漆早已脱落,顶端的柁檩还能看到一点点斑驳的彩画痕迹。破旧的凉亭周围还生长着一些榆树、槐树。由于建筑需要,这两个凉亭被拆除了。

李保忠见证了这两个凉亭的拆除,1954年春天,两个凉亭同时拆掉。拆除时,每个凉亭顶部都拆出来4个大小相当的银元宝,长度5—6厘米,高度约为3厘米,宽度约为2厘米,拿在手里很沉。李保忠不敢怠慢,急忙将元宝送到部建房办。领导当即要李保忠将银元宝送交国库,即设在西交民巷的中国人民银行总行。

在工人拆除凉亭时,在其中一个柱子底下与柱基的结合部,发现了一个活着的小金龟。这应该是当年建造凉亭时放进的,其用意是保此建筑长久安全。据此推算,金龟已在柱子底下存活了300多年了。在场的人说,原来封建社会达官显贵的宅地,在兴建时都要暗放镇宝之物和活物,以此保安全。

李保忠回忆,当年拆除时,凉亭中好的、可用的材料,送到了京西三大寺之一的西峰寺,作为地质部疗养院建房之用。

西峰寺原来是荒废的庙宇，是地质部用位于南池子大街附近的一个四合院置换来的。这个四合院原来是民国时期北平市长的宅子，解放后收为国有。何长工到地质部工作后，将此作为地质系统干部职工疗养之用。现在京西三大寺，西峰寺、潭柘寺、戒台寺，除西峰寺因为是部里的疗养院没有开放外，其余两个寺都对外开放，香火常年不衰。

地质宿舍没离开"马"，地质部机关离不开"羊"

地质部机关大楼连同地质博物馆于1956年全部建成，后来接着在羊肉胡同以南建造了李四光讲学堂，开辟了地质部机关的南门。随着时光的流逝，讲学堂已改为北京人人皆知的地质礼堂，地质部的大型活动、文艺表演都在此举行，也放映电影对外开放。如果有人问地质部在哪里，可能有人不知道，但是提到地质礼堂，几乎无人不知。直到现在地质礼堂仍坚持对外放映电影，市民仍然可以来此观看。

谈到地质部建房办公室的经历，李保忠曾编了一首顺口溜，反映当时的建房现状：

地质部成立要建房，东边建在百子湾，西边建在百万庄，部机关建在市中央。先建博物馆，后建大礼堂，职工宿舍没离开"马"，部机关离不开"羊"。

东边百子湾是地质部东郊仓库所在地，当时是在荒凉的空地上，突兀地建立起的一片库房，主要用于存放苏联援助的地质图纸和其他设备物资。

西边的百万庄是当时地质部的东专业馆和西专业馆，主要做地质科学研究用的，1959年改为地质部地质科学研究院，1975年更名为中国地质科学院至今。

"先建博物馆，后建大礼堂"顾名思义很好理解。

"职工宿舍没离开'马'，部机关离不开'羊'"是什么意思呢？先说"马"，当时职工宿舍之一是位于菜市口东的骡马市大街一栋名叫"康豫楼"的二层楼房；二是位于兵马司胡同老地质部机关南院；三是位于阜成门外的马尾沟，马尾沟是当年地质部宿舍建设最多的地方。骡马市大街、兵马司胡同、马尾沟，都带有马字，所以李保忠说，职工宿舍没离开"马"。

再说"羊"，地质部北边是阜成门内大街，新中国成立初期叫羊市大街，地质部南边是羊肉胡同，羊市大街（1956年更名叫阜成门内大街）和羊肉胡同在部机关的以北以南，所以李保忠说，部机关没离开"羊"。

60多年过去了，地质部机关的大门经过多次改建，挂在大门口的牌子也曾多次变更：

  中央人民政府地质部
  国家计委地质局
  国家地质总局
  中华人民共和国地质部
  中华人民共和国地质矿产部
  中华人民共和国国土资源部
  中华人民共和国自然资源部

李保忠说，后来的国土资源部以及现在的自然资源部的办公地点，实际上就是原地质部的办公地点。国土资源部组建时，是由地质矿产部、国家土地管理局、国家海洋局、国家测绘局共同组建的，其中国家海洋局、国家测绘局是副部级单位。国家土地管理局也是副部级单位，管理指导各省的土地管理局，再层层到乡土管所，是纯粹的行政单位。而地质矿产部成立伊始就是正部级大部，不仅要管各省地质局，还要带一支庞大的地质找矿队伍、科研机构、大中专院校、生产工厂。到现在仍然保留地质名字称呼的还有中国地质调查局、中国地质博物馆、中国地质图书馆、地质礼堂、地质出版社以及2000年划给教育部管理的中国地质大学等。自然资源部部机关东边的地质博物馆、南边的地质礼堂仍然是现名。所以说，不论是国土资源部，还是现在的自然资源部，都没离开地质的影子。

"每个时期的名称是当时历史的见证。"面对地质大院的现状，李保忠说："相信在党和政府的关怀下，随着改革的推进，现代科学技术水平的提高和先进的地质找矿手段的不断发展，地质事业一定会迎来更加辉煌的明天。"

难忘的一次出差和市内的一次送急件

1953年的一天，正在地质部建房办公室忙碌的李保忠，接到领导通知，出差到沈阳订购一个建筑上急需的要件。为此，地质部为他准备了介绍信，信上盖有地质部的正方形公章和李四光的方印。当时政务院以及省、部一级的章都是方的,只要见到方章,说明是省部一级单位的用公章。

一路旅途奔波,在沈阳下了火车,李保忠就奔辽宁省政府接待站去。接待站工作人员一看介绍信,知道是政务院部委派来的,即安排李保忠入住省政府招待所。李保忠进房间一看,是一个很大的套房,有里、外两间房,里间是卧室,外间是会客厅,还有独立卫生间,卫生间里还有浴缸。李保忠从未住过这样的套间,连忙问服务员住房价格,服务员回答:"入住这里的房价每天是9元,餐费一天1元。"李保忠心想,虽然这些费用都不用自己出,但自己作为一个为人民服务的国家机关工作人员,就应该厉行节约,住简单一点,只要卫生、安全,能节约为什么不节约点呢。于是李保忠向接待站工作人员提出了不住政府招待所的要求。他找到一个供销社招待所住下了,供销社招待所住宿价格只要3元钱一天,吃饭一天只几毛钱。就这样,明明不用自己掏一分钱就可以享受好一点食宿条件的李保忠,为了给国家节约,就住到了外面的一般招待所。

第二天,事情办完已是傍晚下班的时间。李保忠本可以在沈阳继续住一晚,待次日再乘火车赶回北京,可是李保忠认为单位工作本来就很忙,留宿一天,占用工作时间,还会产生一定的食宿开支。如果当天晚上乘坐火车第二天上午到北京,还可以继续上班。于是李保忠立即买了连夜回北京的火车票。当时沈阳到北京的火车,不比如今的高铁不到4个小时就可以到达,而是需要18个小时!不仅旅途时间长,拥挤的绿皮火车票也不好买。为赶时间,李保忠没买到座位票,只好买站票。在

第一章 地质部的年轻人

人挤人的绿皮车里从晚8点一直站到第二天的中午11点到了天津。站那么长时间的确很累，李保忠见一节车厢有空位就坐下了，心想总算是可以休息一下了。他看着窗外路基旁的树，仿佛长了腿，拼命在向后奔跑，火车头不时发出高昂而深沉的鸣叫。坐在座位上的李保忠，听着火车轮子发出的、有节奏的"咣当"声，眼前树影的晃动让李保忠的眼睛疲倦了，不一会就合上眼打起盹来。正当李保忠美滋滋睡得正甜时，被一阵摇晃叫醒，睁开眼一看，原来是一位女列车员。列车员要求查看李保忠的车票，李保忠照办。看过之后，列车员问李保忠："你为什么坐这里？""我站了10多个小时实在太累了，看到这里有空位，就过来坐了一会儿。""你没看见这是母子车厢吗？"列车员指着车厢上部挂着的牌子说。原来，李保忠坐的是火车上专门给带有孩子的哺乳妇女乘坐的母子车厢。列车员接着问："你是哪个单位的？""地质部的。""你有工作证吗？""有！"李保忠拿出工作证给了她。"你这样是不对的，如果人人都像你一样，那这个母子车厢不全部被人挤满了。"李保忠坐下时，并未注意自己坐的是母子车厢，心里也羞愧万分，对自己的行为连连自责，向列车员道歉后就离开了。

  回到部机关的第3天，一封"批评信"寄到了地质部，上面说了李保忠到母子车厢休息一事。对此，部机关责成建房办对李保忠进行严厉的批评。为此，李保忠还作了深刻的检查。对此，李保忠当时还是难以接受的，明明自己是为国家节省开支，连夜乘车赶回来上班才到母子车厢去休息，自己是出于一片公心，况且自己并不知道那里是母子车厢，也没有什么不纯的目的和动机。事后，李保忠也慢慢想通了，如果人人都不遵守规矩，或者说，为国家付出了一些辛劳，做出了一些牺牲，就有特权思想，那国家岂不是乱套了。一方面在为国家着想，节约经费，另一方面又在破坏国家规章制度。所以，李保忠把这次批评作为终身难忘的教训，并在自己的一生中时时提醒自己。

　　还有一件事让李保忠记忆深刻。部里建房工作需要，要送一封急件到位于府右街的中央人民政府政务院。信封封口处盖着几个红色的封章，信封上写着的收件人是：习仲勋秘书长。李保忠接到任务时已经是上午11点半了，明晃晃的太阳罩着大地，大热的天，谁都不想挪一挪。虽然地质部机关到府右街的路不是很远，为了争取在中午12点下班前把文件送到，李保忠骑上自行车就奔府右街去。为赶时间，李保忠骑得很快，快到目的地时，没注意到地上有一块石头，自行车前轮被石头硌了一下，飞快的速度在阻力作用下，车头一摆，李保忠重重地摔在地上。李保忠忍着疼痛爬了起来，拍掉身上的灰，骑上自行车继续前进，急匆匆到了目的地。接待人员看见李保忠气喘吁吁赶来，忙倒上一杯水。李保忠上气不接下气地掏出信件，交给工作人员，指着信封上的名字，喘了几口大气说："同志，请把信交给习仲勋同志！"李保忠歇了一会儿，喝了几口杯里的水，就返回了地质部。

四　李保忠所知道的李四光

在地质部，李保忠不时会见到李四光。每次见到，李保忠都会望着这位把他引进地质部的、60多岁精神矍铄的老人，有时见到他，是在大院里踱着步子，仿佛在思考什么问题，有时是在走廊擦肩而过，李保忠会立正向李四光说一声"部长好"。李四光会微笑着看着他和身边人，举起手回答："好！好！"仿佛记得他。李保忠很想告诉李四光，正是因为他给自己的签名，才使自己走上地质这条大道。但为了不打扰他，只是静静地注视着他，欣赏这位博学多才的长者举手投足间的风度。

李保忠在地质部机关工作3年多的时间里，常常从和他一起成长的发小李德良那里听到有关李四光的故事。李德良的父母多年来在李四光家里做家务工作。李保忠自第一次见到李四光后，就很关注李四光各方面的情况。他这位发小得知李保忠在地质部工作，便有意无意地将从他爸爸妈妈那里听来的有关李四光的消息告诉李保忠。李德良告诉李保忠，李四光的爱人叫许淑彬，对在家里工作的服务人员很关心，看见李德良的父亲冬天衣服单薄，就将李四光的毛衣送给他。李四光和爱人许淑彬也常常对服务人员嘘寒问暖，谁家要是有什么困难，都会慷慨相济。家中服务人员对李四光夫妇都很尊敬。

李四光名字的由来

　　李四光原本也不叫李四光，叫李仲揆。后来为什么叫李四光呢？李四光当年在武昌高等小学就读时，成绩名列前茅。当时学校有规定，成绩在前五名的，可以官费到英、美、法、德或者日本留学，李四光得到了去日本留学的机会。到填护照表格时，李四光误把年龄填在了"姓名"一栏，写了"十四"两个字。表格只有一张，又不能涂改，于是李四光只好将"十"字加上一撇一捺，下面加个"子"字，为"李"。想到叫"李四"不太好听，就又在后面加了个"光"字，认为好男儿志在四方，且都要发出耀眼的光！从此以后，在求学、教书、从事地质工作，李四光一名果真如名字本身，名扬天下，都知道李四光，而不知道他原名李仲揆。

李四光的归国经历

　　李四光归国的传奇经历，李保忠更是听得津津有味。1948年，李四光作为当时中国地质学会代表，到英国伦敦参加世界地质学会第十八届会议。在这次大会上，李四光发表了体现他最新研究成果的论文——《新华夏海的诞生》。这篇论文动摇了传统地质学理论，轰动了欧洲。大会结束后，李四光在英国伯明翰大学读书的女儿李林考虑到父亲身体不好，将李四光夫妇接到位于海边的伯恩默思养病。当年11月初，李林拿了几份英国报纸，兴高采烈地回到家告诉李四光和家人沈阳解放的消息。李四光看了高兴得不得了，说："祖国要解放了，我们要尽快回到祖国，建设新中国。"于是他们立马着手回国事宜。那时船票需要提前半年预定，李四光夫妇马上订了回国的货轮船票，船票上的开船时间是1949年8月。

不仅如此，李四光知道国民党反动派当局要将位于南京的地质研究所迁往台湾。他专门发了一个电报，要求研究所千万不要迁到台湾，设备资料应该尽快装箱，存放在安全保密的地方，人员也不要离开上海、南京一带。接着他又写了一封很长的航空信，详细地谈了电报里的意见。不久，国民党当局高官朱家骅、傅斯年到地质研究所要求搬迁，所里人把李四光的信件给二人看。朱、傅二人见他们留意已决，设备资料也被收藏好，加上时局混乱，也顾不上深究。

不久后的一天傍晚，李四光在伦敦的老朋友、画家凌淑华突然打来电话。凌淑华焦急地在电话中告诉他说："台湾方面已经给驻英大使馆拍来一封转交给你的电报，要你立即发表一个公开声明，拒绝接受新中国政治协商会议第一届委员会委员的职务，否则，就把你扣留在国外……"

李四光挂完电话后愤怒地在屋里踱步。他拿定主意说："不能再等船票了。我先走，连夜赶到普利茅斯港去。那里是货港，没有客船。而且从那里渡船到法国路远浪大，不会引起国民党反动派特务的注意。"他转向夫人说："你先在这里等我，等我找到安全的地方，我们再联系、会合，一同回国。"一切准备妥当，李四光便坐在桌前，给驻英大使馆写信：

> 中华人民共和国是我多少年来日思夜想的理想国家，中央人民政府政务院是我竭诚拥护的政府。我能当选为中国人民政治协商会议全国委员会的委员，我认为是莫大的光荣……你们不要再为此事来找我，我已经启程回国……
>
> ——李四光

就这样，这位时年60岁的老人写完信，没吃晚饭，趁着月色，冒着风高浪大的危险，连夜渡过英吉利海峡，开启了他艰难漫长的回国之旅。

国民党的大使馆果然派人来找李四光，一同带来的还有5000元美金。来人把来意说明，美金奉上，果然和凌淑华打来电话说的意思一模一样。李四光夫人当即拒绝，并将李四光临走时留下的信交给来人。

两星期后，在剑桥大学女儿住所处，许淑彬收到了李四光从瑞士巴塞尔城寄来的信，为防止特务查到他的下落，信封上地址是特地用左手写的。在剑桥居住的两个星期里，许淑彬遇到一位去捷克参加世界和平大会的中国在英留学生。他转来了从新中国派来参加该会的代表给李四光的一封信，信中内容是欢迎李四光尽快回国参加新中国建设。

李林和许淑彬赶到巴塞尔，根据地址找到李四光居住的旅馆，却发现李四光不在。旅馆老板说一早上就看见他外出，说是去看地质现象去了。见到李四光后，许淑彬将英国留学生转来的信件给李四光看了，李四光很激动，他们决定尽快动身。

在瑞士，李四光夫妇与女儿分了手，于1949年12月踏上了回归祖国的旅程。经过两个多月的海上航行到达香港后，李四光的一位老同学来接李四光夫妇，并带来了中华人民共和国政府欢迎李四光回国的电报。不久，政府派来的接洽人员与李四光取得了联系。当时的香港，国民党反动派特务活动还很猖獗，为能顺利回到祖国，李四光还不能公开露面，便先住在海边一个叫石鳌的偏僻地方等待时机。时机成熟后，李四光乘坐一艘去天津的英国客轮回国，不料途中被国民党反动派逃跑时沉没在海中的船戳破了一个洞，无法前行。他只得改为陆路，经深圳、广州，先到上海、南京作短暂停留和工作后，回到了北京。

李四光，一位60岁的老人，心里装着中国，装着中国人民，一路上经历千难万险，终于回到祖国参加新中国的建设，所以李四光夫人回忆说，李四光的晚年是奋斗的晚年。

这些故事都感染着李保忠以及当年的地质工作者，都认为自己应该像李四光一样，为国家建设、为地质工作奉献自己的所有。

吃素的李四光

李四光是吃素的，至于吃素的原因，不是因为吃斋念佛，而是因为留学途中生病,这一次生病,差点要了他的命。1902年,春暖花开的季节,李四光因为学习优异,在武昌高等小学名列前茅,得到去日本公派学习的机会。离家前,李四光回到黄州府黄冈县的家乡和家人及父老乡亲辞行。家乡父老为他饯行,席上准备了一些肉和甲鱼。李四光的童年,家庭很贫困,很少吃到这些东西,在去日本的船上,李四光开始闹起肚子来。李四光是穷学生,乘坐的是低等舱。低等舱位于船底部,潮湿闷热。船的颠簸,加上吃了甲鱼不消化,一路上李四光上吐下泻,一直到日本还泻个不停。又因为拮据,他去不了医院。幸好两名中国同行学生借了钱给他,李四光才得以去看病。到日本医院检查后,结论是得了痢疾,加上是域外来的,日本当局就把李四光隔离在传染病医院,过了好一阵子情况好转后才解除隔离,但还时常复发。日本医生根据他的情况,嘱咐他,尽量不要吃荤。从此,李四光就吃了一辈子素,最多吃一些蛋类,因此大家常说:"李四光只会吃不会叫的东西。"

爱拉小提琴的李四光

李四光平时生活简朴,衣着也很朴素,除留一套毛呢料的中山装参加国家和地质部的一些重要活动外,平时都是的确良的、朴素的中山装,缝缝补补。可在李四光朴素的外表下,却有着一颗爱好艺术的心。除了工作外,李四光最喜爱的事情莫过于拉小提琴了。那是李四光在英国留学期间学会的,是李四光平时工作劳累之后最好的休息。只要李四光在,李德良的父母就能听到悠扬的小提琴声。李四光夫人许淑彬也是因为音乐与李四光结缘的。李四光当时任北京大学地质系教授，许淑彬当时是北京女子师范大学附中的英文和法文老师，同时也在北京女子师范大学教钢琴。在教育行业的一次募捐会上，两人分别演奏小提琴和钢琴，因此认识。后来经常在一起交流音乐，合奏乐曲，两人就是在这个时候慢慢产生情愫的。李四光在欧洲学习期间作了一首小提琴曲——《行路难》，据说是中国小提琴作曲第一人。在李四光与夫人许淑彬相伴的近50年时间里，两人琴瑟和鸣，相互理解支持，相濡以沫，是爱情婚姻家庭的模范。

五　李保忠眼中的何长工

李四光是地质部部长，但是部里很多日常性、事务性的工作实际上是地质部党组书记、副部长何长工主持的。地质部组建时，李四光已经是63岁的老人。1958年，李四光光荣地加入了中国共产党，那时他已经是69岁的高龄了。而何长工到地质部时只有51岁，是周恩来、邓小平等在法国勤工俭学的同学，是一位参加过大革命，参加过秋收起义的革命老战士。何长工创办过红军大学，负责过国家军事工业和重工业，由他出面协调各方面工作，会方便很多。况且，还要保证李四光有一定的时间从事科学研究。

何长工负责很多具体工作，征地建房这样的大事更是需要亲自出面协调。建房办公室就是何长工分管，李保忠见到他的机会就要多一些。为了增加"建房办公室"人员的工作效率，何长工争取到一批捷克产的自行车，作为公用每人一辆。这些工作人员上下班和工作都骑着从国外进口的自行车，这在当时是很风光的事。前面提到李保忠给习仲勋送急件骑自行车摔倒就是骑的这种自行车。

早年北漂

何长工早年就曾与北平结下过缘分。早在1918年,何长工作为刚恢复的留法预备班人员,从湖南甲种工业学校毕业,北上北平半工半读,做留学前的准备。算起来,何长工年龄虽比李四光小11岁,可到北平却比李四光还早了两年。

这次北上北平工读,也是何长工第一次出远门。刚到北平,一种奇特现象引起何长工注意:给外国人赶马车的车夫和一般车夫穿着不一样,外国人要求给他们赶马车的车夫必须穿着清朝一品官员的朝服,以此讽刺中国清朝官员的无能。何长工心中种下了要为中国的崛起而奋斗的思想。

到了北平,何长工被派到位于西南方向的长辛店留法高等法文专修馆工业科,这是当年留法勤工俭学的预备班之一。在这里,何长工半工半读,一边紧张地进行出国前的学业准备,一边在铁路上做工自给。在北京一年多时间里,何长工两次见到了毛泽东同志,那时毛泽东同志来看望留法勤工俭学的预备班人员,了解他们在长辛店学习工作情况,同大家谈天下时局和传播马克思主义。其中有一次还是坐在何长工的铺上,同大家交流讨论。毛泽东只比何长工大7岁,时年26周岁。但是,毛泽东讲的话,大家都觉得很精辟。毛泽东表现出来的谈笑自若以及高度的政治修养,让何长工等人深为钦佩,给大家留下了很深刻的印象。何长工原名叫何坤，"马日事变"后，"马日事变"的发动者许克祥将他与几位革命者列为"大暴徒"，悬赏捉拿。正是有了在长辛店工作经历，出于隐蔽身份需要，毛泽东对他说："你在长辛店铁路做过工，就叫何长工吧。"意为永远做人民的"长工"。

在北平期间，何长工参加了五四运动，当时学生分为三路，一路是到赵家楼批判曹汝霖。一路是到东交民巷，包围日本使馆。一路是去拆毁"国耻纪念碑"，也就是清朝卖国政府为义和团所打死的德国人克林德立的碑，何长工参加的是东交民巷的这一路。何长工在北平经过近两年学习准备，于1919年12月踏上了去法国的邮轮。这时，李四光刚刚从英国留学归来，到北京大学任教。

爱好多样的何长工

和在延安工作过的一些高级领导干部一样，何长工喜欢跳舞。可是建部初期没有场地，李保忠当时兼任地质部机关工会文艺晚会组组长，于是李保忠和同事开动脑筋，在兵马司南院食堂开辟了一个舞池，周六组织机关职工跳舞，何长工有时也来参加。凡是何部长来跳舞，秘书必事先通知工会，工会必通知李保忠和司机班延迟班车开车时间。每每何部长来跳舞，当晚参加跳舞的人一定多。跳得尽兴时，8点要开班车时，何部长就叫李保忠："小李，通知司机班，晚点开班车，再跳一会儿。"由于有了这个跳舞和文化娱乐的场地，大大活跃了部机关职工的文化生活，李保忠作为乐队成员，拉二胡、吹笛子的水平都有所提高。

1955年5月，李保忠在经过多次的申请要求后，经领导批准他从地质部建房办公室到野外地质队工作，那时地质部大楼主体基本建成（实际进驻办公的时间是1956年春天）。

第二章

童年时光

一　十年私塾

因为字写得好，李保忠被地质部机关看中，留在部里工作。李保忠说，大家认为他字写得还可以，那是寒窗苦读换来的。童年的李保忠，生活在北京市郊区魏公村一带一个只有19户人家的小村子。现在的魏公村高楼林立，中国人民大学、北京理工大学、中央民族大学、北京外国语大学等著名大学就建在魏公村附近，是有名的教育区。与解放前的荒芜相比，简直可以用沧海桑田来形容。

当时城里人兴上"洋学校"，李保忠因家庭贫穷没这条件。那时的北平人，经历了时称北平城的历史兴衰，见证了你方唱罢我登场的动荡历史。李保忠的母亲知书达理，目睹了旧社会种种黑暗，见证了一个国家落后就要挨打的现实，也知道知识文化能报效国家，改变人生，虽然家里很穷，但在她支持下，李保忠5岁那年还是念上了私塾。

私塾在离家5里地外，大钟寺附近一个名叫"皂君庙"的

李保忠老家家族合影

古庙里。第一天上学，母亲领着李保忠，带着板凳到了教室。时至今日，李保忠还清楚记得私塾里的摆设：西头有一张方桌，桌上立一块高约一尺的木牌，上书"大成至圣先师孔子"，先生的桌位就在方桌旁。在师兄指引下，李保忠跪在蒲团上，朝牌位恭敬地磕了3个头，又面向先生磕了3个头。先生坐着，眯着眼似看非看地观察李保忠，半晌不讲话，彷佛在冥思什么，过了一会儿，露出笑容来，让李保忠起身。那以后，李保忠便成了孔圣人的门徒，开始了十年的寒窗苦读。十年时间，李保忠通读了《三字经》《百家姓》《千字文》和四书五经，饱尝了"学海无涯苦作舟"的滋味。除了背读经典，还学一些科学知识和写字。启蒙写字先是描红，先生用淡朱色汁水，在纸上写一遍，学生再对着淡朱色的字描一遍。先生写的红字，多以颜体和欧体居多。李保忠记得，先生说，颜体大气，欧体正直，做大丈夫就应该大气、正直。练习到笔能拿得稳了，字的间架结构掌握了，先生就叫临帖。直到现在，李保忠仍能一眼分辨出大街上广告牌的字体是什么体，或是出自于什么体。所以，练习写过毛笔字的李保忠，后来能写一手好的钢笔字自然不在话下。

进入1944年底，已经是李保忠读私塾的第6个年头，大家都在说，小日本在中国各地连连吃败仗，看样子是秋后的蚂蚱——蹦不了几天了。到了腊月初八，学堂快要放年假，先生也一反常态，打破私塾学堂"莫谈国事"的教学法，和学生谈起当下时局。先生说："你们看，咱们中国被日本鬼子侵略了好些年，如今中国人是怎么过活的？就看咱北平，天天都有人饿死。你们也都不小了，该懂事了。先人教育我们国家兴亡，匹夫有责。特别是你们年纪大点的学生，更要以国家民族兴亡为己任。再过几天就放年假了，不是大年三十前都要写对联吗？你们可以拿起笔来以写对联的方式表达你们对国家民族兴亡的感情。要提醒你们的是，写的时候千万不要直接点日本人的名，以防给家里找来麻烦。"在先生启发下，班上的学生不下十个人都写了，如：

月出东海天上嫦娥翩翩起舞，
日落西山人间百姓阵阵歌声。

李保忠写的是：

> 鬼来神州无宁日，
> 神到华夏有静天。

尽管写得很不对仗，过了春节开学先生看后，仍受到先生夸奖。

在这里，李保忠读了十年私塾。1948年，李保忠父亲因病失去了在城里工作，14岁的李保忠不得不放下圣贤书，用他略显稚嫩的肩膀，挑起了养家糊口的重任。

二　日寇蹄铁下的北平

　　童年、少年的李保忠，目睹了日本侵略者在北平的种种恶行，亲历了国家受辱，体会到了家破人亡的凄惨和求生的艰难。

　　在李保忠的回忆和后来老人的讲述中，卢沟桥事变当天，从西南方向传来枪声，全村人都跑出家门逃命，毫无目的地向北方跑。妈妈抱着他拉着姐姐随着人群向北跑，路上遇到同村一个李保忠称为三爷的人。他带着七八个人跑到他家在一个小土山前的土井里，这是三爷家多年弃之不用的藏红薯和菜的老地窖。下去只两三分钟，李保忠就和三爷的儿子——叫狗儿的同龄小孩，口吐白沫，两眼翻白。妈妈和三爷一看不好，赶紧带着孩子爬出地窖。刚出来没多远，就见一伙人嘀嘀咕咕跑过来，其中一个人指着一个身穿黄色衣服，手里拿着一把长刀，一副军官模样的人，向大伙介绍说："这是日本皇军，他问你们是什么人？从哪里来？"

　　三爷回答说："都是这村里的百姓，听到枪响害怕，就跑到土井里，孩子口吐白沫就出来了。"翻译和那个日本军官叽里咕噜说着大家听不懂的话，话说完，见那日本军官挥了挥手。翻译对三爷说，太君叫你带路到那个土井那儿去。到土井那里，那个日本军官不论土井里是否有老百姓，拉燃一颗手榴弹，往土井里扔了进去。这一声闷响把年幼的李保忠吓哭了。这伙人扔了手榴弹后就疾步往北而去，过后才知道这是日本人追赶在卢沟桥外围与日本人交战的国民党冀东保安队队员。这是李保忠第一次近距离看到日本人，虽然印象模糊，但是很深刻。不久日本军队占领了北平城，全国抗击日本侵略的战争也全面展开。

　　日本占领北京后的第二年，厄运就降临到李保忠家乡。据他爷爷讲，他家祖祖辈辈在这里已居住近400年，不知是日本侵略者中的哪位人物看中了百祥庵（在魏公村北约两里地，即现在的中国农业科学院所在地）这块风水宝地，大手一挥，将全村占领，在西南角还将清朝修建的从故宫到圆明园的皇道隔断，兴建了"日本株式会社华北农业试验场"，全村百姓的住房和赖以生存的土地全部被占领。仅仅一年时间，日本人就在百祥庵李保忠家的房基地上，建起一座约10层楼高的大楼，在当时是西直门外第一高楼。并在四周修建了约2米高的围墙，每隔50米，在墙上开有两个约30厘米高、10厘米宽的枪眼。1940年后又陆续往东和往南扩大了占领地，在西墙外马路西又侵占了两大块地，即现在北京工业大学的位置，在其北边兴建了信鸽场，后来在南边还兴建了军犬场，并且都修建了围墙。在占用这些土地的时候，日本人根本没有任何道理可讲，也没有任何补偿，不但没有，村民还要在日本人枪口下做苦力，干苦活。曾有一位村民稍微提了一点反对意见，即被日本人拉到黑屋内打得半死，关了几天才放出来。北边的信鸽场刚建完，就养了信鸽，南边的军犬场建好后，还没等军犬到来，日本就投降了。

1939年2月，李保忠开始读私塾，每天从试验场门口过，都可以看到试验场的南墙上用白色涂料涂写的"大东亚共荣圈"和"武运长久"几个大字。那时，李保忠刚上学，对这些字只是认得，还不知道其中的含义，直到后来才慢慢理解，这是日本想运用武力征服包括中国在内的亚洲东部的所有国家。从此，在李保忠幼小的心灵里，就隐隐觉得日本是一个有极大野心的侵略者。

李保忠家和其他北平居民一样，在日本侵略者统治下，过着被奴役、欺压、凌辱、民不聊生的生活。

从1942年起，北平市民就开始吃一种叫"共和面"的食物。所谓"共和面"，是一种有糠、麸的豆饼，制作粗糙，还夹杂有许多乱七八糟的东西，如沙子，石子儿，发霉的玉米、高粱，甚至连耗子屎都有的混合面。日本人把这种东西作为粮食卖给老百姓吃，而老百姓耕作的粮食却都用来支援所谓的"大东亚战争"了。日伪政府要求老百姓"平心静气妥等切实办法，力谋度过食粮难关"。其实就是实行粮食配给，包括配给北平老百姓称之为"混合面儿"，日本人美其名曰"共和面"的东西。"共和面儿和水之后捏不成形，永远是散的，连窝窝头都攥不成。煮熟之后，有股臭味，还硌牙，吃多了还拉不出。但就是这难咽的'共和面',也不是想买就能买到的,还得排长队。他们还分批卖,趁机哄抬价格。"讲到这些,李保忠记忆犹新。

北平的老百姓对这吃的东西倍感恐惧,由嘴上、肚子里,切身感受到民不聊生的滋味。年老体弱者经不起这个折磨,不少人因为营养不良和不卫生的原因死去。直到日本投降,"共和面"的历史才消失,但是,这种特殊的"粮食"给一代人留下的伤痛和阴影,还一直印记在脑海中。

有"共和面"吃,就能保着命。可即使是这种东西,仍然是有人吃不起的。那些穷人、外地来的流浪汉、乞讨者,他们衣不遮寒,居无住所,再肚内无食,李保忠每天都看见有一些人扶着墙,走着走着,就倒在地上,再也没站起来。

同村有一位李保忠叫"三哥"的人,在西直门火车站当搬运工。一天下班后正往宿舍走,不知从哪里打来一枪,左腿膝盖被打碎,从此丧失了劳动能力,不仅工作被辞退,家里还得出医疗费医治,让本来就贫困的家更是雪上加霜。伤好后,他落了个终身残废。后来得知,是小日本拿活人当枪靶子练习枪法。李保忠叔父和三哥是工友,得知三哥被打伤,气不过这些小日本鬼子欺负中国人,一直想替他报仇。一天,李保忠叔父看到一个日本兵在铁路旁欺侮一名带着小孩的中国妇女。他看周围没有人,就抄起一根木棍,悄悄跟在后面,看准了,冲上去,狠狠地朝那个小日本鬼子头上拍了过去。日本兵顿时鲜血直流,立马倒下了,也不知那小日本是死是活。他害怕被抓到,赶紧催促那妇女带着孩子离开,自己连夜扒火车逃到河南一带做工避难,直到日本投降后才回到北京。

在北京，日本兵欺负中国人的事情还很多。李保忠亲眼见到一个日本兵殴打中国的老年人，原来这个日本兵从前门大街坐人力车（当时叫"洋车"）到西直门火车站。拉车人因年纪大，肚子里又缺食，动作就慢了一些。到地方后这个日本兵以拉车时间长，耽误了事情，不给车费。老人恳求那日本兵多少给点零钱买饭吃，那日本兵不但不给，反而将老人打得半死。回到魏公村，李保忠说给大家听，没有一个人不骂日本鬼子的，在当时的情况下又能到哪里去讲理呢。这件事在李保忠幼小心灵里留下深刻的印象。

1945年春节还没结束，就不断听到从抗战前线传来小日本连打败仗节节败退的传闻。驻守在北京的日本兵也在加紧备战。4月初的一天，李保忠正走在上学路上，忽然一辆日本军车停在面前，从车上跳下两个穿军装的日本兵，一个揪住李保忠两只胳膊，一个抬起两条腿将李保忠扔到车上。在哭叫声中，车急速开走，一直将李保忠连同车上的7个被同样方式弄上车的成年人拉到颐和园以北，现在中央党校北面一带停下。

下车后，每人发给一把铁锹，让他们7个人与采取同样方式抓来的几十个劳工一起去挖一条两米深的战壕。对一个只有11岁，个头还没铁锹高的李保忠来说，要将土抛到两米高的地面，根本做不到。别说李保忠，就是那些成年人，没日没夜地干活，也苦不堪言。李保忠见着那些被掳掠来的中国人，在壕沟里不停地干活，稍微偷点懒，日本兵就取下皮带上来抽人，皮带声和日本鬼子叽里咕噜的骂声不绝于耳，甚至还有因稍有反抗，被日本人立即枪毙的。李保忠见到那些被日本人枪毙的中国人，日本人根本懒得埋，也是命令其他中国人，挖个坑，简简单单就埋了。就这样被日本人杀害的中国人不知道有多少。就在两个端着枪的日本兵押送这些劳工沿已挖好的壕沟往前走时，李保忠看到有一条从沟内通往沟外的流水沟，他打量着日本兵，他们只顾往前押送大人。趁其不注意，李保忠一下子钻进这条小沟，迅速跑了，跑着跑着听到后面有枪响，不知是发现了李保忠的逃跑而开的枪，还是别的中国人因为干活不力或者是反抗，被日本人给杀害了。李保忠没敢转头看，拼命一口气跑到学堂，将自己的遭遇给先生及同学一说，回到家也给母亲说了，他们都说："多危险啊！"要是被日本鬼子抓住，可能就回不来了，想想李保忠也觉后怕。

李保忠知道日本鬼子完蛋的消息是在 8 月中旬，那时他常看到一些日本女人，三三两两地穿着花衣裳，脚上蹬着木屐，身上背着大包、小包，急匆匆地沿着现在中关村路从北向南走。得知这是住在西苑日本军营的日本家眷，赶着往城里逃。日本女人的行为引起住在马路两旁的居民注意，大家纷纷看热闹。人群中还有不少孩子，他们拿起小石块或是土块扔向日本女人，直打得这些日本娘儿们不住地嘿！嘿！嘿！和叽里咕噜叫喊。李保忠也在这些小伙伴之列，他扔出去的石块、土块是带着被抓劳工以及目睹了中国人被欺负的仇恨打出去的。这场"小石块"之战，李保忠一直没有忘记。

三　难忘的 1948 年

人人都有童年。每个人的童年都会因家庭条件或国家经济兴衰以及种种原因有着不同生活经历。从那个年代过来的老人，他们的童年大多数都有过悲惨的生活和不幸的遭遇。1948 年正月初二，正是合家团圆，张灯结彩，鞭炮齐鸣，共度新春佳节之际，李保忠家门口那副"天增岁月人增寿，春满乾坤福满门"对联墨迹尚未干，李保忠很少回家过年的父亲却从城里回来了。全家对他的回来感到又喜又惊，喜的是他回来一家人就真正过上团圆年了，惊的是在大年期间他所从事的工作往往是不能放假的，怎么就回来了呢。李保忠父亲从 13 岁开始在饭馆里学徒，有一手烧粤菜的好手艺，出师后，一直在京城有名饭馆里掌勺。

李保忠的父亲之所以在大忙之际的大年初二回家，根本就不是放假，而是由于他常年守在高温的炉灶旁边，得了一种不知名的病。一天，他正在火炉前忙活着，突然两眼看不清东西，晕了过去。那时候哪有什么工会，干不了活的结局只有一个，走人。于是掌柜叫他回家养病，把工钱结算给了他，说养好了病以后还可以再来工作，这还算是讲人情的了。李保忠家虽然在北京近郊的农村，却没有一寸土地，完全靠父亲在城里打工养家糊口。他被辞退，等于断了全家人的活路。家里不仅没有了薪水，还要治病。钱从哪里来，只得向亲友求借。过了正月二十，李保忠和以往一样夹着书包上私塾去了，他不知道，他将要结束他的读书生涯了。记得刚把《孟子》学完，父亲的病越来越严重，已不能再走太远的路。于是李保忠只得依照父母的要求，辍学回家，走上借钱之路。今天到砂锅居，过几天到同福居，再过几天又到森隆饭庄，找父亲的师兄弟借钱。李保忠见了面，先叫一声王大爷或张大爷，并向他们鞠上一躬，然后说那句他早已背得滚瓜烂熟的话："我是李常滨的儿子，我爸爸的病越来越严重，要抓药，实在没有钱，您方便的话……"通常还没等话说完，就听到："孩子，我也不富裕，这几块钱先拿去，给你爸爸抓药，叫他别着急，抓紧治。"当李保忠说了声"谢谢您"后，又听到一句叮嘱："钱拿好了，快点回家，路上别贪玩儿。"李保忠拿着能买上三五斤玉米面的钱，边走边想："这可是给父亲治病和全家人吃饭的钱，是救命的钱，这些钱是父亲好兄弟的血汗钱。"手里的口袋攥得更紧了。在两三个月里，李保忠几乎跑遍北京各大饭馆，共借了80多元，虽不多，但也不是小数目。让李保忠难忘的是，凡是开了口，多多少少都能借到一点，没有一次是空手而回的。父亲的病在治疗三四个月后稍有好转，但仍不能正常工作。

进入5月，父亲在街门口遇到同村周家二少爷，向他近似于求救地说："自己眼病一直不见好，全家四五口人要吃饭，还要治病，保忠今年已经十四五岁了，天也转暖了，看看能不能到你家帮个工，请你和你父亲说一说。"

没想到，周家居然同意李保忠去做小工。这样李保忠不得不结束10年的私塾生活。虽说那时候的教育是旧式教育，但是老师教授的"修身齐家治国平天下"思想，对李保忠一生都是有影响的。辍学去做小工李保忠是不愿意的，14岁的年纪，换做现在，有的孩子连自己衣服都不会洗，养尊处优，而李保忠还略显稚嫩的肩膀，则要扛起养家糊口的重任。

说起周家，在村里算是有钱人家，有20多亩地，6亩菜园，还有一头骡子一头驴。李保忠小，到周家主要是干一些杂活，浇菜地、改畦口、起猪圈、打扫牲口棚、捣粪。当时周家雇佣有6个扛活的，李保忠最小。6个人同住在一间没有窗户不足3平方米的房间土炕上。每天天刚蒙蒙亮，就听一声"喂喂喂，起床了！"这是老东家——周凤山的声音。天天如此，比公鸡还准。在周家扛活期间，李保忠吃了不少的苦，这些苦，在他的人生路上至今难忘。但是，这些苦，在当时来言，特别是在全家生活走上绝路之时，他不仅能自己解决吃饭，每月还能挣回30斤玉米，可以养活家里人。想到这些，再苦再累，也能承受。

对李保忠来说，最累的活是打牲口草。进入夏季，青草繁生，为了满足两个牲口吃青草，李保忠每天上午浇菜地，下午挑两个大筐去野地里打草。两个牲口一天要吃100多斤的草，要打4大筐。为了这4筐草，李保忠每天要顶着烈日从下午两点到天黑才能完成。每次双肩要挑起80来斤的担子，李保忠只有一米五不到的个头,挑两大筐草,筐子底部常常要拖着地。李保忠回忆第一次挑上担子的情形,腰都直不起,走起路来左晃右歪,非常吃力。其劳动强度对一个孩子来说,可想而知。

每天天不黑不让吃饭,主食一般是玉米面饼或小米饭,副食是拌凉菜,如拍黄瓜、腌韭菜末、熬白菜之类,没有肉,不管饭好饭坏倒也能吃饱。到了节日,如端午节、中秋节,才能吃一次好的,所谓"犒劳",这天会有馒头、炖肉。

家里贫穷,整整一个夏天,李保忠身上穿着一条姐姐的花裤衩。脚上穿的是一双前露脚趾,后露脚跟,破得不能再破的鞋,就这双鞋,已经很令人羡慕了。有一次李保忠挑着两筐草路过家门口,母亲看见了,问李保忠累不累?李保忠停下来回答母亲说:"不累。"母亲看到他腿上流淌着鲜血,问:"你的腿怎么流血了?"李保忠这才想起,说:"刚割草时割到自己了。"母亲转过身去,不再问。看到妈妈流泪,李保忠急忙挑上草走了。从此,只要没有特别的事,李保忠尽量不从自家门口经过。

慢慢地,生活有了转机,父亲的病情也有了好转。7月,家里又添了一个小弟弟,母亲盼望这个小弟弟能给这个贫穷家庭带来财运,特地给他起名叫保才。就在父母为有了一个儿子而高兴时,8月的一天,李保忠的姐姐突发头疼,仅一天时间就不能说话。在无钱医治的情况下,穷人唯一的希望是求助"香头"(即跳大神)。按照母亲的指点,李保忠到阜成门外请来一个妖里妖气的老太太。一到家,老太太就命令母亲摆上香案点上,她坐在香案旁边,先是连连打哈欠,随后摇头晃脑摆动着身子,接着对着香火拿腔拿调地说:"是谁请我,有什么事呀?"

第二章　童年时光

李保忠母亲忙说:"是我请您,我女儿病了,怕不行了,求求您。"

她接着说,为这个呀,你等一等。于是她又连连打哈欠,全身摇晃,恍若神灵附体一般,随后口中念念有词地说:"你女儿本是东大仙的女儿,现在东大仙想她了,要她回去。"母亲一听,急忙跪在地上说:"您求求东大仙,我就这一个女儿,请大仙留给我吧!"说完,向那香烟缭绕的3根香和那个能把女儿留下的老太太连连磕头,乞求地说:"我求求您了!求求您了!您行行好吧!将女儿给我留下吧!"

不一会只见那巫婆颤微微的手伸进衣服里,掏出一个纸包,说:"准了,准了,我为你求了东大仙,大仙恩准把女儿留给你了。大仙看你心地善良,还赐给你仙药,你去请一点观音土和香灰用水和了,给你女儿喝了就会好了。"母亲听了这话,又连连磕头千恩万谢。这位在李保忠看来是救命恩人的老太太,又是一阵哈欠连天,然后晃了晃身子,像是扭秧歌一样夸张的动作,恢复了正常人的声调。只见她说:"我要走了。"却并不见急着出门。母亲高兴地将早已准备好的5块钱给她,并连声说"谢谢、谢谢"。送走了这位"救命恩人",母亲叫李保忠到道沟边挖来一些黄土,然后把香灰和黄土用水和了像稀汤一样的一小碗,撬开姐姐紧闭的嘴,强行将"药"给她灌了下去。

本想有了东大仙受命,又有了东大仙的仙药,姐姐的病很快就会好的。谁料想,不但没有好,反而在第三天就命归西天。李保忠这天正在距离家半里地的周家场院翻晒谷穗,当在场掐谷穗的大妈、大婶听到李保忠母亲的哭声,对李保忠说:"保忠，听你妈这么哭，是不是你姐不行了，快回家看看吧！"李保忠当即向在身边的东家老太太说："老奶奶，我回家去看看，我妈哭得这么厉害！"东家老太太回了一句话："你回去干嘛，你姐姐真要死，你去了能救活她吗？"不让李保忠停下手中的活。李保忠当时什么话也说不出来，将手里拿着的木叉，狠狠地插向面前的谷草堆里。这句没有人情的话，至今仍留在李保忠记忆里。李保忠还清楚记得这天是农历八月廿三日，他尚未出嫁的23岁的姐姐告别了人世，永远地离开了李保忠，李保忠从此再也没有姐姐了。

东家天黑后才放李保忠回去。回到家，李保忠见苦命的姐姐躺在床板上，身体早已冰凉。从小家里贫穷，爸爸在外做工，妈妈忙里忙外，更多的时候都是姐姐照顾自己，李保忠和姐姐有着非常深厚的感情。李保忠在姐姐身旁哭诉着："姐姐你就这样走了，你真的回东大仙了，你不管妈妈啦！你知道我听见妈妈哭，多么想回来看看你，可是人家不让啊！姐姐！我对不起你呀！你放心吧！我很快就长大了，我一定会照顾好咱爸妈的。"李保忠抱着姐姐冰冷的遗体，哭了不知多久。

后来才知道她患的是脑炎，只要能送到医院，她是不会死的。在旧社会，没钱的穷人哪有钱进医院大门啊，唯一的希望是寄托在花钱不多的"巫医神婆"身上。

送姐姐到一个不吃不喝的"天堂"，总是要花一些钱，钱从哪里来？对穷人来说，只有一个字——借。送走了姐姐，李保忠看到的最多的是母亲的眼泪。为了生存，李保忠还得回到每天能吃饱饭的地方，还要给家里每天挣回一斤玉米。

第二章 童年时光

又过了两个多月，熬到了立冬。俗话说"立冬砍菜，扛活的卷铺盖"。就是说每年冬天到了，地主家园田里种的大白菜要是砍完了，就没有太多的活计了。这时候，地主是不会留着人在家白吃白喝的，扛活的就要被解雇了。这天晚上，李保忠提着 10 斤玉米，带着为割草右手留下的伤疤，右腿被高粱茬子扎破留下的伤疤，也带着李保忠一生难忘的心灵创伤，结束了半年的打工生活，回到了贫寒却温暖的家。

就在李保忠每天早晨不再听到"起床了"的叫声后没多久，北郊清河一带传来了隆隆大炮声。几天后，一个拂晓，人还没起床，就听有人敲门，并"大爷、大娘"地叫着。待李保忠爷爷打开门，只见身穿黄军装、头戴长毛帽子的军人在门口，很客气地对李保忠爷爷说："大爷您早，您家有铁铲吗？我借用一下，我们是中国人民解放军，用完就给您送回来！"这是李保忠第一次见到解放军，第一次听到解放军的声音。

四　解放前后的北平城

解放前，国民党反动派政府为了突出南京首都的地位，改北京的"京"字为"平"字，称北平。直到 1949 年 9 月 27 日，中国人民政治协商会议第一届全体会议一致通过："中华人民共和国的首都即日起改名为北京。"北京才恢复了"京"的地位。

北平解放前，国民党驻北平守军经常出城来搜刮百姓财物。解放军尚未开始围城时，驻守在现在农科院一带的国民党军败退到现在动物园一带。李保忠家所在的魏公村正好处于两军对峙的中间地带，这一带的居民常被国民党官兵搜刮，李保忠家就被国民党兵搜刮过几次。那些国民党兵一来，个个拿着枪，到了百姓家就翻箱倒柜，弄得鸡飞狗跳，粮食、牲畜全部搜走。

李保忠家有一条老狗，特别通人性，李保忠读私塾时，每天早上出发时，老狗会送他到约 3 里地外的地方，摇着尾巴看着李保忠走远。每天放学归来时，它又会在早上送别李保忠的地方等候他归来。北京的冬天很冷，每天晚上李保忠爷爷睡觉前，老狗会先跳上床，为李保忠爷爷暖床，待到爷爷要上床时，又会自觉地下床来，李保忠家人和这条狗有着很深的感情。国民党兵来搜刮财物时，老狗拼命狂吠，几名官兵二话不说，用枪托对准狗的头使劲拍去，没几下，老狗便口吐夹杂着血的泡沫，在呜咽声中死去。李保忠在他们走后，含着泪把这条老狗埋了。

李保忠家贫，没什么值钱的，官兵就把目光盯在了家禽上，房前屋后的家禽被搜得精光，躲在床底下的鸡都被国民党士兵用枪托掏出来带走。1948年12月14日，李保忠记得很清楚，从北郊传来了战斗的枪炮声。这天，中国人民解放军迅速清除北平城外的国军。从12月15日开始包围古城北京，一直到1949年1月22日，国民党的军队开出城外，接受解放军整编，历时40天，老北京人称之为"围城四十天"。但是城外零星的战斗时有发生，枪声仍然断断续续。北平和平解放后，没有了这些枪炮声。这时，李保忠家的一只花母鸡不知从哪里钻了出来，到李保忠家里咯咯咯地直叫唤。这只花母鸡，家人早以为被国民党反动派官兵搜刮走了，却不知它躲了起来，历经几十天，居然还活着，又自己钻了出来，只是瘦了不少。这只花母鸡，李保忠家一直没有吃它，直到它寿终正寝。

国民党的腐败统治和无能，老百姓们亲闻目睹，大家一直盼望着和平解放北平。围城期间，为了躲避战乱，李保忠随父亲一起逃到已经解放的海淀。一进入海淀镇，就感到气氛不一样，街上行人喜笑颜开，背着书包上学的小学生边走边唱："东方红，太阳升，中国出了个毛泽东。""没有共产党，就没有中国。"那嘹亮的童声传遍四方。大街小巷贴满了彩色标语：毛主席万岁！中国共产党万岁！打到南京去，活捉蒋介石！解放北平城，争取立大功！这时的北京大学、清华大学都已解放。从校园到海淀镇到处红旗招展，锣鼓喧天，一队接一队的游行队伍看不到头，游行队伍中高呼"庆祝北平解放！""中国共产党万岁！"的声音响彻云霄，震撼全城。

李保忠亲眼所见旧中国时期的贫弱、腐败、战乱，亲身感受了在中国共产党领导下国家、人民所发生的变化，李保忠深有体会地说，没有共产党就没有新中国，就没有我们今天的幸福生活。年少的李保忠立下了要为中国强大而努力奋斗的志向。

随着北平城的解放，老百姓翻了身开始了新的生活。李保忠也成了这新生活中的一员。经乡政府介绍，李保忠到中央洛杉矶托儿所工作。由于享受供给制待遇，即算是参加了革命工作。洛杉矶托儿所的前身是1939年在延安建立的中央托儿所，专门抚养照顾在抗日战争中死去的八路军烈士遗孤、革命后代。1942年，由于国民党反动派军队和日军双重封锁，延安物资告急，中央托儿所面临诸多困难。此时，深居香港的宋庆龄以"保卫中国同盟"的名义联络远在大洋彼岸的洛杉矶人民以及爱国华人华侨，给中央托儿所寄来了大量食品、药品、玩具及幼儿生活用品。为了感谢洛杉矶侨胞和美国友人，中央将中央托儿所命名为"中央洛杉矶托儿所"。

1948年3月，洛杉矶托儿所跟随党中央从延安转移到西柏坡。1949年4月又从西柏坡迁移到北京紫竹园公园西边的万寿寺。1949年9月，李保忠到托儿所工作后，组织安排他的主要工作是给小孩子送饭。到那工作不久，李保忠还见到了宋庆龄、康克清等人来看望托儿所的孩子。

1955年，洛杉矶托儿所更名为"万寿寺幼儿园"，1969年搬迁到黄寺，后又更名为"中国人民解放军总政治部幼儿园"。这些是后话了。

1950年1月，李保忠从中央洛杉矶托儿所调到华北军区招待处工作。1952年8月复员后，他到苏联专家招待所工作。在这期间，李保忠主动要求到地质部门工作。从此，开始了他42年漫长的地质生涯，直至1994年离休。

第三章

与妻子的三次约定

一　婚前约定

"你我约定，难过的往事不许提……"这是歌手周蕙演唱的一首大家耳熟能详的歌曲——《约定》。古往今来，有情人从认识到相爱，再走进婚姻的殿堂，他们之间也许都有一个约定，一千对恋人或许就有一千个约定。但是不论哪类约定，无非是花好月圆、白头偕老、共度余生的话，而李保忠和他爱人，他们的约定却令人震撼，令人敬仰，我们看看他们的婚前约定的故事。

为了报效祖国，为了实现自己当一名地质队员的理想，李保忠和妻子定了一个婚前约定。

李保忠在地质部机关工作，有了专用办公桌，每天有人扫地打水，一副堂堂正正的干部模样，这是李保忠之前没有想到的，他浑身不自在。和他一起复员的战友，多数在家务农，一部分到了工厂成为了生产工人，只有极少数的在国家部委机关当干部。这在战友圈子里是非常令人羡慕的，但是李保忠并不以此为傲，他认为一个人的价值不是在哪一级单位办公室上班，而是为国家实实在在做了什么。只要是为国家为人民做实事，就没有高下之分，并且他没有忘记自己当一名地质队员的光荣理想。在和战友们聚会的时候，战友们总是会对李保忠现在的工作岗位羡慕一番。可李保忠却总说，自己的愿望是要到野外地质队去当一名地质队员。最先，大家都认为他说着玩，没在意。后来说的次数多了，大家相信了，但很不解。因为在首都国家机关工作，多么令人羡慕。李保忠不仅是这样说的，也是这样做的。他在机关工作的两年多时间里，不停地向领导递交报告，要求到野外地质队工作。但是由于建房办公室工作任务的繁忙，他的要求一直没有得到组织批准。

直到两年后的 1955 年 5 月，李保忠梦寐以求的愿望终于实现了。6 月 8 日刚上班，领导找他谈话："小李同志，根据你的意愿，结合部里的实际情况，经研究后同意你到野外地质队工作。部里目前成立了一支由部直管的专业水晶地质队，名称为中央人民政府地质部 305 地质队，地点位于江苏东海县，你有一周左右的准备时间。"

接到通知后，李保忠高兴万分，个人的理想就要实现了。可欣喜之余，李保忠不禁为难起来。经人介绍，李保忠结识了一位在天津工作的纺织姑娘。李保忠非常喜欢她，她工作积极、思想进步、业务技术精通，而且相貌出众，有着一双漂亮的双眼皮大眼睛，齐肩短发，近一米七的身高。经过一年多接触，双方都留下了很好的印象，建立了深厚感情，并在北海公园的白塔前留下了合影。

第三章 与妻子的三次约定

李保忠和妻子认识后在北海公园第一次留影。

　　李保忠想的是：他从事的是野外地质工作，她干的是纺织工作，行业差别太大，工作性质决定了她要在城市，自己的工作是在深山野外的地质队。现在，远大理想就要实现，而个人的婚姻问题摆在了面前。

　　鱼和熊掌不能兼得，在事业和与爱情面前，李保忠首先想到的是事业。他舍不得她，但他更不愿意放弃自己报效祖国的机会。李保忠希望她支持自己实现理想，她能支持吗？如果她支持固然好，要是不支持呢，那就别耽误她的理想追求。

为此，李保忠给她写了一封短信。

玉珍：

安好！我接到了去野外地质队的通知，我多年追求的，要做一名地质队员的目标已经快要实现了。为我感到高兴吧！此次是到位于江苏的野外地质队，接下来的日子我将与深山为伴。可是，由于我们工作性质的不同，今后的日子里我将不在北京、不能陪伴在你的身边。而你，在大城市有着稳定的工作，有大好前途。

我已经决意要到野外地质队工作了，如果你认为我们的工作行业相差太大，而且相隔太远，我们可以继续做好朋友，还可以时常通信，勉励彼此做新中国的好青年，各自在自己工作岗位上奉献青春。如果你不介意的话，我们已经相处了一年多，我希望在我下周一离京前，把我们纯洁的革命友谊，再升华一下。在我离京之前，我会一直等你。如果你不来，我理解你的选择，我们还是好朋友。

保忠

就在李保忠要出发前，杨玉珍，也就是李保忠的终生的伴侣，赶到了北京。

当朝思暮想的人出现在李保忠面前的时候，李保忠心里忐忑不安，起身迎接时，把茶杯都碰翻了，一桌子的开水冒着热气。她的到来意味着什么？难道……这时杨玉珍连忙帮着李保忠收拾了桌面。收拾完，杨玉珍开门见山地说："保忠，你是一个有志气、有理想的好青年。我看了你的信,连忙请了假赶过来,就是要和你说,我支持你的决定。"在和李保忠接触了一年多的时间里,杨玉珍认为李保忠是一个有上进心的好青年,在杨玉珍心中,早已把李保忠认定是自己的人生伴侣了。

"可是,根据我的工作情况,以后我将会长期在野外工作,不能陪在你身边。"6月的北京,到底有了一些温热的感觉,个人爱情婚姻和理想选择的交织,令李保忠的额头渗出了汗水,他拭了拭额头,盯着杨玉珍,心中有种说不出的高兴,但又得把现实说清楚。他其实很担心,担心杨玉珍会因为这些困难而止步,毕竟,他的内心也是舍不得的。

"你的选择是正确的、勇敢的,我欣赏你这样的精神。你放心去干你的事业和实现你的理想吧,我绝不拖你后腿。"杨玉珍神情坚定,一双大眸子泛出浓浓的爱意,说道,"而且你离开北京,你妈妈也需要照顾,你不在的时候,我会常来看望她。"

"真的吗?我不知道说什么好,我现在的心情非常激动。"的确,李保忠不知道该说什么。其实,在他心中,他是爱杨玉珍的,他并非无情,他有铁骨,有柔肠。但是在爱情和事业面前,如果叫他必须选择一样,他会选择将爱情之火暂时冷藏。杨玉珍坚定的支持,给了李保忠莫大的慰藉。

"保忠,我是真心的。如果你不相信,我们明天就去领结婚证!在你去外地前,我们把婚事定下来,对你的母亲也是一个莫大的安慰。而且我在任何时候都不会拖你的后腿,会坚定地支持你的工作。"杨玉珍一双大眼睛温柔而又专注地看着李保忠。这时的李保忠认定眼前的人,是最美的天使,是他的生命中不可缺的另一半。

杨玉珍的一番话，坚定了李保忠的决心，一定要努力工作，决不辜负她对我的支持。李保忠从心里为有这样的伴侣感到无比骄傲和自豪。李保忠趁热打铁，说："玉珍，那我们就算约定了：因为爱情，我们结为终身伴侣。但是为了革命工作，为了祖国的建设，我们不奢求在年轻的时候就要时刻在一起，也许我们将很长的时间不能在一起，但是我的心将一直在你这里。现在我就要面临到野外工作，你的支持是我服务祖国的最大动力！"

杨玉珍含着微笑看着李保忠，坚定地点了点头。

第2天（1955年5月14日）李保忠和杨玉珍高兴地去领取了结婚证。第3天（5月15日）在兵马司地质部机关南院的大院里领导为他们主持了简单的婚礼。在大院中，摆上几张桌子，桌子上有花生、瓜子、水果糖，还有两包普通的香烟。这些食品和香烟随着婚礼的结束早已成为参加婚礼人的记忆，唯独参加婚礼的签名绸至今完整无损地保留在李保忠的箱柜里。遗憾的是，在李保忠结婚60周年的钻石婚的庆典上，展示在这个签名绸上近40位签名人，如今在世的只有两人。

李保忠回忆起那个时代的婚礼说："那时候的婚礼，简单点说，两个新人的背包放在一起，两张床拼在一起，就算是结婚了。"那时候，革命青年的婚礼没有鲜花、戒指，也不去什么饭店酒楼，更不兴送礼金。革命战友们聚在一起，吃点花生瓜子水果糖，送上祝福，就算婚礼了。在婚礼上，新人也要唱一首歌或者朗诵一首诗歌表达对配偶的爱慕，介绍恋爱经过。

第三章　与妻子的三次约定

1955年，李保忠和妻子的结婚照。

领导或年长的同事会在此时对新人的婚姻表示祝福，并提出今后生活相互恩爱、谦让的希望，叮嘱新人要相互学习，互相帮助。在同事的祝福声中，李保忠与妻子喜结连理，成为终生伴侣。

大院婚礼的第二天（即5月16日），李保忠和杨玉珍在魏公村的老家举办了家庭婚庆。次日（即5月17日），李保忠即出发去野外地质队，杨玉珍回天津棉纺厂。李保忠一早到火车站送杨玉珍回天津，开车前他紧紧握住新婚仅一天的妻子的手久久不愿松开，随后目送新婚妻子乘坐的前往天津的火车缓缓离去。并从这一刻开始了25年两地分居的序幕。下午他又和一同前往305地质队的同事，登上了南下的火车。一对新婚夫妇，

75

没有婚假，没有太多的浪漫，李保忠和他的终生伴侣，在不到一个星期之内，完成了约定、结婚、分离。和当年千千万万的野外地质队员一样，另一半的支持是至关重要的。正是有了妻子的理解，李保忠才能安心离开父母、离开家乡到野外地质队安心工作。

在南下的火车上，一同前往江苏组建305队的其他6名地质队员，知道了李保忠结婚的事。同座的徐瑞阳问他，为什么不过完婚假再走呢，早点说一声，可以晚些天再走。徐瑞阳是从地质部办公厅机要处机要科长岗位上抽调出来，与其他单位抽调的一共7人负责组建305地质队，徐瑞阳任队长。

李保忠说："盼了好几年到野外地质队的愿望终于实现了，不能再等了！"说着把兜里的喜糖拿出来给大家分享。

牛郎与织女

大家问他爱人情况，他说在天津纺织厂工作，是一名纺织女工。其中一个地质队员说，是个"织女"啊！那你岂不就是"牛郎"啦。说完大家哈哈一笑。当时的地质队员，除了夫妇在一个单位的，谁过的不是"牛郎织女"般的生活？李保忠刚结婚，婚假未休，就到野外地质队工作的事情，一时传为佳话。其"牛郎哥"的雅号也传开了。

在火车上，李保忠看着窗外，5月的华北大地，广阔的麦田像一张张巨大扑克牌慢慢铺开，一直延伸到远方。妻子告别时的叮嘱仿佛还在耳边，新婚燕尔的喜悦还不曾忘记。火车在希望的田野上呼啸着奔驰着,奔往李保忠心驰向往的地方。一声鸣笛,把沉思的李保忠拉回现实。他知道以后自己将和妻子长期分离,想到野外地质队的艰苦,为了给自己打气、鼓劲,在南下列车上,李保忠作了一首诗来言表自己的志向:

山高路险头不回,志在深山心不移。
男儿有志志不改,旷野荒凉人不归。

从此,李保忠和妻子开始了长达25年"牛郎织女"般的生活。25年里,李保忠先后在江苏、安徽、河北的地质队工作,除了少数的时间两人团聚在一起,更多的时候靠鸿雁传情。信使穿梭于黄河南北和太行山间,李保忠每周为她至少写两封信,最长的一封长达19页。

二 相 约

我们再看看他们的相约。

1956年底,李保忠南下组建的305队完成工作任务后,合并到同在东海县城的304队。正当要转战闽西之际,出发前一天,队政治处组织科长王业笺找到李保忠,将北京地质部调他回去的调令给了李保忠。其实这个调令,已扣押在王业笺处3个月了。因为当时地质队人手奇缺,而且李保忠又是工作骨干,所以直到这时王业笺才告诉李保忠,李保忠并不怪他。因为两人同在政治处工作,当时都在为技术人员做保障服务,向上级写的需要各类人才的请示,李保忠没少写。地质工作苦,有的人不愿意来,有的来了又受不了。

有令在身的李保忠回到地质部。回来后得知,地质部政治部要成立青年工作部,就下令将李保忠调来。就在他还没来报到时,中央就下令撤销部一级政治部,正准备在新的岗位大干一场的李保忠,岗位没有了。李保忠的工作安排又成了地质部

第三章 与妻子的三次约定

人事司一个问题，政治部撤销，人员要精简，别人还好说，李保忠如何安排？本来他在江苏野外地质队干得好好的，刚把他调回来，现在因为政策变动，就又把他退回野外去，好像说不过去。这时候，有人提出李保忠结婚时连婚假都没有享受就出野外，最后部机关研究后，为照顾他与两地分居的妻子团聚，决定将李保忠外调到妻子所在的天津纺织系统。

李保忠拿着到天津纺织局的调令，丈二金刚摸不着头脑，但想到可以和妻子在一起，一时也没多想，坐上火车到了天津。两人见面后，杨玉珍得知李保忠调到同一个系统工作的消息，那高兴的心情可想而知。李保忠的心情和她截然不同，李保忠知道组织上对他的这种跨行业跨系统调动的照顾，在当时是不多见的。到天津市纺织局报到后，李保忠被分配到一个纺织厂做青年工作。一想到今后每天将要在封闭的厂房里听着纺织机咔嗒、咔嗒的声音，再也听不到高山上钻机的隆隆声，李保忠的心里极不平静。心里有事，自然在脸上就会表现出来。

报到的当天傍晚，李保忠和妻子手挽手漫步来到海河边的大光明渡口时，李保忠仍是那样愁眉苦脸。杨玉珍看出李保忠的心情，摇着李保忠的手对他说："组织上这样照顾我们，安排你和我在一个系统工作，今后我们可以互相帮助，互相鼓励，好好工作，组建一个幸福的家庭，是多好的事，你怎么不高兴呢？"

落日的晚霞倒映在荡漾的海河河面上，几艘轮船正在有序靠岸，声声笛鸣，码头上的工人忙碌了起来。海河边柳荫下，李保忠和妻子停了下来。李保忠没有心情欣赏这美景，几次杨玉珍主动说点什么，李保忠都没有回应。杨玉珍甩开李保忠的手，有些生气地说："你不要这样，男子汉有话就说，每一个青年都应有自己的理想，都应该为实现自己的理想去奋斗，不要老是这样愁眉苦脸。"

听了她的话，李保忠鼓起勇气说出憋在心里的话："我能调到天津和你在一起工作和生活，怎能不高兴呢！可你知道我的理想是要做一名地质队员，刚到野外工作一年多，就回到大城市，这叫什么有志青年。"

没等李保忠说完，杨玉珍又接着说："人各有志，我热爱纺织工作，你热爱地质事业，你我都是毛泽东时代的好青年，你如果不愿意在城市工作，还想到野外去，还是那句话，我绝不扯你后腿。我们都还年轻，应该把青春献给祖国。40岁以后，如有机会，我们在再一起生活。"

听完杨玉珍的话，李保忠不相信她竟然能说出这样的"慷慨之言"，惊愕得半天说不出话来，多么好的人生哲理从妻子口里说出。就这样，李保忠和妻子有了第二次约定。杨玉珍湿润的眸子里，映衬着鳞次栉比的高楼初放的华灯，一艘准备起航的轮船发出低沉的笛鸣，回音在海河上久久荡漾，轮船在海河上划出一道白色的水痕，奔向着远方。

第二天一早，李保忠到天津市纺织局人事处，找到当时接收调令的那位同志，说明原因要回调令。人事处的同志很惊讶，从偏远的野外调到大城市和爱人团聚，竟谢绝组织照顾。第三天，李保忠拿着调令没有回地质部，而是直接到了江苏省地质局人事处。李保忠又回来了，人事处的同志虽表示不解，但也为他

第三章 与妻子的三次约定

的一片真诚打动。在征求李保忠对工作有什么想法时,李保忠毫不含糊地说:"要到野外地质队去。"就这样,李保忠被分配到刚组建的安徽凤阳地质队,再次告别了妻子踏上了重返野外地质队的征途。

三 密 约

我们再看看他们的密约。

他在野外工作期间有病,她和孩子有病相互都不要告知,理由是由于路途遥远和交通不便,他回不了天津,她去不了野外,反而干着急。但是,一旦告知对方,定是病危,再大的困难也要回来,也要去,因为那是见上亲人的最后一面。

第四章

东海探宝

一　尽快摸清成矿规律

305 地质队的组建，是为了寻找当时国防工业急需的压电水晶。同李保忠一起南下的是 305 地质队建队初始的 7 个人，大家称之为"建队七人组"。除李保忠外，还有徐瑞阳、江涛、华媚春、蒋成欢、刘保田、沈楒熏。李保忠的职务是专职团干部。除李保忠和队长徐瑞阳外，其余 5 人都是地质专业技术人员。

南下的第一站是南京。成立地质队，7 个人显然是不够的，他们的任务是先在南京"招兵买马"。在江苏省地质局的协助下，招录了 30 余人后，即北上东海县。

在东海矿区安顿下来后，李保忠和同事们开始了紧张的工作，研究当地水晶资源分布资料，尽快实现找矿突破，以满足国家建设对水晶的需求。东海水晶矿区面临比较大的问题之一是私挖滥采，首先是要禁止这种行为。东海县水晶矿分布范围广，且大部分在 30 米以内的浅层。由于地质结构原因，老百姓在自家田里耕作，或者打一口吃水的井，就有可能发现水晶。可以用"星星不少,月亮少有"来形容当地水晶矿资源分布的情况。

小一点的水晶石,老百姓收藏起来,虽不能说完全合法,但也还可以包容。但是一部分人专以水晶牟利,有些较少见的、品相较好、体积较大的水晶,由于不敢正大光明开采,多半在夜里挖掘,加之技术手段低劣、工具落后,往往品质较高的水晶单体,被他们折腾出来之后,已经失去了原来的价值,给国家带来了不可估量的损失。地质队到东海的第一件事,就是摸清水晶矿的分布规律,尤其是可能有较大体积的、优质水晶矿的分布。同时将这些分布情况报告当地政府和公安机关进行有选择的保护。当地政府之前也在保护水晶资源方面做了不少工作,但是由于缺乏地质手段,不了解水晶矿的分布规律,工作成效不明显。为此,作为专职团干部的李保忠,组织江涛等一群年轻技术人员成立了"青年突击队",研究成矿规律,结合实地勘查、向群众打听等多种手段开展工作。

在遇到难题时,李保忠常常和大家一起分析研究。李保忠虽不是学习地质专业的,但他有他的辩证方法,为地质队员摸索水晶分布提供参考意见。李保忠爱读毛主席著作,他说,我们应该用辩证的方法来看待水晶矿的分布规律,有的地方看似很多,实则并无多少,有的看上去似乎没有,往往又会发现大矿。不能简单地说有或者没有,以前我们看问题,就是对立的,要不就是错,要不就是对。李保忠的意见对大家很有帮助。功夫不负有心人,不到一周时间,青年突击队工作成果明显,基本摸清东海县的水晶分布情况:即自小官庄—朱沟—横沟转向新庄—树墩一线为北带,范围较窄小,石英脉的含晶率较低,单个晶洞（矿体）也较小；南带自陈集、池庄—曹林、牛山—南榴、八湖—红土山—董马庄、马小埠一线，南北宽 15 公里，东西长 40 公里的范围为主要矿区，资源占全县的 90% 左右，尤以红土山周围为最集中的矿区，占全县的 1/3。有了这些资料，当地政府一改原来盲目的保护方式，东海县的水晶私挖滥采情况得到了很大程度的控制。

东海县现属于江苏东北部的连云港市。在当时，连云港市叫"新海连市"，名字来源于辖区内 3 个比较出名的新浦、海州、连云三地地名的首字而来。

解放前，东海县一度被国民党政府授予"模范县"。为什么会有如此"殊荣"呢？淮海战役时，国民党反动派军队不得人心，军事上一败再败。军队需要补充，于是大量抓壮丁。东海县被国民党反动派抓去的壮丁不计其数，为了安慰当地，腐朽的国民党政府给了东海县一个"模范县"的称号。

东海县自古出水晶，据说东海水晶的发现和利用，早在一万年前的旧石器时代就开始了，到汉代时已有初步的加工技术。东海县山左口大贤庄遗址出土的"水晶砾石刮石器"距今约一万年以上。新沂良渚文化遗址和海州汉墓群均有水晶饰品和水晶雕刻件的出土。虽然利用较早，但是人们对东海县水晶矿的成因、分布均不清楚。零星的地表人工挖掘，不仅量不大，而且很容易破坏优质矿床和大件单体水晶。

305 地质队到了东海县，大队部驻在西柳庄，其余几个工区分别在牛山、房山、白塔碑等地。进驻东海县后，305 地质队迅速开展工作。看到地质队员到来，当地百姓有欢迎的，也有不欢迎的。大多数百姓认为这是中央政府派来找矿的，矿找到了，必定会造福一方百姓。但也有不欢迎的，少数当地老百姓靠在田间地头寻找水晶，制成水晶制品换钱换物，而地质队的到来无疑是砸他们的"饭碗"。这些老百姓对地质队的到来是抵触的。这些老百姓颇有怨言："国民党反动派都不管，现在管什么管？"

对有抵触情绪的人，李保忠就给他们宣讲政策，改变他们的思想观念。后来，那些原来私自挖采水晶的一些村民，还自发给地质队员带路，把自己发现水晶的经验告诉地质队。

能救命的水，就是最甘甜的水

在东海县工作期间，工作生活条件是相当艰苦的。在西柳庄，大队部人员住在一个原是地主家的砖房四合院里。这是这一带最好的建筑，解放后分给贫下中农居住。地质队来了，当地政府动员村民腾出来给地质队办公居住。其余的村民住的是土夯墙，顶上用茅草盖的房，夏天外面下大雨，屋内下小雨。冬天冷风袭来，屋内更是寒冷难耐，一夜下来，洗脸盆里的水结成冰块，毛巾变成了冰条。虽然每人每月有12元的取暖费，但是没有火炉无法取暖，年长的工人说，这12元的取暖费"有卵用"。这是当时居住环境的真实写照，不少地质队员也住在这样的房子里。房里的土炕，晚上用来睡觉，白天就是地质队员的工作台。下雨天，还要撑着挡雨布在室内工作。

全队4个工区，包括队部所在的西柳庄，没有一辆汽车，每个工区只配备一辆自行车作为交通工具。出野外作业，一般早出晚归，带着干粮在荒山野岭就着山泉水喝。一天早上，李保忠骑上自行车给工区送物资，本应12点就能到达，因走错了路，到一点多钟还在玉米地里的羊肠小道乱转，烈日当空，气温高达三十七八度。这时的李保忠汗流浃背，加上肚子饿，嗓子渴得冒烟，头发晕，腿发软，恶心想吐，已不能骑车。正当李保忠推车向前走时，看见马车路车辙里有积水，水上漂浮着绿苔、马粪等脏物。他顾不了这些，趴下去用手扒开脏物大口地喝了起来，慢慢地，李保忠感觉体力恢复一些。回想起来，李保忠说，那时候管他什么水，能救命就是最甘甜的水，还说"他尝到渴比饿更难受的滋味"。

当地村民看见地质队员的到来，对他们感到非常好奇，每天收工后，就来四合院看热闹，找他们聊天。得知李保忠是土生土长的北京人，70多岁的王大爷每天都要他讲北京的见闻，讲天安门，问有没有见过毛主席，有没有上过天安门，等等。看见地质队员测绘时用的经纬仪，村民就问李保忠，那个东西（指经纬仪）是不是可以看见地下5里地深的所有东西啊？人事科有一个青年人，有一个小提琴，外面有一个黑盒套，不拉时就挂在墙上，村民误认为那是枪。李保忠向他们解释那是乐器，还叫来主人为大家演奏了一曲，村民这才相信。慢慢地，地质队员和村民结下了深厚的友谊。

二 1.5 吨的单体水晶的发现

江涛,是 1954 年毕业于长春地质学院的第一届学生。解放前,江涛随父母一家人在泰国生活,他祖父辈是有名的裁缝,民国时到南洋谋生,因为手艺过硬,被泰国皇家选中专为泰国皇室做衣裳,家境自然很好。江涛在国外,父母送他上华人学校,接受了良好的基础教育。新中国成立后,江涛向家人提出回到祖国工作的要求,虽然父母不舍,但为了祖国繁荣富强,为了儿子的理想,还是默许了他回国。回国后,江涛考取了刚建立的长春地质学院第一期,两年的大专学习后,江涛被分配到内蒙古 205 地质队。不久,305 地质队建队,需要人才,江涛被选中。和他一起到 305 地质队的,还有一位上海女孩华媚春,也是同学。江涛和华媚春在长春地院期间认识,在内蒙古 205 地质队工作期间建立了恋爱关系,后来还到海南五指山开展水晶普查。

在东海 305 地质队,江涛、华媚春结为夫妻。四合院西边隔出了半间房作为夫妇二人的婚房。李保忠不仅是他们婚姻的

1956年，李保忠和同事在江苏锦屏矿坑边。

见证人，后来更是和他们成为了一生的挚友。

搞地质找矿，不是李保忠的专业。但是他善于团结同事，常常向同事请教，不耻下问，同时倾心尽力地为他们做好服务工作。江涛是业务工作的一把好手，也是305地质队主力干将。两人一同南下，又在一个工区，所以两人关系近，李保忠时常向他请教地质方面的知识。李保忠知道，自己如果不了解地质知识、工作手段，是不可能为地质工作做好服务的。两人相互鼓励，立志要为祖国找矿做出贡献。

李保忠虽然在队部，但是分工不分家，都是地质大家庭，常和地质队员同劳动、同工作,虽然不能在技术上提供意见建议,但有时候也可以提供一些工作思路,出谋划策。

  在中国没有任何有关水晶资料的情况下,经过江涛的积极努力和不断探索,不仅搞清了东海地区水晶形成的规律,也提出了东海水晶的成矿理论,还发表了《基性围岩和水晶形成的关系》的论文。在 305 地质队短暂的一年多时间内,李保忠和江涛通过总结东海县水晶分布规律,1956 年春天,在东海县牛山工区附近发现了一块重达 1.5 吨的单体水晶。这是当时中国发现的最大的单体水晶,李保忠是这块水晶发现的见证人之一。水晶发现之后,队部立即向江苏地质局上报。这件事不仅引起江苏省注意,也引起了地质部的注意,在当地老百姓中也引起轰动。地质博物馆建成后,这块水晶先是在地质博物馆展览,后来又归还东海县政府,现在陈列在东海水晶展览馆。

三　放弃组织照顾的婚假

在305地质队工作期间的一天早上,队长徐瑞阳找到李保忠说:"现在有一个去天津的采购任务,你爱人在天津工作,对天津城区比较熟悉,所以决定安排你去,你准备一下马上出发。"当时进口的"维纳斯"牌绘图铅笔和一些特殊工具,一般地区和省会城市都没有卖的,需要到天津、北京这样的大城市购买。

李保忠一听懵了,以前从来没有搞过采购工作,怎么这次会想到让自己去。

徐瑞阳看出李保忠的疑惑:"去年你告别新婚两天的妻子就到东海县报到,这件事我是知道的啊,所以我专门把采购员小刘叫了回来,让你去采购。这次采购,我算了一下,路上来回需要4天时间,我给你3天时间工作,再给你放7天婚假,你赶紧收拾东西准备出发。"李保忠去年结婚时婚假未休就赶到野外地质队报到,一时在地质队传为佳话,地质部领导都有所耳闻。当时地质队没有探亲假制度，直到1958年后才有每年12天探亲假的规定。当时还是考虑到尽可能地让地质队员和家人团聚一个星期，而当时的交通条件和地质队远在深山的实际，所以才再给予来回5天的路途时间。已经在野外工作的李保忠，是不容易补上这个假期的。徐瑞阳看在眼里记在心里，所以这天他听说大队有一个到天津的采购任务，后勤科本已经安排采购人员出发了。徐瑞阳当机立断，让通讯员将在半路的采购员召回。

李保忠觉得别人出差都已经在半路了，硬生生地把别人叫回来，不太好。徐瑞阳说道："小刘出差机会不少，这次就你去了！"这时候，小刘回来，队长把原因给小刘说了。小刘也认为理应让李保忠出这个差，小刘看了一下时间，催促李保忠赶紧准备出发，队部离车站有一定距离，小刘骑着自行车驮着李保忠往车站赶去。

天津国棉一厂，值班人员找到正在车间里工作的杨玉珍，杨玉珍洗了把手，摘下口罩出了车间。一看，是李保忠提着水果袋笑眯眯地站在车间门口，杨玉珍高兴得一时不知所措。李保忠告诉杨玉珍自己回来了，让杨玉珍先上班，自己在门外等候她下班。不一会儿，杨玉珍换了衣服喜滋滋地出来，挽着李保忠的手有说有笑地走在回家的路上。李保忠对组织的照顾心里是非常高兴的，他把此行的目的和队领导的关怀如实告诉了杨玉珍，杨玉珍也非常感动。俩人都有一个共同的想法，那就是组织越是这样关怀，越是要好好工作，以实际行动感谢组织的关怀。再说能回来是没有想到的，能见上一面也很知足了，杨玉珍很高兴。

第二天，杨玉珍调了一天班，高兴地陪着李保忠到国营百货公司购买所需物资材料，两人在一起度过了短暂而甜蜜的一天。由于有一种材料在天津买不到，缺货，李保忠只得到北京去买。临行前，李保忠告诉妻子，组织上关心我们，我们应该对得起组织，所以打算在北京购买物资后，看望一下母亲就直接南下归队。队上工作也很忙，自己多休息一天，意味着同事就要多辛苦一些。妻子支持他的决定，就这样，李保忠在北京购买齐材料后，看望了母亲，给家里挑水劈柴，陪母亲说了几乎一夜的话，第二天又踏上了南下的火车。

这样算下来，本来给李保忠14天的时间，除去4天路途，3天采购，应有7天休息。可李保忠在天津只待了1天，北京待了1天，总共只用了6天，就匆匆回了东海县队部。队长徐瑞阳见李保忠回来了，连忙问了情况，李保忠如实回答。队长叹了口气，开玩笑说："你小子有假不休，可别说我这个队长没给你机会。"

1955年底，因为305地质队工作成绩显著，上级决定给305地质队一个干部提级指标，由大队推荐。指标给谁，得由大家说了算，徐瑞阳把它拿到职工大会上讨论，很长时间没有人发言。有一个技术员发言说："305地质队建队时间不长，同事间相互了解还不够深，队长你对每一个人都了解，你就介绍一下吧。"徐瑞阳说："好！既然大家一时提不出来，我提一个人选给大家考虑，我提李保忠。"接下来徐瑞阳谈了推荐理由："李保忠在305地质队组建出发之前，周末刚结婚，为

1957年，地质部华东地质局304队完成水晶磷矿勘探纪念合影。

了工作，周一就出发到江苏，没有休一天婚假。10月份，组织照顾他，安排他去天津采购，给他路途和采购时间7天，另外特批他婚假7天和家人团聚，可是他在天津只待了一天，往返6天就圆满完成任务回来了。"徐瑞阳的话还没说完，就被一阵掌声打断。这样，李保忠得到大家一致赞同，晋升了一级。

　　随着人造压电石英的问世，国家对原生水晶矿需求不再那么强烈，305地质队作为一支专业找水晶的地质队，于1956年下半年并入同在东海县专业找磷矿的304地质队，成为304队的一个工区。304队是一支有1000多人的专业找磷矿的勘探队，前身是地质部建部前就存在的6个地质队之一的大冶429地质队，由于工作需要转战东海县开展磷矿勘探。

305 地质队虽然不存在了，但是李保忠和江涛那一批人摸索出来的水晶找矿方法，为后来的水晶矿勘探提供了宝贵经验。江涛编写的《水晶矿成因及找矿方法》，为在江苏东海县发现重达 3.5 吨"水晶王"和 2.14 吨重"水晶二王"提供了理论和实践经验的支持。毛主席的水晶棺材，就是通过 305 地质队前期做的大量工作基础上，采选东海县的优质水晶为原材料制成的。

四　地质部的慰问

　　当李保忠再次和母亲辞别时，母亲不像第一次那样伤感，她对李保忠说："孩子，你在野外受多大累、吃多大苦妈我没看见，可是我知道你干地质工作是光荣的，妈也沾了你的光，你这一辈子什么也甭干，就干地质。"

　　李保忠母亲之所以说出这样感人的话，是缘于地质部的慰问。当年李保忠离开部机关，南下305地质队，春节是不能回来和亲人团聚的。地质部机关当时有个惯例，凡是从部机关调往外地任职，春节不能回来和家人团聚的职工，都要派人到家中慰问。那是1956年大年初二，一辆漂亮的"吉姆"牌小轿车，停在了魏公村村口。从车上下来两人在村委会打听到李保忠家的位置后，由村干部带着，手提礼品直奔李保忠家。他们见到李保忠母亲，对她说："大娘，我们是地质部的，您儿子在野外地质队不能回来和您一起过年，今天我们来看看您，给您拜年来了！您有一个好儿子，他是一个光荣的地质队队员，这都是您培养教育得好，我们要向您表示感谢。这是送给您的礼物，祝您春节愉快，身体健康！"

原来，这是地质部党组书记、副部长何长工关心部里外调到野外工作的同志，专门安排司机和工作人员驾驶自己的座驾到这些人员家中慰问。

车开走以后，几乎全村人都在议论，有的还问李保忠母亲这是哪来的车。李母满脸骄傲地说，这是我儿子单位地质部的车，是专门来给我拜年的。20世纪50年代初，在一个小小的农村能有这么高级的轿车开进，实为罕见。从那时起，全村家家户户和邻村都知道李保忠是搞地质工作的，这是一份光荣的职业。李保忠将妈妈说的"你这辈子别的不要干，就干地质！"牢牢记在心中。

五　60年后再聚东海

　　2015年，李保忠偕妻子和当年在305地质队一起工作的江涛、华媚春、王熙明、张大起等一同故地重游江苏东海。1956年，江涛与李保忠分别后，江涛留在东海继续开展工作，两年后他调到少有人涉足的湖北神农架地区进行水晶普查，后又调到四川甘孜州寻找水晶。在这期间，江涛因为海外关系和家庭出身，被错误地打成"右派"和"现行反革命"，被"判处有期徒刑三年"。但是，工作上又离不开他，决定"监外执行"，要他"戴罪立功"，继续干他的地质工作，每月只给15元生活费，白天被监督劳动，晚上住牛棚。当时的个别领导曾找到他妻子华媚春，将江涛的"材料"给她看，要求华媚春与江涛离婚，划清界限。但是华媚春坚决不签字，华媚春在和江涛认识相处的多年中，深知江涛的人品，两人在长春地院学习期间，相识相知相爱，相互鼓励。华媚春是新中国第一个从事水晶普查的女地质队员，也是在祖国三大水晶地区工作过的女地质队员，在江涛受到不公正待遇的那些年,她不仅没有离他而去,而是坚定地支持丈夫,鼓励丈夫。在那段艰难的岁月,她和丈夫不但没有颓废,而是在逆境中一起完成了有关水晶方面的5篇论文,为在中国寻找水晶矿提供了宝贵的实践经验和理论依据。

江涛在忍饥挨饿强制劳动下,还要遭批斗受侮辱。在不公正的对待下,江涛曾经想过自杀,想过回泰国,也想过和妻子离婚,免得连累妻子。李保忠从来信中得知了他的情况,写信勉励他。李保忠相信江涛,在给江涛的信中,李保忠给他说"真的假不了,假的真不了"。江涛在和他一同被打成"右派"下放劳动的一个老工人启发下,在爱人的支持下,他相信党组织,迟早会弄清自己的历史问题。有了自信后,江涛放弃了自杀和回泰国的想法,仍坚持写找矿论文,并提出在石英脉里找水晶不是唯一途径的新理论,获得地质界广泛的好评。在那个年代,江涛不仅没有被击垮,反而在牛棚里总结写出了《水晶矿成因及找矿方法》一文,为业界提供了宝贵的水晶找矿经验。1980年,江涛得到平反,随即被评为全国地矿系统劳动模范。

江涛早年放弃优越的海外生活,回国参加祖国建设,虽然受到不公待遇却依然默默为祖国奉献自己的一生,平反和表彰,无疑是对他人生最好的肯定!

在当年的牛山工区,一位92岁的老人看见李保忠等人到来,拄着拐杖出门询问。一打听,这位姓徐的老人竟然还记得当年的"水晶队",说:"你们徐队长我还记得呢,和我还是家门咧。"这时候,周围邻舍陆陆续续地出来,一起听几位老人聊起当年的故事。徐老向李保忠打听当年很多人的归宿,李保忠也向老人打听当年牛山工区的一些相识父老乡亲的情况。岁月如梭，他们口中的很多人都早已不在人世，真是"访旧半为鬼"！大家不免唏嘘感叹。当年，村民住的还是冬天不避风、夏天不避雨的茅草房，现在早已住进宽敞明亮的楼房。徐老的儿女甚至孙辈，从事与水晶有关的事业的就有5人，并因此致富。说着，徐老的大孙子正好接孩子放学归来，一辆帕萨特牌轿车停在门口。当年的孩子上学得走几里山路，还得把中午的口粮带上。徐老拉着李保忠等人的手说，我们老百姓现在都过上好日子了，是你们给我们打下的基础好啊！

在东海县水晶城，几位老人参观了当年发现的"水晶王"。虽然后来陆续发现的"水晶王""水晶二王""水晶三王"体重和体积都超过了当年李保忠他们发现的"水晶王"，但是当年"水晶王"的发现无疑是具有里程碑意义的。

现在东海县的水晶，以蕴藏量大、质地纯正著称，已是闻名遐迩的"水晶之都"。东海水晶探明储量约为30万吨，储量、质地均居全国之首。2007年，"东海水晶"成功实施国家地理标志产品保护。在水晶产业的带动下，全县有20多万人从事水晶产业，与水晶有关的产业年产值达100亿元，已成为东海县经济的重要支柱，并形成了世界重要的水晶集散地。

在离开东海之际，几位地质老人一起泛舟西双湖，畅聊年轻时在东海305地质队工作的峥嵘岁月和自己的地质人生。

1953年，年仅17岁的王熙明进入湖北大冶429队地质队员培训班，经培训后开始从事地质工作。曾接受过前苏联水晶找矿专家的指导，积累了丰富的水晶普查经验。东海水晶普查结束后，他随队转战到川藏高原和海南进行水晶普查，并担任技术负责人。在中国东海、川藏高原和海南三大水晶矿都留下他的足迹。王熙明后来调到四川西部寻找水晶，他的未婚妻多次要求他调回城市工作，王熙明拒绝了。当王熙明在野外工作时不慎从高处摔下致残时，他没有等来未婚妻的关怀照顾，等来的却是一封诀别的信。王熙明摔伤后，每天带着护胸架在室内工作，被大家称为"架子王"。而此时，善良的熊女士向他伸出了爱情橄榄枝，并向他许诺，愿照顾这位为了祖国地质事业而身负重伤的人一辈子。

沈君，出生在上海，在"到祖国最艰苦的地方去，为社会主义建设添砖加瓦"的召唤下，1953年远离父母，远离上海，到安徽铜陵一个刚组建的地质队参加了地质队员培训班，投身地质事业。1955年他到305地质队从事水晶普查工作，在工作中从不叫苦，不喊累。他从小喜爱吹口琴，曾接受过口琴名师指点，其演奏水平远远超出一般爱好者。在渺无人烟的矿区，在终年冰雪不化、海拔5000米的高原上，是沈君的优美口琴声，给身边的地质队员减少了野外工作生活的寂寞和翻山越岭的疲劳。当沈君被错误地划成"右派"后，他坚持在4000-5000多米的雪域高原上干最累最苦的工作。政治上的压抑、生活上的痛苦和工作上的劳累，都没有动摇这个生长在大上海的青年为祖国寻找矿藏的信心和决心。他坚持认为他被打成"右派"是错误的，迟早有一天他的"右派"帽子会被摘掉。20世纪80年代初，沈君的"帽子"被摘掉了。

张大起，1953年考入长春地质学校，毕业后先分配到扬子江中下游中苏合作地质队，后到305地质队工作，在东海县工作结束后随队到川藏高原找矿。张大起负责外围普查，不仅比在固定矿区工作走的路更远，爬的山更难，更要防范野兽出没，土匪横行，为此他一般出工都有警卫带枪随行。警卫员擦枪时，张大起见过，弹匣里有5颗实弹，两颗空包弹。空包弹在前，只能发出响声没有弹头，用于警告作用，也起到防止走火伤人作用。两颗空弹打响后，如果还不能起到警告震慑作用，才能射击实弹。大家说他是全队"待遇最高的人"。在雪域高原上，啃一口干馍、吃一团糌粑，抓一把白雪充饥是家常便饭。在困难时期，每天要在冰雪路滑的雪山上走近百里，每月却只有24斤的粮食定量，其饥饿程度可想而知。张大起在冰天雪地的高原上工作了13年。

　　在双西湖一同乘船的11个人，有3位是地质队员的家属。她们虽然没有把汗水洒在风雪高原，也没有把脚印留在旷野荒山，但她们却有一颗热爱地质事业的心，是她们打破世俗偏见，顶住社会上某些人对地质人的嘲讽：

　　　　有女莫嫁地质郎，
　　　　一年到头守空房。
　　　　有朝一日回家来，
　　　　带回一堆破衣裳。

　　而是以：

> 有女就嫁地质郎,
> 他为祖国找矿忙。
> 一年到头多辛苦,
> 他们光荣我沾光。

把自己的一生献给了地质队员。

老地质队员们回忆60年来,为祖国寻找矿藏的前后经历,人生命运,各自把珍藏了一生的老照片展示出来。大家争着看一张张合影,再看看60年前的容貌和今天的发展变化,不禁发出深深的感叹。

回顾自己的一生,大家为自己从事的地质工作感到自豪。在那个年代,有的人虽然受到了不公正的对待,但是为祖国找到富饶的矿藏,使祖国富强、伟大,是他们共同的愿望!回忆自己的地质人生,没有一点后悔之意。

这些,何尝不是新时代需要我们去挖掘传承的精神富矿!

李保忠感慨万千:

> 六十年同走一条路,八十岁同坐一条船。

第五章

凤阳地质队的往事

和妻子有了第二次约定后，李保忠到天津纺织局拿回调令，没有回地质部，直接去了南京江苏省地质局人事处。该处听了他的说明情况，即安排他到刚刚组建的"安徽省凤阳地质队"工作。这是一个只有三四十人的小型地质普查队。凤阳队的建立，是源于当地老百姓的"报矿"。

"报矿"的由来，起源于1953年，全国地质工作全面展开不久，时任地质部副部长的刘杰向毛主席汇报地质工作时，毛主席问："地质队员与各地人民群众关系如何啊？"刘杰回答："绝大部分地质队员都与所在地老百姓能够和睦相处，也很遵守少数民族风俗习惯。由于群众欢迎地质队，他们还从山里拿来矿石样品或写信给地质部门，主动向地质队报矿。"毛主席说："很好嘛，这很好嘛！群众报矿应该给邮费，给奖励啊！"一年后，毛主席的指示得到落实，地质部制定了《群众报矿的暂行办法》。人民群众踊跃报矿，凤阳地质队就是根据群众的报矿信息，决

安徽省凤阳地质队队员合影。

定在凤阳县南和定远县北的宋集乡组建起来的。

　　凤阳县位于安徽省东部,是明朝开国皇帝朱元璋的故乡,是有名的历史文化名城,有举世闻名的明中都皇城和明皇陵,是八仙之一的蓝采和的成仙之地,是庄子与惠子濠梁观鱼之地,也是中国农村改革开放的发源地。凤阳的贫困,也是大家所熟知的,1978年,世世代代耕作在这里的18个农民的"红手印",揭开了中国农村改革序幕。凤阳人开创了家庭联产承包责任制,后来成为全国农村改革典范。到如今,这块希望的田野上发生了巨大变化。

第五章 凤阳地质队的往事

1957年，凤阳地质队经过安徽凤阳皇陵。

该县的大庙公社即现在的大庙镇，是李克强总理当年上山下乡的地方。该县的皇陵是国家级文物保护单位。明皇陵葬有朱元璋的母亲。

给李保忠留下深刻印象的不是以上古代和现代的历史，而是在凤阳流传至今的"凤阳花鼓"小调：

说凤阳，道凤阳，凤阳本是好地方。
自从出了朱洪武，十年倒有九年荒。
有钱人家卖田地，无钱人家卖儿郎。

保大叔的故事

我家无有儿郎卖，身背花鼓走四方。

1957年2月下旬，李保忠一行早饭后从凤阳县城出发，背着行囊徒步沿着皇陵方向向前，当晚6点到达皇陵的尽南——大庙。到凤阳地质队这是一条必经之路，也是唯一的投宿之地。当晚，大庙公社的同志将李保忠等一行6人（3女3男）安排在一个大牛棚里过夜。由于没有被褥，只能睡在牛吃的稻草上。据李保忠说，这一夜是他们乃至全世界都难得听到的"交响乐"，夜间和我们6人同在一个牛棚里的7头牛，"咯吱，咯吱"不停地吃草，还要"哗，哗"不停地撒尿，老牛和小牛都要高声"哞儿，哞儿"地叫。有这难得一遇的"交响乐"，谁能睡得着觉。第二天迎着朝阳队员们继续奔赴宋集公社，离开大庙十几里地后，来到一条10多米宽的河边。河水虽只有40-50厘米深，但2月底阴山背后的河水虽解冻，河面上却有一层薄冰顺水而流。随行的两名女同事不敢趟水，李保忠趟水将她俩背过去。趟过一条河，就进入凤阳南山山脉。经过一天行程，傍晚到达凤阳地质队所在地宋集公社。这是一个荒凉、贫穷，交通极为不便，群狼出没的地方，居住工作环境非常艰苦，比东海县的条件还差。地质队员吃的是当地供应的杂粮，喝的是地上冒出来的涓涓泉水。一年四季吃的蔬菜全靠当地的农民送，不送来就没菜吃，只得吃咸菜和豆腐乳。

李保忠在凤阳地质队任秘书，兼任团支部书记、工会主席，蚌埠市团地委委员。当时的凤阳县属于蚌埠专区管辖。李保忠认为，野外工作艰苦，要通过丰富多彩的文化生活化解同志们

第五章 凤阳地质队的往事

1957年，和同事在安徽凤阳农校。

的疲劳。但是凤阳野外地质队的文化生活条件基本没有，唯一有的是一台摇把式留声机。没有条件就要创造条件，李保忠利用业余时间，带头开辟一块空地建起篮球场。在球场两端各竖立一根歪歪扭扭的树干，上边钉上一块木板，让队上的铁匠打两个铁圈，钉在木板上，一个篮球场便建成了。傍晚时分，迎着山谷的风，激烈的球赛便开始了。周末球场就成了舞池。每当周末敲起脸盆，吹起口琴，饭盒里放一把勺子，在铛铛铛的敲盆声、哗啦啦饭盒和勺子碰撞声的伴奏下，舞会便开始了。一双双登山鞋在舞池上来回蹭，黄土也随着特别的华尔兹翩翩

113

起舞。一场舞会下来,每个人从头到脚浑身是土。李保忠认为,这样的舞会在全世界大概只有地质队员才能享受,这也是地质队员在野外的乐趣所在。

不仅工作环境艰苦,生活条件也很艰苦,医疗保障也非常落后。凤阳地质队的规模不大,只配备了一名护士级的"队医",其药品只有治疗伤风感冒、防止蚊咬的药和纱布绷带、二百二红药水之类,所以职工称这个"队医"是"二百二大夫"。

一　地质队员之死

吴多桂离世

正是因为医疗条件落后，在凤阳地质队期间，两名工人先后发生事故，因交通不便，缺少医药治疗而死亡。凤阳地质队只有一台钻机，用于取岩心，其他勘探工作主要靠槽探和浅井揭露地表等手段。吴多桂是浅井班班长，一位50多岁的老工人，五级工，工作积极负责，业务水平精湛。由于长期在阴暗潮湿的槽井下作业，他患上了关节炎。吴多桂听当地老乡说，这里有一种山草和猪蹄一起炖服可以治疗关节炎，他就私自弄了一些来，用煤炉熬了一个晚上。早晨起床后，连肉带汤喝了下去。中午，正在进行槽探工作的吴多桂开始闹起肚子来，一个下午过去了仍不见好转，而且越来越严重。到日落时分，他的脸色苍白，已不省人事。队医用了几种常规方法比如催吐等也没有效果，仍然疼痛不止。这时候队医建议送往县人民医院医治。

李保忠找来4个当地的年轻农民将吴多桂放在行军床上抬着往县城送。刚一出屋门就被夹着雪花的大风吹了回来,在风雪交加、湿滑的山路上抬着一个人到县城,昼夜不停地走最快也要3天。只好作罢,另想办法,同时安排一名同事连夜到乡政府请求协助。求助的人没走多久,晚上10点左右,李保忠和同事们眼巴巴地看着这位工作一贯积极认真的慈祥老工人,怀着对地质事业的深情永远地闭上了眼睛。

吴多桂去世后,他的爱人闻讯赶来。大家发现,吴多桂的爱人是个瘸腿的残疾人,自己本身都需要别人照顾,却无私地支持吴多桂干他热爱的地质事业。在灵前,听了吴多桂爱人的哭诉,大家才了解:一开始,抽调人员来凤阳时,组织上考虑凤阳的艰苦条件和他的身体,在名单上把他划掉了。他原本不在抽调之列,但因为新的队伍需要像他一样的老同志工作上能传帮带,吴多桂找到领导,要求一定要来,回家还做了爱人的思想工作。没想到,再过几年就可以退休安享晚年的吴多桂,带着遗憾离开了人世。

组织上问吴多桂爱人有什么需求。她说没什么需求,只求做一口像样的棺材,送回贵池老家入土为安。于是组织上安排一辆解放牌卡车,将装有吴多桂遗体的棺材运回他老家。发车的那一会儿,李保忠和同事们都狂哭不止,想着地质队的辛苦,想着老吴的好,想着平时他对大家的关怀,想到他的残疾老伴今后更加不易的生活,看着车渐渐走远,李保忠等人的心情久久不能平静。

涂训章离世

　　涂训章是浅井青年班的班长，是凤阳地质队在当地村民里招录的工人。他工作突出，在地质队入了团，当上了浅井青年班班长。这天，涂训章带领3个工人在浅井作业时，井上一块木板突然滑落向他们砸来。眼看木板就要砸向一名工人，涂训章不顾自己安危把他推开，木板却砸到他自己头上，他顿时昏了过去。李保忠知道后立即从不远处的队部赶来，看着躺在地上的涂训章，李保忠把昏过去的涂训章放在自己怀里，一边叫他的名字，一边查看伤情，并立即打发当地一个工人找来一辆小驴车，把涂训章送往几十里外的蚌埠医院。半路上涂训章一直躺在李保忠怀里，一句话也没有说，只是不停地撒尿，李保忠的下身全被他尿湿了。还没有到医院这个22岁青年浅井班长就永远地闭上了双眼。

　　涂训章是孤儿，唯一的姐姐已经嫁人。辗转联系到他姐姐，她赶来时泣不成声。涂训章爸妈早年病死，临终前托付年龄稍大的姐姐要看管爱护弟弟。眼见弟弟长大，参加工作到地质队，姐姐十分欢心，认为弟弟终于找到了人生归宿，可以放心了。可现在，弟弟因为舍己救人牺牲了。姐姐哭着说："我怎么向咱们死去的爸妈交代啊！"被涂训章救下的小陈一直在给涂训章守灵，见状立马对涂训章姐姐说，姐姐，涂班长是为我才这样的，以后你就认我当你的弟弟吧。从此以后，小陈就认上了这个姐姐，每年清明和姐姐一起去涂训章和涂训章父母坟前上坟扫墓。娶妻生子后,他也带着自己的妻子孩子去。小陈的父母也将涂训章姐姐当自己女儿看待,亲如一家人。这是后话。

涂训章的舍己救人行为,固然得到了组织褒奖,但大家痛定思痛,积极查找原因,避免以后再次发生此类事故。后来在开展工作时,在可能发生事故的环节都要设置安全员进行警诫。但是,李保忠和他的同事也共同想到一个问题:如果一个地质队能配有技术精湛的医生,有足够的药品,并备有快速的交通工具,就能减少地质队员的伤亡。

雪山上的篝火

吴多桂和涂训章属于因工死亡,李保忠深为惋惜,想到"要奋斗就会有牺牲",想到在他从事地质工作的40多年中,经他掩埋为地质事业献身的就有10多位同志。其中让他最难忘的是原305队的技术负责人沈楫熏,他在结束东海水晶普查后,随队转移到海拔4000—5000米的四川甘孜州继续寻找水晶。他到那里不久就被划为"右派""四类分子",关在牛棚里。从此他在遭受不断的批斗中,还要在4000—5000米的雪山上别人爬不去,他要爬上去的矿区去工作。他为了争取早日摘掉"右派"帽子,在没有工资只发生活费的困难情况下,坚持多干活,干重活。在甘孜州九龙县海子坪矿区,这里平均海拔4000—5000米,最高达6000多米,抬头可见终年积雪的雪山和高原,境内的湖泊伍须海,风景堪比九寨沟。这里风光无限,天很蓝,天和地的距离似乎离得很近很近,爱好摄影的人用相机随便一拍

第五章 凤阳地质队的往事

都是景，晚上满天的繁星，点缀着天空。可是沈楫熏没有心情看这些，他的心里想的是努力工作，用实际行动证明自己，争取早日"摘帽"。这天，沈楫熏背着工作包外出填图。大队收到了上级关于摘掉"沈楫熏右派帽子"的决定。这样大快人心的事，组织上通常会在职工大会上宣布。由于沈楫熏在高寒的工区工作，领导决定等沈楫熏回来后再宣布。

傍晚时分，按照工作习惯，大家收拾东西准备返回驻地时，发现图中尚有一个空白点，而这一个点不填，下次又要专门为了这一个点来这一区域，费时费力。为了保证质量，提高效率，沈楫熏主动提出他去填这个点。这样一个偏僻的点，其实放在现在来说，就算是不填，对全局影响也不大。但清华大学地质系毕业的沈楫熏，在对待工作方面有着很高的要求，工作非常严谨认真，有时候倔犟起来，自己是不是"右派"反倒无所谓，认为干工作一定要科学严谨，为此他没少和单位领导就业务方面进行争论。

大家都知道他的性格，见沈楫熏坚持要去，把身上剩下的干粮和水给了他，提醒他注意安全。这样的事情沈楫熏也不是做过一次两次了，常常大家觉得差不多的时候，沈楫熏认为"垫垫脚尖就能摘到的桃子"，为何不"摘呢"。在众人往回走的同时，在川西北高原的天地间，一个孤独的身影朝着反方向而去，茫茫荒野中一个点越来越小。

大家回到驻地过了很久，不见沈楫熏回来。高原上天气变幻莫测，眼见已经飘起雪花，天色将暗，同伴连忙将沈楫熏独自填图未归的情况报告组长，组长随即遣人随同事前去寻找。

年轻一点的同志则全部请缨上山寻找沈楫熏。大家打着手电筒,沿着他填的最后一个点在风雪交加海拔5000米左右的雪山上寻找着。后来,一名同志发现半山腰盖着雪的石头裂缝里隐隐约约像是有一个人的模样。几名年轻同志摸索着下去看,正是沈楫熏,口里还有一丝微弱的气息,话已说不出。大家背着他在没有路的雪山缓慢往下滑,由于此地多是难以行走的陡峭悬崖,在到达4500米的地方时,沈楫熏已气绝身亡。大家还是费了很大的劲把沈楫熏抬回4500米的驻地。再将尸体从4500米雪山运到山下大队部,困难极大,因为从4500米到山下都是悬崖峭壁,单人行走都困难,两个人抬根本无法行走。

队部联系到他远在上海的亲属,将这个不幸的消息告诉了他们,并同家属商量遗体处理事宜。亲属们知道即便他们能来,路途也要10天左右,而且也上不了4000多米的雪山,最后家属说他们再商量一下。

第二天,电话再次打了过去,那边家属哭泣地说,他们同意组织就地处理,把骨灰寄回上海。

就这样,大队决定将沈楫熏的遗体就地火化。火化当天,同事们准备了大量木材,堆成井字形,将沈楫熏的遗体放在柴堆上,浇上煤油。由两名当地的农民工点着泼上煤油的干柴。在没有亲人、没有哭声,只有干柴燃烧的噼哩啪啦声,在4500米的雪域高原燃起的熊熊烈火是那样火红,周边的雪被烈火照耀得是那样洁白。在两个农民工的见证下,这个1952年清华大学地质系毕业就投身祖国地质事业的年轻人,在没有向父母和未婚妻说一声告别,在身边没有亲人的情况下,永远地离开了人间。沈楫熏离开父母时学的地质，是一个活生生的人。而今，留给亲人的是一堆献身地质事业的忠骨。

每当想到沈楫熏的时候，李保忠就忍不住流泪。

二 和狼的斗争

在凤阳宋集公社,老百姓常跟地质队员说,队部附近有狼活动,要大家注意防范。但是大家一直没见着,没太放心上。一个星期天,李保忠正头靠窗户躺在床上看书,忽觉窗外一闪,定睛一看是一只成年的大灰狼,两个爪子趴在窗楞上往屋里看着。李保忠的头和狼的嘴被窗楞隔着大约10厘米。狼的双眼恶狠狠地盯着李保忠,呲着牙,口里发出一种低沉的吼叫。李保忠不知道外面狼的数量,但没有慌张,他走到屋门口,大声喊"狼来了!"二十几名职工,一起跑出来,有的拿着镐把,有的拿铁锹,有的拿木棍。狼见人来,并不慌张,慢慢地往远处走去。见有人追它,它就跑一跑,没有人追它,它就坐下。

不久,因为勘探工作需要,采取爆破取样,几声震响,老狼闻声而逃,从此再也没见到老狼的面。

三 迟来的电报

妻子发来电报：孩子病危速回

1957年8月，李保忠的大儿子出生之时，在安徽地质队日晒雨淋干地质的李保忠根本不知情。远在天津的妻子生下孩子后的第12天，孩子突然发热，高烧不退，伴有惊厥症状，纺织厂医务室按照常规治疗几天都没有好转。一天深夜，孩子又发高烧，除了呼吸几乎没有别的反应。这时孩子已经连续几天不吃不喝，杨玉珍把孩子抱到医务室，医务室值班医生见状，陪着杨玉珍连夜带着孩子去了天津人民医院。在人民医院，接诊医生在之前治疗方案和手段都未奏效的情况下，立即召集有关科室对孩子进行会诊。

鉴于长时间高烧不退和水乳不进的症状，医生建议对孩子抽脊髓化验诊断。抽脊髓存在风险，要求杨玉珍签字，同时下达病危通知书。新为人母的杨玉珍手足无措，她多么希望自己的丈夫能在身边，陪着自己面对这一切，她蹲在医院走廊长椅旁掩面哭泣。医院长长的走廊，对杨玉珍来说，就像是一个深渊，这头跑了跑那头，医生在空荡走廊上来回穿梭的脚步发出的"嗒嗒"声，每一声都刺激着她的心。好不容易熬到天亮，杨玉珍的父亲赶了过来，陪着杨玉珍，一边安慰女儿一边同医生交涉，最后由杨玉珍父亲做主，让杨玉珍签了字。杨玉珍回忆，当时战栗的手连自己名字都写不好。

医护人员来接孩子，杨玉珍万分不舍。医护人员把孩子放在床上推进诊室，杨玉珍眼巴巴地跟在医护人员后面，亲属不让进，杨玉珍只能在门外等候。她从门缝里看进去，孩子侧躺在床上，一根在杨玉珍眼中看来很粗的针，刺进孩子体内，孩子本能地哭了一下，然后竟然没了声响。杨玉珍感觉心像被什么东西揪了一下，天仿佛塌了一般，眼前发黑，两腿发软，瘫坐在门外。杨玉珍父亲见状，连忙将她扶起在长椅上坐下，杨玉珍抽噎起来。漫长焦急的等待中，杨玉珍在父亲搀扶下，给远在安徽的李保忠发了一封电报，内容是：孩病危速归。

诊室大门被医生进进出出推来推去，每每有人进出，就会扇起一阵风，把站在门外的杨玉珍的心扇得拔凉拔凉的。过了一会儿，孩子终于推了出来，杨玉珍箭步冲上去看，医生摘下口罩，喘了口气说："孩子没事了，只是睡着了。"

在安徽的李保忠接到电报已经是一周之后的事了。年纪稍长一点的人都对收发电报有很深刻的记忆。那个年代，电报是很稀罕的事物，分隔两地的亲人，通常通过写信联络，但是信件在路上的时间长，有急事时只能通过电报的方式通知。电报费用贵，是按字计算价格的，人们发电报的内容简短，言简意赅。常年在野外的地质队员，照顾不了家中父母，收到电报，内容往往是：母（或父或妻）病重，速归。也有报喜的：廿日喜得一子。就连二十这个日子也尽量用一个能表达的字代替。

邮递员送来电报时，李保忠正给同事们送饭回来。那时，人手紧缺，地质工作艰苦，大家用"女人当男人用，男人当牲口用"来形容野外地质工作人员配备。李保忠虽然是大队干部，但是大家都在竭心尽力地为地质找矿服务，他就为一线技术人员服务，做一些具体的工作，可谓分工不分家。

李保忠拿着电报推算，电报应该是告诉他当爸爸了，他来不及洗手打开一看，不看还好，一看，心里凉了半截。电报上写着：孩病危速归。李保忠看在眼里，急在心里，目不转睛地看着电报。新为人父的喜悦和儿子病危的消息交织在一起，让这个七尺男儿心里发酸，眼睛有些湿润。许久，他慢慢回过神来，又把皱巴巴的电报纸舒展开，一字字地看起来，当看到发电报日期，已经过去一个星期了。李保忠细细一想，这是一周前的事情了，如果说孩子有什么不测，那么即使我立马赶回去，路程也要4天，该过去的也已经过去了。如果孩子没事，那也已经挺过来了。他立马叫住还未走远的邮递员，让邮递员回复一个电报，内容是"尽量抢救路远不能回"。一周后邮递员再来时，李保忠心情沉重，不敢打开电报来看，却又不能不看。他缓缓地打开电报纸，一看心情豁然开朗起来，整张电报纸似乎都变得好看起来。这次邮递员带来了妻子发来的另一份报平安的电报。原来，杨玉珍那头经过医院精心治疗，孩子病情很快好转。眼见孩子好转，妻子不想因为那封电报耽误李保忠工作，就赶紧发了一份电报告之平安。

这时，李保忠悬着的心终于放下了。

第六章

河北省物探大队的往事

1958年4月，一纸调令下到凤阳地质队，要将李保忠调到地质部物理探矿局北方大队。这是一支技术密集型的物理勘探专业队伍。为什么要调李保忠到这里呢？李保忠说，原因应该有三。其一，他结婚未请婚假，结婚第二天就告别新婚的妻子到野外队去了；其二，在野外队时单位领导为照顾他，派他到天津采购，给他往返路途和工作时间外再给他7天休假，权当补休婚假。但李保忠没有休，完成任务提前回队；第三，考虑到他夫妻两地分居，调他到妻子所在单位工作，他报到后谢绝了组织上的照顾，重返野外地质第一线，坚持干自己喜爱的地质工作。这几件事在地质部机关传为美谈，部领导也有所耳闻。1956年地质部物理探矿局成立北方、西方、南方物探大队。北方大队和西方大队先后在天津和兰州建立起来，南方大队在筹备。为此，北方大队的工作范围，就南到中南、北到华北和东北地区，在中南的湖南开展了大量物探普查工作，在东北参与了大庆油田前期的物探工作,为大庆油田提供了物探资料,为大庆油田的发现做出了一定的贡献。

  调令到凤阳地质队后,正赶上凤阳队一名副队长犯错误要进行处理,需要李保忠参与,所以拖到1958年9月底,李保忠才登上北上天津的列车。到达天津见到阔别一年半之久的爱人和一岁多的儿子,一家人其乐融融度过了一个美好的国庆节假期,10月3日李保忠去物探大队报到。报到后他才知道地质部物探局北方大队已下放给河北省地质局,并改名为河北省地质局地球物理物探大队,也得知他被安排在该队的人事科工作,一年后到工会工作。

一　为职工谋福利

李保忠通过调研了解到，大家反映较为集中的一件事是：企业员工直系亲属患病，在公立医院治疗可报销50%医药费。直系亲属死亡的，给予全队职工年平均工资的一半为丧葬补助费。妻子没有工作的，生孩子时发给生育补助费用4元。

然而这些福利地质队职工却没有，理由是地质队是事业单位。工厂是企业单位，而"事业"与"企业"的区分是有没有最终生产产品，事业单位没有最终产品。李保忠对这项政策颇有怨言。他认为这项政策的制定者缺乏调查研究，把有没有最终产品作为职工是否应享有福利标准是错误的，把野外地质工作定性为没有最终产品是不正确的，是忽视地质职工的劳动成果。地质职工的成果就是矿产，这些矿产是广大地质职工翻山越岭、风餐露宿付出极大辛劳获得的。本着这一指导思想，他向领导进行了汇报。

工会主席陈子金听了李保忠的汇报后说："小李，那你觉得应该怎么办呢？"李保忠说："把这个问题向上级工会反映一下，看看他们是什么意见。为职工着想本来就是我们的职责。再说了，我们争取过，实在没办法，职工们起码知道我们尽了力。我打算将此事向河北地质局反映，以获得支持。"

陈子金思考了一会儿，说："好！我同意你的意见。办得成，就算咱们为物探大队职工做了一件好事；办不成，大家的思想工作我去做！"有了领导的支持，李保忠就亲自到当时物探队的上级工会——天津市河东区工会进行汇报。该工会负责人听了李保忠的汇报后，感到有一定的道理。但是，他说制定这个政策的是全国总工会，具体的规定是在全总的"职工劳保条例"里，作为天津市的区工会是无权更改这项政策的。李保忠理解这个解释。于是，他又直接到了北京全国总工会。全总有关部门负责人听了他的汇报，李保忠提出地质部门职工通过最艰苦的劳动寻找出矿产，算不算最终产品？企业工人如果没有这些矿产品，能生产出机床、火车头吗？企业工人能享受劳保待遇，提供最初产品的地质职工却不能享受劳保待遇，这既不合情，也不合理。这位负责人面对这个年轻的工会干部所说的和所举的例子一时也拿不定主意。片刻，他对李保忠说了这样一句话："我会将你反映的问题向领导进行汇报，至于你提出的问题，您可以向你们单位所在的当地工会进行反映。如果他们同意，可以以你们单位作为享受劳保待遇试点。"就是根据这句话，李保忠回到天津市河东区工会汇报了去全总反映的情况。区工会同意物探队作为试点单位试行职工享受劳保待遇，但也很明确地说："我们只能口头同意，不能行文。"

李保忠将区工会的意见向陈主席做了汇报,陈子金满脸笑容,一双眼睛久久地盯着李保忠。

不久,物探队在1963年全面试点劳保待遇。从此,每个职工赡养的直系亲属,不论在城市和农村,在公社(包括公社)以上的医院看病,其医疗费都可以报销50%;供养的直系亲属死亡的可以报销全队职工平均工资的一半作为丧葬补助费;妻子生小孩,可报销4元生育补助费。这些政策大大减轻了职工的生活负担,受到广大职工的一致好评。有的职工这样议论:"不相信一个小小的李保忠,为职工办了这么一件大事!"队长、党委书记对李保忠说:"干部职工都要感谢你啊!"

李保忠为职工办了一件事关切身利益的实事,工会形象在全队一下扭转过来,李保忠也在物探大队"出名了"。很快,全国地质系统职工都享受了这一"劳保待遇"。

二 苦练基本功，为职工争取应享受的福利

为职工争取福利的事情办下来后，以前有事不找工会的，现在都来了，工会办公室俨然热闹起来了。职工反映的事情五花八门，两口子吵架，要找；孩子读书遇到麻烦，要找；地质队员落户当地，要找。李保忠认为，与其等着职工找上门，不如主动下去了解。了解之后进行分类，哪些是职工反映强烈的，急需拿出办法措施的，哪些可以缓一缓，要针对性地拿出方案的。李保忠提议，大队工会采取每半月召开一次职工座谈会，听取职工对工会工作的意见，在野外不方便回来的，也发放问卷调查表，倾听职工诉求，解答职工困惑，让职工充分参与民主管理。

通过调查，李保忠发现很多地质队员都在反映一个问题：地质队员参加工作到物探大队，或者在野外队工作到退休，回到家乡定居，要把户口转入当地时，派出所要向地质队员收取"地方建设费"。很多职工对此颇有怨言。有的老地质队员认为干了一辈子地质，如今退休了回到家乡落户口，还要落户费，

第六章　河北省物探大队的往事

想不通。

李保忠得知后，气不打一处来，横下心来要解决这个问题。在掌握了具体情况后，李保忠对落户要收费的职工开具证明，说明国家有规定地质队员退休回原住地应给与落户，不应收取落户费用。并告诉要退休职工和当地派出所说，这是全国总工会地质工会开具的证明，如果需要收落户费，全总将会派人来和你们交涉。从此以后，物探大队再没有发生过地质队员落户遇阻的问题。

一天，一个享受生病补助的职工对补助不满，认为给他的补助少，对另一个职工的补助多，来找李保忠。李保忠说："刘维勇家是贫农，长期患有哮喘病，家里六口人都务农，可以得到补助。你家我知道的，原来你家是富农，家里雇有两个长工，现在家里有田地。而且你弟弟在国家单位上班，你女儿师范毕业现在教书，经济收入是不差的，还达不到需要补助的条件。"这位职工没想到李保忠竟然如此了解他家情况，无言以对。

在物探大队干工会工作期间，李保忠认为，一名称职的工会干部，应该清楚掌握全队职工的情况。比如职工老家是哪的，家里有几口人、有几亩地，职工有没有疾病，家里可能存在什么困难工会干部都应该清清楚楚。为此，李保忠不知下了多少功夫，一本磨破皮的笔记本李保忠用了不知多少年，上面记录了全队职工的基本情况，一有机会就拿出来看，久而久之，全队职工的情况他都烂熟于心。李保忠的热心肠性格也天生适合做工会工作，上面下来调研、领导垂询时，和职工交流时，李保忠都能对答如流。这些都是苦练基本功得来的。李保忠说，只有练好基本功,才知道哪些人真正需要帮助,而且要帮到点子上。这样才能拉近工会干部和职工的距离,更好地开展工作。

刚才说到的刘维勇,父母妻子都在老家河北正定县,家里没有地。30岁出头他就有哮喘病,年纪轻轻却被大家称为"老喘"。一次在工作现场干活,钻机起钻时,他用力过猛,一口气差点没接上来,工友连忙背着他往医务室送,才抢回一条命。他干不了重活,李保忠向大队报告,将他从钻机岗位换到材料管理岗位。当时他的工资39.8元,加上野外津贴,每月60元左右。但他大部分的钱都要寄回老家供养老人、供老婆孩子生活读书,剩下的只够自己吃饭、买药。

随着病情加重,生活不能自理,刘维勇只得回家养病,时间一长,按规定只能发放基本工资。收入减少,使这个贫困的家庭更加雪上加霜。李保忠了解到他家的实际情况后,据实给他申请了困难补助。每月都能拿到一点,对他来说无疑是雪中送炭。无奈,病魔还是夺去了他年轻的生命,李保忠代表组织前去正定县刘维勇的家中吊唁。大队工会按照惯例给了一个买花圈的钱。走了半天的路,李保忠到了刘维勇家一看,真是家徒四壁。

慰问了刘维勇家属后,李保忠和在场的村干部聊了起来。李保忠提出,按规定职工去世后,单位可以买一个花圈吊唁。他家如此困难,买个花圈一把火烧了是个浪费,如果能把钱给他们,对他家也是一个帮助。经村主任同意,李保忠将买花圈的钱给了刘维勇家,由村委会开具收据回去报销。

村委会主任也心知肚明,立马做出一个证明,收到某某单位李保忠同志支付的花圈钱十元,并签了字摁了手印,盖上了村委会鲜红的印章。李保忠见刘维勇家实在困难,自己也掏出钱给了刘家。在李保忠的关心下,刘维勇的孩子在物探大队安排了工作。

职工赵志信家在农村,家里除他还有6口人在家务农,生活条件很不好。回家他觉得路费贵,舍不得花钱回家,认为路费钱不如寄给家人用。可时间一长,难免他又会想家。节省和想家,这成了一个矛盾,给赵志信造成了困扰,工作也提不起精神。李保忠掌握了这个情况,一天,李保忠在绘图室找到赵志信,问他多久没有回家了?

赵志信回答道:"快一年了。"

李保忠说:"咋不回去啊?"

赵志信见李保忠这样一问,叹了口气:"家里6口人,就我一个人在外工作,父母年老多病,孩子要读书。回一趟家车费11块8,来回20多块,都快半个月工资了,真舍不得,春节我就选择了加班没有回去。"

"你的情况我都知道,现在想不想回去啊?"

"想!当然想!谁不想啊!"

"现在大队安排人手去东北出差,你赶紧收拾一下,和他们一起出发。"李保忠说。

赵志信没有想到李保忠是来告诉他这个的,一时高兴得说不出话来。

"你的想法我都知道,所以我一直在想有没有什么法子帮你,现在有去东北出差的任务,路过你家。谁去都是干活,既然你家就在那，你可以去。领导已经同意，你赶紧准备一下，在车队找到老王一起出发。"

在帮助赵志信的时候，李保忠心里想的是，自己当年在305地质队时，队长出于照顾李保忠，在不影响工作的前提下，让自己回了一趟家。在面对物探大队的职工时，李保忠也是将心比心，在不影响工作的前提下，方便职工，照顾职工有何不可。

王庆丰是一名年轻的技术人员，家在唐山，父母身体不好，常年看病吃药。尽管药费能报销50%，但仍然困难。当时廊坊到唐山火车票价4.5元，王庆丰舍不得，很久没有探亲。冬训期间，王庆丰因为工作积极，评上了工会积极分子。在发放奖品的时候（当时的奖品一般是相册、钢笔、笔记本等），李保忠就考虑，何不把买奖品的钱直接给王庆丰，相当于奖励他一张回家车票。于是他跟领导反映，领导同意，将和奖品相应价款的钱递到王庆丰手中。春节前，王庆丰手里捏着回家的车票，高兴地说，明年我还要争取当上工会积极分子。

在工会会费的使用上，李保忠认为，工会会费来自于职工，就要用于职工，决不能搞什么"小金库"，更不能挪作他用。本来只能是在大队俱乐部才配备的象棋、扑克、羽毛球等，李保忠给每个野外分队都配齐了。同在廊坊的河北省地质局测绘大队，职工开展文体活动，都安排在重要节假日例如春节、五一劳动节、国庆节等节日开展。这样很多坚守野外的职工就无法参加活动。在队部的职工由于人员过于集中，开展的效果也不理想。而在物探大队，则在一般性的节日也可以开展，平时周末，野外职工在不忙的时候或者工作闲暇时，也可以打发时间。用工会会费买来奖品发放给职工，大大丰富了野外职工的文化生活。

物探大队有一台地质部在1956年配发的（81）102型电影放映机，由一辆波兰华沙牌小卡车拖着到野外分队巡回放映。卡车开着到处跑是需要油钱的，有人就提出这样是不是太浪费了。李保忠主张，工会经费就应该花在这些职工喜闻乐见的地方。李保忠常随车到分队放电影，时间一长，连司机也会放电影了。周围老百姓知道地质队经常放电影，放映的那一天早早提着板凳来等候，空地上人山人海。

李保忠记得大家最爱看的是反映朝鲜战场志愿军将士的《英雄儿女》，电影里《英雄赞歌》"烽烟滚滚唱英雄，四面青山侧耳听，侧耳听……"的歌声常常在长城、燕山、太行山间回荡。这不仅是在赞美曾经的志愿军英雄，更是在赞美那一代以深山为家的地质人，他们是和平时代的英雄，他们的歌声，一样有四面青山的倾听。每当赞歌响起，地质队员们人人热血沸腾，只愿早日为祖国找到富饶的矿藏。

每年10月野外分队都要收队，在室内整理资料。漫漫寒冬，如果没有娱乐文化生活，是很难打发的，李保忠提出每个礼拜至少放映一两次电影。冬训期间，人员都集中在一起，是开展劳动竞赛的好时机，也是集中搞活动的好时机，既提高了劳动技能，又使平时不在一个分队的同志相互交流，深受职工喜爱。

三　人性化的措施深受职工拥护

小李是河北物探大队的司机，家里建房需要木料，一次他驾车出野外时，买来木料放车上运回自己的老家。由于没有向组织汇报，心里不踏实，开车快到家时，撞翻了一辆大马车。好在人和牲口都没大碍。但是，他私自动用公家汽车为家拉木材，自然受到了严厉的批评。

李保忠知道这事后，就在想，物探大队是一个大型地质队，职工家属加在一起光住在生活基地的就有近千人，还不算上老家的。这是一个庞大的群体，家人需要给职工寄点东西，职工从野外给家里捎点土特产品都是难免的。但单位有规定，驾驶员不得私自驾车捎带物品。

利用车的空间顺路捎带一些家里所需的物品，本来不是什么过分的事。能不能变通一下呢？比如说所带的物品，首先是野外职工本人给家里捎带的，汽车本身有空间，不是超重物品，不是违禁物品，不是绕路。李保忠经过调查，写出了一个报告，提交给了大队。大队领导层研究后，认为可以试行。这样一来，驾驶员和地质队员们，在给家里捎带物品的时候，心里就坦然很多，不再紧张，再没有因为捎带物品的事出过安全事故，职工群众也因此受益。

物探大队当时的分队分布在冀北的燕山和太行山地区，距大队部所在地廊坊都有一定距离。如果职工家庭生活上遇到困难需要补助，要从北部山区到廊坊申请困难补助，一来路远，二来还要花路费。于是李保忠建议：职工如有困难，可向分队的分工会提出申请补助，分队工会调查属实，即可给予30元以内的困难补助，事后再向大队工会履行手续。这个困难补助办法受到广大职工的欢迎。

老李是一名高级厨师，1956年就到队任炊事员。家里有两个女儿，大女儿已出嫁，小女患有小儿麻痹症。老李也是年老多病，他最关心的是小女儿今后的生活。1974年地质系统大招工，物探大队贴出了招工启事，但是残疾人不招。老李的残疾女儿被挡在了门外。李保忠看在眼里，想在心里，他想为老李解这个后顾之忧。他找到队领导提出：应该从特殊情况出发将老李的残疾女儿招工，理由是老李夫妇都年事已高，将来这个残疾女儿会无人赡养，成为社会问题。这次如果不能招工，今后将不再有这样的机会。领导说："她是残疾人怎么招工，招来她能做什么？再说局里能同意吗？"

李保忠说："我认为有4项工作她可以做，一是绘图员，二是打字员，三是电话员，四是实验室的碎样工。局里能否同意我去争取。"

"可是局里不见得同意。"队领导回答。

"我去争取。"李保忠说。

"行，那你去争取吧。"队领导对李保忠的工作能力是认可的。

李保忠到石家庄河北省地质局找到负责招工的白局长，向他汇报了队上拟招收老炊事员残疾女儿的想法，并谈了招收的理由。白局长问："你们招收后，安排她干什么？"李保忠说；"这孩子的思维能力和上半身都很好，可以考虑安排她做绘图员、打字员、电话员或实验室的碎样员。"

白局长说："既然你们能安排，那就招了吧！推向社会也不是一个办法。"局长拿起笔签了字。

李保忠之前并未告诉李师傅争取女儿招工的事，回到队部，李保忠到李师傅家，叫他填写招工登记表。他问："能行吗？"李保忠说："你就写吧，都给你办好了。"李保忠把到局里向局长争取一事说了。李师傅心里一愣，"小李，我根本没有想到啊！我从来没敢想，只希望自己和老伴多节省，给她多少留点钱财，以后她怎么样，只能听天由命，你竟然能给我办好了这个事，我该如何感谢你啊！"

李师傅的残疾女儿顺利招工，并安排在绘图员岗位。第二年找了对象结了婚。第三年生了一个大胖儿子，李师傅夫妇笑得合不拢嘴。

李保忠做工会工作，就是想职工之所想，急职工之所急，尤其是事关职工切身利益的问题。他认为，应当积极为职工说话，为职工办事，这才是一个工会干部应该做的。官僚主义，坐在办公室高高在上，是无法让职工拥护爱戴的，职工不拥护，能做好工作吗？李保忠一直是这样鞭策自己的。

物探大队的技术骨干王昌华向大队申请调往南方工作，理由是解决夫妻两地长期分居问题。王昌华的妻子在河北省一个县城集体单位工作，两人结婚以来，长期两地分居。无奈之下，王昌华与他的家乡广西桂林一个地质单位联系，那里不仅同意他调来，还同意安排他爱人的工作。王昌华在向组织上提出调动时，就提出他也不愿离开物探队，如果队上能安排他爱人的工作，他就不调离物探队。李保忠也深知物探队很需要王昌华这样的技术人才。队党委在讨论王昌华的去留问题时，一致意见是不同意放王昌华走。但他爱人不是国家正式职工，集体所有制的员工是不能调入国营单位的。党委会就这个问题决定不下来。李保忠列席参加党委会，他发言说："既然各位委员都不同意放王昌华走，那就在如何将他爱人调来上想办法。我提出以下建议，供各位委员参考。1. 不要强调他爱人是集体所有制员工，只要她爱人所在单位开出的介绍信里有工种和工资，我们就接受。她仅仅是一般工人，我们按工人安排工作就是。2. 派人到他爱人的工作单位进行沟通，能不能将她的集体所有制员工身份以晋升的方式改为国营职工身份。3. 不视王昌华的爱人有工作，以特殊招工的方式将其招到物探队。"与会的委员最后同意李保忠的第二点建议，并一致要求他去完成这个任务。

就在李保忠去完成这项艰巨任务、路经唐山时，遭遇了唐山特大地震。李保忠所住旅馆的127人中有122人遇难，李保忠是大难不死的5人之一。

唐山地震后李保忠调北京工作，王昌华的爱人最终也调来物探大队工作。王昌华没有辜负李保忠的一片心意，努力工作，后来还担任了物探大队的总工程师。李保忠在工会工作岗位上所做出的努力，尤其是在解除职工的后顾之忧方面，赢得了广大职工和大队领导的赞誉。

1958年9月，李保忠调到天津后，虽说是夫妻团聚了，但是物探队的工作性质决定他每年有三分之二的时间在野外第一线，冬季要有4个月在集训地。

妻子的工作是三班倒，还要带3个孩子，其困难可想而知。当物探队迁离天津到廊坊时，有困难的职工都将户口留在天津。李保忠是为解决夫妻两地分居将户口从安徽落在天津的，以他的家庭困难，完全可以将户口留在天津，但他没有提出，而是将户口迁往廊坊。就在将户口迁出天津前，他和杨玉珍在回忆起1957年大儿子李小卫出生12天医院下"病危通知书"的教训。为防止此类事情发生，他俩商定了一个"密约"。今后他在野外，她在天津，她和孩子有病都不互相告知，以免因路途远交通不便，回不来和去不了干着急。但是，一旦得到信息，不管遇到什么困难也要回来，也要去，因为那是生命垂危，是见上最后一面的诀别。

在以后的日子里，李保忠夫妇是这样说的，也是这样做的。1960年，二儿子李小立出生，李保忠在野外，杨玉珍没有通知他，李保忠没能回来陪伴她。三个儿女中，李保忠唯一陪伴在妻子身旁见证出世的是小女儿，那是1962年。李保忠正好在家，终于尽到了一个丈夫应尽的责任。在此还要说说1957年出生的

第六章 河北省物探大队的往事

上世纪 70 年代，李保忠和妻子合影。

那个报病危的大儿子李小卫，在一岁多见到李保忠时，李保忠想抱抱他，他躲躲闪闪不让抱，晚上睡觉时，死死盯着这个"陌生人"。在以后 50 年的日子里由于聚少离多，这个中国地质调查局里的处级干部从未叫过李保忠一声"爸爸"。直到 2009 年除夕全家聚餐时，在李小卫上大学的儿子提议下，52 岁的李小卫才开口叫李保忠一声迟来的"爸爸"。

145

李保忠的三个孩子。

在李小卫的回忆中,小时候很少见到爸爸。即使是在廊坊,也不容易见到他,平时的生活都是和妈妈相依为命。

妈妈在棉纺厂工作,三班倒。有了弟弟和妹妹后,李小卫还要负责看护他俩,很小就学会了做饭,还会给妹妹梳头扎辫子。弟弟妹妹长大读书,开家长会,爸爸来不了,妈妈要上班,常常是李小卫去开家长会。

小时候,没有大人带着他玩耍。夏天,身边同学去海河游泳,妈妈带不了,自然也不放心李小卫自己去。李小卫受不了同学去玩耍的诱惑,趁弟弟妹妹在家睡午觉,悄悄地跟着他们去游了一次,又趁母亲下班之前赶回来。母亲到家后,发现李小卫殷勤做着家务,这几天本来还为自己不能带他去游泳堵着气，转变竟有这么快？母亲问话，见李小卫言辞闪烁，不敢正眼看她。母亲觉得不对，在他身上用指甲轻轻一划，手臂上立马出现一道白色的划痕。这时候母亲没有惩罚他，却伤心地哭起来。母亲声泪俱下地说："孩子啊，你爸爸在野外地质队工作，管不了咱母子，妈妈一个人把你们一个个拉扯大，多么不容易。你要是不听话，有个什么三长两短，我怎么向你爸爸交代啊。"

李小卫耷拉着头也跟着哭了说："为什么别人都有爸爸陪，而我却没有啊？"哭完，李小卫脸上挂着泪水，安慰妈妈说："妈妈，您放心，我以后一定听你的话，不再做出让您担心的事。"小小的李小卫显示出了和十岁年龄孩子不一样的成熟、懂事。

李小卫对父亲的印象既陌生，又深刻。在记忆中，父亲没有带自己去过一次公园，没有看过一次电影。唯一一次跟着父亲去地质队，留下的却是孤独、难忘的记忆。那是"文革"期间，因为母亲忙，李小卫跟随父亲到了廊坊队部。本想到了住的地方，可以和爸爸好好相处一阵，毕竟爸爸还没有好好陪伴过自己。没想到到了之后，一群同事找到李保忠，说某某生病了，让去看看。李保忠安排李小卫在宿舍内自己玩耍，自己则去处理公务了。在那间低矮阴暗潮湿的宿舍内，李小卫度过了害怕、无聊的一天。天黑了，李保忠才回到宿舍，拉起饿了半天的李小卫去填饱了肚子。

都知道李保忠热心，即使李保忠到了中国煤矿地质工会工作，还常有地质队员上门反映困难，有的来了，还会带点土特产。李保忠对来访者带的东西一律不收，要求带回，否则连对方说什么他都不听。由于李保忠乐于助人，家里来客络绎不绝，来人太多，不可能都做饭，饿了就在家中煮面，解决来人的吃饭问题。为此家中火炉上常常放了一口大锅烧着，一早烧到晚，锅中的水一直是滚着的，水少了又加些，煮面的人常常就是李小卫。李小卫说就是在那个时候，练就了煮面的本领，他煮的面大家都爱吃。

李小卫中学时期开始学习物理课程，同学们都在买电子零件组建半导体收音机。一天李小卫醒来，见李保忠回了家，正坐在门口，把家里的所有脏衣服收了在搓洗。李小卫憋了半天向父亲说了同学们都在买零件制作半导体收音机的事，但他仍然没有叫出"爸爸"这个称呼。李保忠当即擦掉手上的肥皂泡沫，从口袋掏出十块钱给李小卫。用这张"大团结"，李小卫买齐了所有零件，在同学圈里小小地风光了一把。其实，李小卫也知道，父亲虽然常不在家，但是父爱是浓浓的。

1972年，杨玉珍因急性腹痛，住进医院。当时正在太行山北部山区一个矿点工作的李保忠，接到了杨玉珍生病住院的电报。根据"密约"，李保忠认为这次一定是非常严重、有生命危险的病症，否则以妻子的个性，是不会贸然破坏"密约"的。李保忠心情沉重，急忙下山乘汽车换火车第二天赶回天津。当杨玉珍在医院病床上见到李保忠时非常惊讶，因为她谨遵约定，根本就没有发什么电报，没有想过要通知李保忠。而李保忠收到的电报是他们住对门邻居发的。

1976年李保忠在唐山遭遇大地震，他从地震的废墟里爬出来，在头部、腿上受伤的情况下，根据"密约"，他也没有立即告诉杨玉珍，只是在伤情好转、病情稳定后才告诉她。

第六章　河北省物探大队的往事

为了把一生献给祖国的地质事业，李保忠三次将户口迁出北京和天津。第一次是1955年主动申请到地质队。第二次是1957年放弃和妻子团聚的机会，南下安徽凤阳地质队。第三次是1966年迁出天津到廊坊。李保忠为了自己所热爱的地质事业，三次与妻子约定，三次放弃大城市户口。在当时的政策下，大城市的户口，意味着在粮食配给、副食品供给等与生活切身相关的福利待遇上会有很大差别。但是，李保忠不在乎这些，与自己的理想和追求相比，那些都不重要。李保忠这种为了祖国建设，不计较个人得失的做法，在那一代人中是非常普遍的。

李保忠从1958年调入物探大队到1980年离开，在物探大队整整工作了22年，是李保忠工作时间最长的一个单位。李保忠尽心尽职，不但做好自己的本职工作，还常常利用工作的机会到分队与同志们一同工作、劳动，留下了很多难忘的记忆。

李保忠在物探队工作的20多年里，到过河北省全部12专区（市）的128个县（市），河北北部的燕山、太行山和河北南部平原都留下他的足迹。而给他留下最深印象的是太行山和燕山交接一带的山区，即保定东北、山西东部地区，从1959年春天到1975年秋他多次在这一带工作过。

李保忠到野外一线分队去，每到一地都受到职工的热烈欢迎。他到分队多是跟班组一起劳动，跟测量组是跑尺，跟磁法组是找物理点，跟电法组是背线，跟重力组是摆盘，不出工就帮厨或把技术人员或工人的衣服洗了。而最受职工欢迎的是晚上躺在行军床或大炕上听他讲故事。就是为这个他到了分队，各个班组都抢着拉他到他们的宿舍去住。

物探队队员在工作。

李保忠是老北京人,他会给他们讲老北京的传奇故事或"聊斋""三国演义",也讲他参加地质工作的体会和他在江苏和安徽遇到和听到的趣闻轶事和住地周边的历史。

在野外分队,通常傍晚收队后吃完晚饭,天已经黑了,在山区农民的简易房间里,在昏暗的煤油灯或蜡烛边,大家围成一圈,听李保忠"开讲"。常常是正当大家听到精彩处或是动情处时,李保忠看了一下手表10点了,于是一句:"预知后事如何,请听下回分解,咱们明天接着再讲。"

1961年,李保忠来到河北省涞源县长城浮图峪以西的穆集

第六章　河北省物探大队的往事

李保忠在野外工作。

村的物探二分队。

不久前，这个分队根据工作需要，也为了节省往返路途时间，决定组织一次"高产日"活动——两天任务一天完。李保忠参加了这次的"高产日"活动。他说，这是他在地质生涯中最难忘的一天。这一天4点起床，4点半吃饭，3个馒头一碗玉米糁粥（包括中午饭，共8两的粮食定量）。从住地到工区要走两个小时。工区在长城两侧，到工区正好天亮可以开始工作。

李保忠这一天是和磁法组的同志一起工作，具体的工作是"找点"（摆放磁力仪的位置，这个"点"是测量组标记的，

151

或栓系在树林的树枝上,或订在地上,找到后,就高喊一声"在这哪!"这样做的目的是减少摆脚架的工人的找"点"时间,以提高工作效率。按测网是 200 米一条线,50 米一个点。一天要翻越 4 次残垣的长城,工作时间长达 10 个小时,其劳动强度可想而知。李保忠在山上穿的是登山鞋,和他一起上山的也是从大队来的小赵,上山穿的是她爱人做的布鞋,据说是"千层底实纳帮"的。不想收工下山时,一双"千层底实纳帮"布鞋,帮底彻底分离,无法行走,李保忠只好将她背下山。两天的任务是一天完成了,但是,地质队员们却用了 16 个小时,直到晚 8 点才回到住地。从早上 4 点大家一样的都吃了 3 个馒头 1 碗粥,翻山越岭的工作到现在已经 16 小时水米未进,其饥饿程度可想而知。回到分队的职工没有一个回宿舍的,而是直奔食堂。炊事员连忙将煨在火上的锅,抬到地上,每个人端着饭盒领取 7 勺玉米糁粥(约 5 两的粮食定量)。够不够吃,只有天知道。因为当时地质队员的粮食定量是每月 34 斤,平均每天 1 斤 1 两。这一天由于"放高产",每人增加 4 两。从 1960 年到 1962 年,是共和国处于"三年困难"的时期。面对工农业生产跌入谷底导致的生活资料匮乏和饥饿的严酷现实,毛泽东主席本人也宣布,我们要实行三不:不吃肉、不吃蛋、吃粮不超定量。毛泽东主席当年在延安的一句口号"忙时吃干,闲时吃稀"再度被写刷到了墙上。

中央人民政府将每个国民的口粮定量减到了最低限度。

"放高产"这天由于工作时间长,李保忠不想睡前"开讲"。但是,与他住在一个宿舍的人不干,要他讲一个小段。李保忠也太累本不想讲，拗不过大家。于是，他讲起了白求恩的故事。

他说，大家在这一带工作或许听说过白求恩。或许更知道这一带地形地貌非常复杂，从这一带地形的名称就想到其复杂程度，如世界著名的狼牙山就在这一带，还有摩天岭、老虎嘴等，一听名字就知其险恶。正是地形险恶才成为抗战的根据地，也了解到在这一带抗击日本侵略者的战争及其艰苦。

先说说白求恩。他是在1938年为了帮助中国抗击日本侵略来到中国的，他到中国后就在晋察冀的抗日根据地以他的超高的医疗技术为广大军民医疗疾病。在后方医院他废寝忘食，一周内治疗500多名伤病员，为施行手术曾连续工作一个月。在一次战斗中，他连续工作三天三夜为伤员手术，为抢救伤员不但亲自献血，还倡议成立志愿献血队。在晋察冀军区的4个月里，他辗转1500余里，救治抗日伤员1000多名。

按照计划白求恩即将回加拿大为抗日前线筹集经费和医疗器械，但看着不断增加的伤员，白求恩毅然放弃了回国计划，冒着枪林弹雨来到了抗战前沿的涞源县。在摩天岭战斗中，白求恩把手术室设在了紧靠前线的孙家庄村小庙内，没有设备，门板就是手术台，在枪炮声中为英勇的人民子弟兵做手术。敌人的炮弹不时落在手术室后面爆炸，白求恩却在小庙里专心地做手术。有人为了他的安全劝他将手术室设在离前线远一点的地方，白求恩却说："离火线远了，伤员到达的时间会延长，会大大增加死亡率。战士在火线上都不怕，我们怕什么？"就在白求恩坚持为最后一名伤员做完手术时，由于操作过急，左手中指被手术刀割破。

在这次战斗打响前,晋察冀军区领导劝他不要再往前,他说:"你们不要拿我当古董,要拿我当一挺机关枪使用。"就是在这次战斗中我军取得了击毙被称为日本"名将之花"的日军旅团长阿部规秀中将、歼敌900多人的胜利。而白求恩的伤由于耽误了最佳治疗机会,伤势不断恶化,最后转为败血,经抢救无效于1939年11月12日,永远地闭上了眼睛,永远地留在了太行山上,永远地留在中国的土地上。这一年,白求恩49岁。

日本侵略中国期间被八路军打死的第一个将军阿部规秀就是在涞源县黄土岭战役丧命的。国际共产主义战士白求恩也是在1939年涞源县抗击日本侵略的前线负伤牺牲的。李保忠把白求恩视为心中的英雄,一个外国人,为了支持中国的抗战,把热血洒在了中国大地。一个外国人能有这样的壮举,能有这样的国际主义精神,我们为祖国经济建设吃点苦又能算什么呢!

第七章

做职工的贴心人

1959年，李保忠在物探大队招聘工人工作结束后，离开人事科，到大队团委任专职团干部。第二年初，工会需要人手，他又转做工会工作。时任大队党委委员、工会主席陈子金是一名"三八"式老干部。"三八"式老干部得名，和抗日战争中日军使用的一种步枪有关系，日军的这种步枪子弹据称能够击穿八块砖，其制造年份为日本明治三十八年，加上枪机上有一个拱形防尘盖，故得名"三八大盖"。大家常说，"三八大盖"厉害，"三八"式老干部更厉害。

　　建党时期干部和大革命时期的干部素质虽高，人数却少；红军时期干部阶级立场坚定，但文化水平偏低；"三八"式干部则数量大、文化相对较高，恰恰弥补前两者的缺欠。1938年参加革命二十来岁，1949年新中国成立时有三十来岁，"三八"式老干部与其他时段的干部几股力量密切协同，成为中国革命和建设的骨干队伍。

陈子金从部队转业到地质队工作不久，对地质工作不太熟悉，李保忠则在部机关和多个野外地质队工作过，年纪轻办事又得力。为此，李保忠得到了大队党委和工会的信任，成为陈子金的得力干将。加上陈子金还要参与党委的一些事务，身体又不是很好，工会的工作渐渐成为主席挂帅，实际主持工作的就是李保忠。

领导的信任与自己的责任心强，让李保忠在大队的工会工作岗位上有所作为，从而树立了工会组织的新形象。当时的物探大队流传着这样的说法，形象地描述了物探大队的工会工作：

"工会，工会，吃饱了就睡，早上一睁眼，就是收会费。"

其实当时工会工作并非没有开展，缴纳会费也是工会会员应尽的义务。问题在哪呢，李保忠认为是没有找到为职工切身利益着想的这个立足点，加上个别干部官僚主义思想严重，和职工群众走得不近，职工反映强烈的诉求没有及时得以解决。相反地，有的工会干部也认为工会工作并不好干，在他们中间同样有一种说法形容工会工作是：

"迎来送往，布置会场，举办婚礼，摄影照相，慰问病号，为死人抬杠。"

抬杠，意思是什么呢？当年，地质队员或者随队家属过世了，工会干部就要帮着操办事务、守灵，甚至整理逝者仪容、抬棺材。前面的几条倒没什么，但是，抬杠这一条，大家多少有些忌讳。

一边是群众认为工会工作不够好，一边是工会干部认为这份工作不好干，矛盾就这样存在着。李保忠认为，工会是为广大职工服务的，物探大队的工会工作要干好，首先要赢得广大职工的信任和拥护。

　　李保忠认为，一要调研，了解职工诉求，尤其要了解职工反映较为强烈的问题，并加以解决；二要苦练基本功，熟悉每一个职工家庭情况；三是急职工之所急，想职工之所想，为职工解决切身利益问题。

一　艰苦的物探工作

当时的物探大队有500多名职工，主要的任务是每年年初，根据工作需要设置分队数量，分队的设置多则十个，少则六七个。每年开春出队，入冬的11月集中进行冬训。在天津只是大队部的领导机构，各分队都是在河北地区的山区分散流动地开展物探普查工作，没有固定的驻地。由于天津没有分队办公和住宿的地方，所以每年冬训时都要找集中的地方。正是物探大队的特殊性，大队的科室干部每年在生产期间都要下到分队协助工作或跟班劳动，冬训时要倾巢而出到冬训集中地去办公。像李保忠这样的工会干部，更要面向分队去跟班劳动，组织劳动竞赛，促进生产。算起来一年他有三分之二的时间跑分队，冬训期间更是要和广大职工在一起。1963年大队在河北廊坊建立了永久冬训基地，为方便工作和节省开支，1966年大队部迁出天津市搬到廊坊。

河北物探大队是一支什么样队伍？

第七章 做职工的贴心人

李保忠在1972年编了一个快板书，说出了这个队的基本情况。

北京天津正中央，有个车站叫廊坊。
站在车站看西北，绿树掩映一片房。
此处就是物探队，一年四季是找矿。
每年三月春风暖，身背仪器和工装。
按照设计出野外，翻山越岭忙找矿。
磁法电发和重力，化探地震一起上。
依线按点往前走，开路前锋是测量。
山高路险无所惧，大河水渠又何妨。
上山汗水浑身流，下山胸前透心凉。
饮风就餐味道美，裂隙山水蜜一样。
忽然一阵瓢泼雨，无处躲来无处藏。
保护仪器责任大，那管自己有安康。
一年劳累多辛苦，收工路上歌声扬。
回到驻地不休息，八路作风不能忘。
这个来把院子扫，那个挑水一满缸。
要是搬迁离驻地，三不走要记心上。
（屋子内外不干净不能走，水缸的水没满不能走，损坏老乡东西没赔偿不能走）
山区十月寒风急，收队返回到廊坊。
整理资料看成果，集中冬训学习忙。
文艺活动不能少，一周电影两三场。

按照分队排节目，球场阵阵哨声响。
年底集训一结束，个个回家看爹娘。
若有媳妇更心急，一年未见特别想。
阖家团圆过春节，两个多月不算长。
家院小树刚发芽，告别爹娘回廊坊。
回头看看她一眼，年终生个小儿郎。
年复一年过日月，一年两月在家乡。
我为祖国献青春，我为祖国找宝藏。
地质工作虽艰苦，换来国家更富强。

         李保忠创作于 1972 年

二　地质找矿工作有一双"眼睛"

"文革"期间，各行各业都受到很大冲击，地质系统也一样。在物探大队，党委已经被砸烂了，原来的党委成员、队领导靠边站，遭受迫害，不仅受到人身攻击，还要被造反派监督着参加生产劳动，取而代之的是"文革领导小组"。当时，北京大学哲学系和北京地质学院"东方红公社"派出队伍到物探大队支持"文化大革命"。这个"东方红公社"可不得了，显赫一时的"五大学生领袖"之一的王大宾，就是"东方红公社"的政委兼司令。1966年大学毕业前夕，王大宾投入到了那场席卷全国的运动，并成为一支庞大队伍的领导——北京地质学院"东方红公社"的头头。他在60天内4进地质部，强行翻阅和抢走了一些机密档案，揪斗部领导，并经常在首都高校乃至全社会抛头露面，很快被"中央文革小组"看中，成为当时显赫一时的"五大学生领袖"之一。五大学生领袖的另一人聂元梓是"文化大革命"全国第一张大字报的作者。

经北京大学哲学系和北京地质学院"东方红公社"派出队伍的"指导",不久,在物探大队成立了造反派,提出"反对资本主义当权派""先革命、后生产""宁可要社会主义的草,不要资本主义的苗"。当学生和造反派知道一些队员乘火车要出工去野外,就赶到火车站将大家拦住,不让出工。

李保忠就站出来和这些学生和造反派针锋相斗争,并贴出大字报,将这些大学生说成是"太学生",引起学生的不满,于是就联合队上的造反派对李保忠进行打击诬陷和围攻。一天,造反派在工会图书室发现了两本书,一本是刘少奇著的《论共产党员的修养》,一本是"六十一人叛徒集团案"中的杨献珍所著的《什么是唯物主义》。造反派大喜过望,称李保忠是刘少奇的"孝子贤孙",半夜时分,将工会办公室门窗砸开,揪出李保忠,并将工会文件柜里的所有文件全部拿走。在砸毁门窗时碰坏了室内电线,刮掉墙上的毛主席像,诬陷李保忠在毛主席像上踩了3脚。于是,确定李保忠是现行反革命,提出"打倒李保忠",还无根据地编造李保忠有"五大罪状":一是说他是日本翻译官;二是根据李保忠是满族,说他是皇亲国戚;三是说他家是富农;四是说他隐瞒学龄;五是说他叔叔是特务。

这些罪名足以将李保忠陷于万劫不复之地。当地的解放军和工人联合工作队进入到物探大队调查此事。经查,关于图书的问题,图书室有刘少奇著的《论共产党员的修养》和杨献珍著的《什么是唯物主义》是很多年前就放入工会图书室的,而管理这个图书馆的是大队工会委员,他是造反派的主要头头,因此图书馆事件不再追责。关于所谓"五条罪状"经两名解放军同志调查，李保忠在1945年日本投降时，只有11岁，根本不会说日语，更谈不上是做翻译官。第二条，李保忠虽然是满族，但跟皇亲国戚沾不上边。第三条，李保忠老家在魏公村，经实地走访调查，解放前，李保忠的家庭成分是贫农，是地主家的佃户，没有一点土地，解放后分得两亩地。最后得出结论，这些罪状全部不成立，李保忠啥事也没有。反而是造反派咄咄逼人的嘴脸：不问青红皂白乱扣帽子，不惜手段捏造假罪状，这些行为引起了大家的反感，广大群众尤其是不明真相的群众和一些裹挟在其中的群众，渐渐地看清了他们的真实面目，造反派在物探大队没有了市场，兴风作浪的动作也有所收敛。

由于有李保忠这样一批正直的人，挺起了物探大队的脊梁，他们敢于和造反派作斗争，物探大队的地质工作没有受到大的损失。

说起造反派，主要是由平时工作表现一般，大错不犯小错不断的人，或是由于种种原因，被领导批评或受到处分的人，这些人在个别头头的煽动下，打着保卫毛主席的旗号，在"革命无罪，造反有理"号召下组成派别，开始"造反"。在正常的情况下这些人是不能兴风作浪的。但在当时全国特殊的环境下，他们得势于一时，怀着不同的目的和别有用心的人走到一起，他们推翻党的组织，批斗各级领导干部。

这场劫难结束后，李保忠作为工作人员负责落实那些受蒙冤的各级领导干部的平反工作。李保忠在这项工作中，出于公心实事求是地正确对待每一个领导干部和造反派中的极个别头头。对于没有参加打砸抢的群众，李保忠主张既往不咎。有一名工人，"文革"期间受别人指使，曾违心地陷害李保忠，面对此人，李保忠主张"向前看"，过去的事不能怪他一个人，有政治、社会等诸多原因，本人也有不得已、不知情的地方。有一名临时工人，在"文革"中，是造反派的积极分子，不但没有解雇，反而得到重用，每天在广播室的高音喇叭上大喊"李保忠，你哪去了！"骚扰李保忠。"文革"后期落实政策被解雇。几年后，他找到新的工作，接收单位要他提供在"文革"中的表现，他来物探队联系开取证明，当时李保忠是党委办公室和行政办公室副主任，开如此证明需要李保忠加盖公章。有人指出这个人在"文革"中曾攻击他的表现。这个工人也认识到他攻击李保忠所犯的错误，当他怀着不安的心情找到李保忠时，李保忠说，过去的事就过去了，不要记着那不愉快的事，希望你在新的工作岗位上好好工作，接受以前的教训就是了。证明里说他在"文革"中表现很好。证明写好后，李保忠对他说，你拿回去给领导看，如不行，你来信我再给你改，不要再来，以免花路费。这个工人感动得流下眼泪，他对人说："李保忠是个好人呐。"

  但在落实那些蒙冤之人的政策时，李保忠则十分认真。一位早年参加革命的老同志，参加过上甘岭战役，任尖刀连连长，在战斗中冲锋陷阵，杀敌无数。上甘岭战役太过残酷，连队战友大多牺牲，这位老同志在和敌人肉搏中左手被敌人刺刀刺穿，好歹捡回一条命，落下残疾，后来转业在物探大队工作。但是组织上认定他在十四五岁的时候，曾为日本鬼子做过勤务——帮助日本鬼子扫地打水，为此在"文革"中遭到迫害。李保忠对他的材料研究后，认为，这位老革命是曾给日本鬼子做过勤务，但是他只有十三四岁,也是生活所迫。当他到18岁成年后,目睹了日军种种暴行,坚定地参加八路军打日本,日本投降后参加了中国人民解放军,解放后又当了志愿军到朝鲜战场上英勇杀敌。就是根据李保忠的评定,物探队为这个老同志彻底平反,恢复了"文革"前的待遇,安排了他满意的工作。

60年来,河北物探队为河北地质找矿做出了突出贡献。要说突出贡献,一是参与了河北邯邢、冀东两个特大型铁矿的物探工作,为这两大铁矿的发现做出了一定的贡献;二是为发现大港油田提供了前期的人工地震资料;三是任丘油田最早的发现者;四是为改造沧、衡地区盐碱地,增加河北省的粮食总产量功不可没。在以上突出的贡献中,不得不提构造物探分队在三年国家最困难时期所做的工作。

石油,十分之一是经济,十分之九是政治。1840年的鸦片战争后,中国逐步沦落为一个半殖民地半封建的落后国家,国外的亚细亚、美孚、德士古三大石油公司迅速进入中国。洋油以空前的规模在中国各地销售,刚刚发展起来的民族石油工业处于岌岌可危的境地。新中国成立后,摆在中国共产党人面前的是一个千疮百孔、一穷二白、百废待兴的烂摊子。1949年当年,全国石油产量仅12万吨,而全国需要的原油量在1000多万吨,国家经济建设所需要的石油产品几乎全部依赖进口。街上的公共汽车都因缺油而背上了煤气包甚至木炭。毛泽东曾询问李四光:"中国天然石油这方面的远景怎么样?"李四光分析了中国的地质条件,表示深信在中国辽阔的大地下蕴藏有丰富的石油资源。毛泽东语重心长地说:"要进行建设,石油是不可缺少的，天上飞的，地上跑的，没有石油都转不动。"这位新中国的缔造者是把石油作为战略资源来看待的。要使社会主义建设大踏步向前，要使年轻的共和国尽快强盛起来，就不能没有强大的石油工业。

新中国成立后，中国人民靠自力更生、艰苦奋斗，坚持开展石油普查工作。1954年以前，石油的普查勘探工作，主要由燃料工业部石油管理局负责。为了加速石油的普查勘探，国务院于1954年12月确定地质部要担负油、气资源普查勘探的任务。1955年，在华北、东北平原开展小比例尺的综合方法的地面物探工作，1∶100万的航空磁法测量工作也先后展开。1957年末，地质部党组做出战略东移的决定，将石油地质和石油物探队伍移师东部，有步骤地加强东北部平原、东北华北两大覆盖区的找油力量。1959年，河北物探大队组建一支"构造物探分队"用人工地震的方法投入华北的石油物探普查工作。1961年构造物探分队的技术负责人一行3人带上已取得的第一手地震资料远赴大庆，向大庆石油管理局领导进行了全面汇报。该局的领导看到资料后深感震惊，当即提出需要再补充一些资料，构造物探分队即派人送去。（目前一份手写的汇报资料仍保存在李保忠手里）。以上足以说明河北物探队构造物探分队为大港油田的发现提供了最早的地震资料。大庆就是参考了这些资料，于1964年春天派出7700余名参加过大庆会战的石油工人，披着松辽会战的风尘，挥戈南征，奏响了渤海湾石油勘探开发的序曲。但石油工人奋战10个多月，打了20多口钻井，均未发现工业油流。直到1964年11月17日，3238钻井队在位于

1959年，河北物探队参与大港油田早期地震调查。河北省地质局物探队在黄骅羊三木发现油气显示奠定了大港油田的发现。

马棚口西北约6公里处的北大港海堤附近竖起了高耸入云的钻塔，"港5井"正式开钻。担任钻进的3238钻井队出手就不同凡响，创造了第一只刮刀钻头钻进1824米的新纪录，一举刷新了另一钻井队在"塘2井"所创造的一只刮刀钻头钻进1695米的全国最高纪录。终于在1964年12月20日，当钻头进入老第三系沙河街组三段上部约2526米时，"港5井"发生强烈的井喷。眨眼间，蛰居地下久矣的"油龙"，挣脱了亿万年的束缚，呼啸着冲出井口，直指天空。它成为大港油田的第一口出油井，同时也成为华北地区古生界第一口出油井。自"港5井"出油后，又打了许多钻井，均获高产油流。因此，国家决定建立油田。因"港5井"地处北大港构造带，大港油田因此得名。因是1964年1月，开始此次石油会战，所以对外代号称"641厂"。

大港油田的发现验证了李四光同志对于环渤海湾地区有广阔的找油前景的预测。后来，在大港油田的基础上，陆续诞生了华北油田、渤海油田、冀东油田。因此，大港油田又有着中国东部石油"小摇篮"的美誉。

有人曾比喻说，地质找矿工作有一双"眼睛"，一只是化学测试，另外一只就是物理探查，形象地概括了物探工作的重要性。

三　702号支农仪器

河北物探队在完成石油普查任务的同时，为改造河北省沧州、衡水地区盐碱地也做出了突出贡献。

沧州，东临渤海，北靠天津，与山东半岛及辽东半岛隔海相望，是国务院确定的经济开放区、沿海开放城市之一，也是重要的石油化工基地和北方重要陆海交通枢纽，是环渤海经济区和京津冀都市圈的重要组成部分，也是大港油田的所在地。物探大队曾奋战在这片热土上，为大港油田的发现做了大量的前期工作。

大港地区的人工地震工作结束后，物探大队在沧州地区的分队并未撤回，仍然开展着各类地质工作。1970年，"文化大革命"正开展中，物探大队的同志们却在忙着完成"支农"的任务。

物探大队搞"支农"，怎么"支农"，在哪里"支农"？经过领导和技术人员研究，确定在河北东部地区的粮仓沧州、衡水一带，利用电测深的方法改造盐碱地。

这一地区属于盐碱地，当地老百姓有谚语形容当地盐碱地现状：

　　白天一片白茫茫，雨天一片水汪汪。
　　有水听不到蛤蟆叫，一亩地只打半斗粮。

一亩地只打半斗粮的主要原因是盐碱地造成的，老百姓想到了打地下井，用地下水改造盐碱地。于是家家出钱请打井队打井，忙了近一个月，打出的水是咸的，用它浇地仍是白茫茫一片。通过物探技术人员用电测深方法得知这里的地下水有多层的淡水和咸水，在100米以下的中层区，有淡水，也有咸水，100米以上的浅层区，也有淡水和咸水层。根据科学验证的结果，老百姓花钱打井失败的原因主要是井管下到咸水层所致。为了了解老百姓打机井的情况，李保忠和物探大队领导、主要技术负责人组成调查组，骑自行车在沧、衡地区农村的玉米地沿乡间小路深入到20多个县，近100个公社进行为期1个多月的调研。通过调研得知这一带农民由于缺乏科学知识，对地下水的情况弄不清，农民集资，甚至把买鸡蛋的钱拿来打机井，有80%不成功。一个县的废井率达到90%以上。老百姓编的顺口溜说：

　　卖蛋的钱去打井，没有一个能打成。
　　抽上的水是咸的，劳命伤财瞎折腾。

第七章 做职工的贴心人

1970年，物探队参与改造河北沧衡地区黑龙港流域盐碱地。

根据调查的结果，经广大技术人员讨论研究后认为：我们不是常常通过电法来测量电阻率吗？找地下水能不能也运用电阻率的方法测定地下水的咸、淡呢。咸、淡水的组分不一样，电阻率就不会一样。根据这个原理，下井管时选择在淡水区，成井率就会提高。但是，要达到这个目的，就要有一台测井仪器。就是在这一思想指导下，经过一年的精心研究，在最初研制出"70-1型支农仪"的基础上，最终研制出操作简单、成本低廉、准确率高的"70-2型支农仪"。

因为这台仪器发明于1972年，是支农过程中发明的第二项仪器，于是称为"支农70-2型电测仪"。在发明"70-2型支农仪"的同时,又通过电测深的方法,绘制了沧、衡地区地下咸、淡水分布草图。农村的打井队,在打地下机井时,成井下管前,看看地下咸、淡水分布草图,再用70-2型支农仪测试一下,成井率达到100%。每当打出一口甜水井,十里八村的农民,就会奔走相告,并拿着盆盆罐罐到井口喝没有咸味的地下水。附近的农民都会拿出鸡蛋或当地土特产品慰问物探队员。有了"70-2型支农仪"和地下咸、淡水分布图,使这一带农民结束了祖祖辈辈喝咸水的历史,也使这一带的土地没了盐碱地,白茫茫大地变成了绿洲,如今早已成为河北省的粮仓。

四　劝人戒烟的故事

刚到物探大队,李保忠被安排在人事科,第一项任务就是在沧州地区招聘工人。

在招工时,单位定下的标准是:"历史清白、身体健康,年龄不超过22岁,具有初中文化。"李保忠在这些硬性条件外,他又加上一条——不吸烟。前面的要求是很正常的,而不吸烟的要求就有些苛刻。野外地质工作艰苦,寂寞的环境导致不吸烟的人很少。但地质队员们吸的烟都是劣质的,所吸的烟对自己和他人的身体都会造成的损害。因为吸烟,有的地质队员刚到中年就患上呼吸道疾病,更有的早早去世。所以,李保忠说提出这样的要求,实际上是爱护地质队员。但是,李保忠也知道很多人都吸烟是现实,也不是他一个人就能改变的。有时候他劝人不吸烟,对方是理解的,认为这是关心他,也有的人不理解,说毛主席也吸烟,你咋不去管管。

所以不吸烟的标准只能是作为一个辅助标准,如果说,两个人应聘一个岗位，条件都差不多，那么这个时候就选择不吸烟的。

说到香烟，李保忠在华北军区招待处当招待员时，通常住的都是军队中的中高级干部。解放初期实行供给制，每天在这些中高级干部房间里放一盒烟，这是李保忠的工作职责之一。无论这些领导吸还是不吸，都要放一盒在卧室内。时常遇到不吸烟，有的走时就将烟拿走，也有不拿的，不拿走的烟，自然归了招待员。因此，在招待员中不会吸烟的也学会了吸，只有李保忠一个不吸烟。直到今天李保忠也不吸烟，而且坚决反对吸烟，他的子女也不吸烟。

1960年"四清"运动后期，物探队工会调来一个王主席，即李保忠的新领导，此人是一名苦大仇深的老干部。年轻时由于家里贫穷，长年给地主扛活，共产党解放了他的家乡后，参加了革命，20世纪50年代调到地质系统工作。此人工作积极热情，待人诚恳，忠厚老实，只是没有文化。家有5个儿女，爱人没有工作，原是随队家属，后来将城市户口转为农村户口，他爱人带5个孩子在农村，因为没有土地，全家7口人就靠他每月80多元工资生活。由于生活困难，他在食堂吃饭，一般都是吃1毛钱左右的菜。生活虽然困难，但他每天还要吸一包烟。因为李保忠和他坐对面桌，这些他都看在眼里。李保忠是不吸烟的，面对的领导是一个烟民，室内的烟味他难以忍受，又不好让领导不吸。于是他动了心思。一天，在王主席吸烟时，他问："王主席，您吸的是什么牌子的烟？"主席回答："海河牌的。""多少钱一盒？""2毛7。"李保忠若有所思地说："一天2毛7，

第七章 做职工的贴心人

一年就是小一百块钱,能买一台缝纫机。"主席惊叹了"真的!"李保忠坚定地说:"一天2毛7,乘365天,就是98元5毛5分,您家里孩子多,买上一台缝纫机,给孩子们的旧衣服缝缝补补或大改小,要省不少钱。""你说的也是,可我戒不了。""关键看您的决心,您要是想戒,我有个办法,咱先试一个月。你每天上班,就拿出2毛7买烟的钱给我,由我保管。"主席说:"好!先试试。"第二天李保忠做好一个纸盒,放在他和主席两个桌子中间,盒子顶部有个放钱的豁口。王主席一进办公室就拿出2毛7分钱,李保忠当着主席的面,将钱放在纸盒里。就这样,一年下来打开戒烟盒,整整98元5毛5分,又凑上十几元,买回一台新的缝纫机。第二年王主席继续坚持戒烟,又买了一辆自行车。两年来,通过戒烟使王主席的家庭得到了实惠,更重要的是他从此戒烟了。

戒烟后并没有彻底改变王主席家庭生活困难的现状。李保忠又动了其他心思。物探大队职工的困难补助标准是供养的直系亲属全家人均25元以下,王主席,全家7口人,平均只有12元左右,远远低于25元的困难标准线。由于他是工会主席,他从未申请过困难补助。李保忠分析了他家困难的原因,一是孩子多,二是全家分居两地。为此,他主动到他爱人居住地唐山地区丰南县,要求将农村户口转回城市户口。理由是,他爱人长期就是城市户口,他爱人带5个孩子到农村既没有土地更没有劳动力,生活十分困难。有关组织动员其爱人到农村去,缺乏国家政策依据,应当转回城市户口。当时,丰南县有关部门以王的爱人已经是农业户口,就不能改为城市户口,况且也没有将农村户口改为城市户口的先例。李保忠并不气馁，他又跑到唐山专区，接待他的人认为李保忠说的有一定的道理。对李保忠说，你的事情专区不能直接办理，你要到丰南县去办，因为这家的户口在丰南县。李保忠说他已去了丰南县，那里说不能办。这位同志说："小同志，你想想，不通过县里我们能叫公社办理户口吗？叫你去县里，你就去，明天早上8点你到县委办公室。"李保忠请这个人给写一封信。这个人有点不耐烦了。"你这个同志，叫你明天去你就去，不用写信。"第二天，李保忠按时到县委办公室，一进门就有人迎过来说："你是来办理农转非户口的吧？地委秘书长昨天打来电话，（李保忠一听秘书长为之一震）你的问题可以办理，你通知他家将已领的粮票如数退回就可以了。"一个如此复杂的问题就这样办好了，李保忠深为感动。农村户口改为城市户口的事办成，不仅缓解了王主席家庭两地分居、生活困难的问题，也在全队职工中引起强烈的反响，认为李保忠又为职工办了一件大好事。

五　唐山遇地震

　　1976年7月28日凌晨3点42分，河北省唐山丰南一带（东经118.2度，北纬39.6度），发生强度里氏7.8级地震，震中烈度11度，震源深度12千米，地震持续约12秒。强烈而无情的地震，让一座上百万人口的工业城市，在大地震中夷为平地。倒塌的房屋像倾泻的洪水，淹没了唐山人民的幸福。24万多鲜活的生命永久地走了，地震造成重伤16万多人，轻伤54万多人。这是上世纪世界上最惨痛的地震灾难之一。

　　1976年的7月27日，为了解决物探队一名技术骨干的爱人工作调动问题，李保忠到河北遵化出差。在途经唐山时，在唐山住下。20世纪70年代，唐山火车站有旅店介绍处，负责为旅客介绍各家旅店的基本情况，供旅客选择。

　　在介绍处咨询后，李保忠选择了汽车站前的站前旅店。主要看中这里就在汽车站旁边，第二天搭乘汽车方便。再有就是这里的住宿费用便宜，对李保忠来说，出差的时候，能为单位节约就尽量节约，自己吃点苦也不算什么。

房价低廉，住宿条件相对就差一些。站前旅店是一座低矮的平房，能容纳一百来人同时住下。设有二人间、四人间和一个28个床位的大通间。也许正是选择了廉价的、条件差的平房建筑的站前旅店，才让李保忠在当晚的大地震中幸免于难。办好住店登记后，进了旁门，还有左道，一直走到尽头，就是28人住的大通间。

大通间靠南一侧有两个玻璃窗户，窗户外是一个空旷的小院。李保忠来得较早，挑选了一个床头靠窗的床。傍晚时分，房间已经客满。住在李保忠右边的是天津石油公司的一个采购员，来唐山办理采购事宜。左边三张床住的是湖北省襄樊钢铁厂的三位工程技术人员，也是去遵化办事，说第二天还要和李保忠乘同一班车。

室内没有桌椅，李保忠便躺在床上看随身携带的《民国通俗演义》。晚九点左右，李保忠睡意连连，眼皮不停在打架，正要合上书本休息。这时襄樊钢铁厂的一位工程技术人员见李保忠不打算看书了，说，"同志，你看的是什么书啊？能不能借我看看？"李保忠便把书借给他，自己躺下休息了。

一路的舟车劳顿，躺下不一会儿，李保忠便进入梦乡。不知道过了多久，李保忠被屋里大喊大叫声吵醒，喊叫声最多的是：

"这是怎么了！"

"妈呀！"

"妈呀！"

又听到跳床的声。李保忠被惊醒了，他的第一反应这不是战争是地震。这时李保忠听见房顶上嘎嘎作响，不知是什么东西掉下来砸在他的头，他立即跪在地上，一个翻身滚在床底下。刹那间，轰隆一声，房屋倒塌，躲在床下的李保忠一动不动，不知所措，仅几分钟，就感到满嘴是土，闻到一种从没有闻过很奇怪的、说不清的怪味。李保忠知道留在屋内床底下很危险，于是挣扎着要出来。床的三侧都被坍塌物堵住，只有靠窗户一侧的墙倒塌后，留了一个出口。李保忠挣扎着，爬了出来，又摸到放在床头的衣服，连忙穿好走到小院。李保忠站在浑天是土的小院什么也看不见。就在这时，他隐约听到有人说话，并扶着一段未倒塌的残墙往前走。李保忠立即回过神来，高喊了一声："到这边来。"正是这一声，挽救了他们的命。

听到李保忠的喊声，几个人闻声奔过来，原来他们正踩着碎砖破瓦扶着一段旅馆残垣断壁往前走。近了一看，是湖北襄樊钢铁厂的三名技术员。大家没顾上说话，就听轰隆一声，那段残墙随着余震倒塌了。如果不是李保忠叫这一声，三人继续沿着残墙走，其后果将不堪设想。

李保忠站在旅馆门口一看，整个旅馆房间全部倒塌了，不知有多少旅客砸在下面。

等到天边稍稍有许亮光，漫天不再浑浊，李保忠等人走到旅店接待室门口，见到一名50岁左右的中年妇女迎面走来问："你们是住在这里的客人吗？"李保忠说："是！"她惊奇地问："就你们这几个？"原来她是旅店夜班值守人员，值班室的小衣柜在地震的晃动下，倒在狭小的值班室的一堵墙上，形成了一个三角形的空间，在这个狭小的空间里使她得以存活。中年妇女得知李保忠是住在这里的旅客，立即哭了。她边哭边说："你们看看吧，这是昨天住在这里的旅客登记本，一共是127人，现在就你们5个人出来，说明有122人还埋在废墟下。"

李保忠和值班妇女在旅馆门口扯开嗓子喊了几声"有住在这里的客人吗？"没人回应。李保忠想现在离地震已经过去两个多小时，如果有人埋在废墟里，是死是活很难预料。

这时，那个天津来的采购员提出要取寄存的包，值班员说："那个寄存物品的小柜，靠残墙歪倒在那里，稍有余震就会砸着人，谁敢进去？"李保忠接着她的话说："如果有寄存牌，由寄存人自己进去，取出后说明包里存的物品，经核对无误可以拿走。"李保忠的建议得到值班员和寄存旅客的同意。那个采购员首先进去，他冒着危险取出自己的小包，对着在场的人说，这包里有5千元和灰色中山装。打开一看，果然如此，他拿走了属于自己的包裹。接着幸存的旅客陆续取出了自己寄存的包裹。

旅客们取完包裹时，天已大亮，在蒙蒙的细雨中，又发生了一次很强的余震。大家走出旅馆到临街的马路上，举目四望，看不见一栋高楼，也看不见一棵高大的树，所看到的是一望无际的瓦砾。整个唐山城已成为一片平地。就在这时，走过来一个十七八岁的小伙子，自称是住在汽车司机宿舍楼里的，到现在他没发现一个人，有一百多个司机都被压在废墟里，是死是活不知道。他说他是被两块大预制板掉下时卡在了中间，掉下的预制板削掉了他的一块头皮。说着，他把头伸过来让李保忠看，一块有5厘米左右的地方没头皮，像刀剃土豆一样，光溜溜的头皮渗出血来。李保忠连忙脱下衣服给他包住头部，让他原地等待救援。

此时，余震不断，李保忠对"难友们"说，此地不可久留。

李保忠对唐山市很熟悉，在河北物探队期间，因工作需要，唐山地区的十个县都留有他的足迹。如今面对如此地震灾情，地震中心在何地又不知道。要走向哪里呢！哪里又能躲避地震呢？良久，他想到了唐山火车站，那里有火车车厢可以避雨，还能避震，而且站前有个大广场也可以作为暂时避难地。于是他一瘸一拐地带领众"难友"艰难地向火车站走去。

在往火车站去的路上，所见的是满目疮痍，满地死者和残肢断臂者的嚎啕呼救声，以及浑身是泥、在雨水的冲刷下，像会动的泥塑，披头散发、衣不蔽体的妇女。街道两旁是一个挨一个的尸体。

李保忠从来没有见到过这么多死难者，"难友"们也都没有见到过，但是一点都不感到害怕，因为死去的都是自己的同胞。

走着走着，一个穿着一身肥大衣服，脚上穿着一双拖鞋的人，一声不吭地跟在他们后边。李保忠问他要到哪去。他有气无力地说，自己也不知要到哪里去，并说自己是住在一个浴池里，地震时，浴池的房子都塌了，好多人都埋在下边，他没被砸着，抄起不知是谁的衣服，又提上一双鞋，就跑了出来。他说他是北京橡胶六厂的，如果可能，他要回北京。随后，他就加入了李保忠他们的行列。还没到火车站，就看到高大的候车室早已坍塌夷为平地，广场上全部是在候车室被砸伤的旅客和众多的尸体。站台里的铁轨像麻花一样卷曲着，所有的车厢都是倒着的。见此惨状,李保忠决定离开车站向西,朝天津方向走。由于在地震时跪地过急,左腿受伤血流不止,走路很慢。"难友"们在路边推了一个两轮车,大家轮流推着李保忠走。走了很长一段路,仍未见没有倒塌的房子。快到胥各庄要上一个小桥,就见一头大猪和4头小猪死在一个不到10平方米的地方,既不见伤痕,也不见流血,说明是在地震时大地剧烈颤动,猪不能向前走,左右摇摆时摔死的。因为那里是唐山地震的震中区。再往前走就看见大路两旁有一条条地裂缝,从地下冒上来灰白色的岩浆。另外,看到最多的是,车拉的和人抬的地震遇难者的遗体。一路走来,大家目睹了地震对唐山破坏的惨烈景象,心里也慢慢地平静下来,大家不再默默无闻,各自介绍着地震发生时,怎样大难不死的经过。襄樊钢铁厂的技术人员说,在旅店统一熄灯后,他打着手电在看《民国通俗演义》就没睡觉,在地震发生的那瞬间,他首先叫醒了睡在他身边的同行,三人刚站起来时,南边的墙就向外倒塌了,他们随着墙一起倒了出去,三个人都没受太大的伤。那位天津采购员,更是和死神擦肩而过。地震发生时他往外跑,跑到28人大通间和一排小房间接触点时,他如早一秒钟迈出脚,就会被前边坍塌的小房砸到,慢一秒就会被后面倒塌的大房砸到。

"逃难"之路,是那样的漫长,那样的触目惊心,那样的令人难忘,至今地震带来的一幕幕的惨状,李保忠仍记忆犹新。李保忠和"难友"一行6人自6月28日早8点从唐山火车站出发,晚上7点到达河北省的汉沽镇。当快要进入汉沽镇,就看到路边有一辆大卡车,有人向车上抬地震遇难者的遗体。一打听得知，在路边4层楼的旅馆里，连同服务员有200多人全部遇难。面对如此之多的遇难者，李保忠一行能说什么呢。从早8点到晚7点，大家没喝一口水，没吃一口饭，早已是饥肠辘辘。本想到这里的"地震救灾办公室"求一口水喝，在吃上一碗热饭，那是最期盼的。可到了"救灾办"还没开口，一辆解放军的军车停在"救灾办"。下来一个解放军军官，他和"救灾办"的人说，他们是北京空军的，到这里拉练，现在急需回北京、需要协助加点汽油。"救灾办"的人说"这里的一个小油库，在地震时就被砸倒了，油全部流干了，抢救地震伤员的救护车都停了，当下最主要的任务是抢救地震伤员，我们一天米水未进。"李保忠一听没敢开口。解放军为车没有油而无奈。李保忠对这位军官说"听说往天津的公路、铁路都断了，有油你也走不了。"这位军官说，听说唐山以北地震较轻，道路也没造成大的破坏，可以直通北京。李保忠立即问："你车上的油还能开多少公里？""能开70-80公里。""你要是能开到丰润县西边20公里的高丽铺，那里有我们的地质队，我可以帮你加上油，保你回到北京。""那好！你上车！""我们是6个人。""都上来！"就这样，李保忠一行6人都爬上了带大篷布的解放牌大车，经唐京公路直奔北京而去。只是在路经唐山时，被躺在路边躲避地震的人拦下，抬上被地震时砸伤的人。李保忠在车上，等着司机叫他加油。到高丽铺时，司机认为不用加油也可以到北京，就没有叫李保忠。6月29号中午12点左右到达北京火车站。

李保忠带领终生难忘的"难友"，高呼"向解放军学习！

向解放军致敬！"和"难友"们一一握别后，李保忠回到北京的家，当他走到妈妈面前叫了一声"妈！"妈妈为之一震，"你是谁？"说明经过地震33个小时和经历大难不死的惊吓，42小时滴水未喝滴米未进李保忠成了什么样子。

唐山大地震给了李保忠太多启发。李保忠看到，大难来临时唐山人民的坚强意志、战胜困难的决心和舍己为人的崇高品质。当一行人撤离唐山时，互帮互助，李保忠年纪大，腿受了伤，大家轮流用小推车推着他背着他，没有丢下他不管。

2008年7月，唐山抗震纪念馆得知在海外的李保忠是唐山大地震中的幸存者，特地向大洋彼岸的李保忠发出邀请，请他到唐山参观唐山抗震纪念馆和现在的新唐山。所到之处，所见之物都给李保忠留下了难忘的印象。

如今的唐山早已不见地震造成的创伤，城市面貌焕然一新。李保忠了解到，前几年提出要将唐山打造成绿化景观城市，要开展大气污染治理，实现"唐山蓝"。2016年4月，唐山还举办了"世界园艺博览会"。

李保忠说，相信唐山的未来会更加美好。唐山将会依托地质工作打下的基础，依托探明的特大型铁矿等矿产资源，发展地区经济，造福唐山人民，造福河北省，造福全中国。

第八章

改革开放后的地质工会工作

中华全国总工会的办公大楼位于北京复兴门外大街和南礼士路交接处，曾经是复兴门外著名的大楼之一。与李保忠年轻时工作的位于西四阜成门内大街的地质部相距不到5公里。从刚到地质部工作算起，到1980年李保忠调到全国总工会工作，这段路，李保忠走了28年。

在物探大队工作的22年间，李保忠兢兢业业，为物探大队职工争取了很多的福利，办了不少好事，得到了物探大队职工群众的一致好评。可以说，李保忠在职工群众中是有口皆碑。

1980年，全国总工会决定恢复产业工会，中国地质工会也在恢复之列。领导干部配齐之后，准备从基层地质队选调几个干部，但是，由于进京户口限制，只给一个名额。经地质矿产部政治部推荐和严格挑选，最终确定调在河北省地球物理探矿大队工作的李保忠。于是，经全国总工会上报中组部，由中组部特批，下令河北省委组织部将李保忠调到全总的中国地质工会工作。

地质工作是一个艰苦、流动、分散的特殊行业。在地质工会工作，既要懂工会工作业务，又要熟悉地质队的情况，还要有不怕吃苦的精神。李保忠是1952年地质部建部时就从事地质管理工作，而且在基层地质队工作了25年，其中从事工会工作了20年。他在地质工会里是唯一在野外地质队从事工会工作时间比较长、有在地质队工作经验的同志。全国总工会中国地质工会工作和服务的主体是全国各省、市（区）地质工会，因此，中国地质工会党组织接受全总党组和地矿部党组双重领导。

中国地质工会之所以选调李保忠到地质工会来工作的主要理由是：他是一个老地质，热爱地质事业，决心要献身地质事业一辈子。他在地矿部机关工作4年后，主动要求离开机关，到野外地质队工作，为了实现他献身地质事业的理想，他在结婚后的第二天，就告别新婚的爱人和父母就奔赴野外，并从此和爱人分居长达25年。

在物探大队的22年间，李保忠从一名专职工会干部，跃升为大队政治处副主任。到全总工作后他由于工作成绩突出，先后被晋升为中国煤矿地质工会组宣部副部长、部长和全国地质工作委员会主任（局级），被地矿部评为"全国地质系统模范政治工作者""全国地矿系统优秀工会工作者"和高级政工师。

一个在基层地质队工作的职工，被中央组织部特批调到北京中央直属机关工作可以说是百万里挑一。

李保忠调到北京工作后，地矿部政治部考虑到，1956年为解决李保忠和爱人杨玉珍两地分居的问题，将他调到天津纺织

第八章 改革开放后的地质工会工作

上世纪80年代,李保忠夫妇合影。

局,而他为了挚爱的地质事业,谢绝组织照顾又重返野外地质队,至今仍两地分居。于是,通过工人对换的方式将杨玉珍调到北京,在地矿部所属单位安排了工作,解决了李保忠和爱人长期两地分居的问题。此时,李保忠已47岁,杨玉珍已49岁了!李保忠的经历,只是那个年代千千万万地质队员经历的一个缩影。

长期两地分居的问题解决了,但仍然是聚少离多。

李保忠从调到中国地质工会那天起,就提出:"我来自地质基层,就不忘野外地质职工。"每年的大多数时间,李保忠都深入到基层地质队调研,了解掌握了基层地质队的情况。并提出20个字的工作方针:"深入基层,接近职工,了解情况,掌握政策,解决问题。"

一　哭出来的工会经费

十年浩劫，各行各业工作都受到很大影响，地质系统也不例外。"文化大革命"结束后，改革开放的春风吹遍神州大地。1979年，时任地质部部长孙大光在全国地质局长会议上作了《以地质－找矿为中心》的报告，把地质部的工作重心转移到地质－找矿上来，并且提出了"稳定地质队伍，加强思想政治工作"的要求。孙大光部长说："如何根据地质队伍和地质工作之间的特点，使职工一进来就感受到政治空气浓厚，同志间关系融洽，工作生活条件有保障，业余文化生活正常，能得到人们的关心，这就需要摸索出一套工作办法来。"

地质部建部已经接近30年，又经过了十年浩劫，基层地质工会工作存在什么问题，如何与时俱进？地质职工对工会有什么需求，有什么意见？地质队的情况与社会经济发展存在哪些不相适应的问题？

李保忠在1980年12月20日调到中国地质工会不到两个月，

全国总工会召开全国工会财务工作会议，各省、市（区）总工会、产业工会领导和分管工会财务的负责人参加了会议。李保忠作为中国地质工会的代表参加会议，在会上，李保忠就全国总工会对个别产业工会实行经费自管问题发了言。在肯定实施这项规定的基础上，李保忠就地质工作艰苦、流动、分散的特点和工会经费不足以及远离城市，不能享受工会兴办的职工业余文化生活和福利设施，提出地质工会应自管经费，不向各省、市（区）总工会上缴经费的建议。

可惜的是，这次会议的侧重点不在这个方面，李保忠的提议没有引起共鸣。但与会人员中，也有人意识到李保忠提的意见是有道理的。但是从某种程度上讲，动了别人的奶酪，李保忠的提议曲高和寡，会议没有就这个问题进行讨论，不了了之。

李保忠并没有放弃，而是总结自己所提意见未被采纳的原因。他认为，自己准备还不够充分，过于自信，轻飘飘几句话不能引起大家共鸣。李保忠认为，这个问题不是仅凭一张嘴随口说一说就能解决的。要多搜集一些关于地质队流动、艰苦、分散的具体事例，整理一些调研的材料，在来年的会议上继续反映这个问题。

在地质队做过多年工会工作的李保忠，心里一直有一个疑问，为什么地质队按规定，在工资总额中提取的2%工会经费，还要将其中的30%上缴省级地质局工会，局工会再向当地省、市（区）工会上缴15%。地矿系统是实行"条条管理"，与地方没有隶属关系。又由于地质队所从事的工作是在边远偏僻的山区，城市里由工会兴建的工人文化宫、俱乐部和职工夜校，

193

地质职工是享受不到的。

李保忠调查发现,有的行业就没有这样执行,比如铁路部门,工会经费全部由中国铁路工会自行支配使用。

李保忠认为,地质工会就要为地质职工说话,要扭转这一不公平的现象。

第二年的会议,李保忠再次参加。这一次,李保忠在发言时,列举了曾调研的甘肃省物探队流动、分散的具体例子:该队驻在远离张掖县的农村,全队有10个分队,离大队部最近的100公里,最远的在500公里。职工每天都要工作在渺无人烟的深山或浩瀚的沙漠,一年四季几乎没有娱乐活动。地质队员也没有很好地享受到一个社会主义国家工人应有的福利待遇。他们做出的贡献和他们所享受到的服务是不成正比的。还举出工作如何艰苦,居住、生活条件如何艰难以及职工和妻子长期两地分居和通信困难的情况。

就是在这一思想指导下,李保忠在全国总工会召开的全国工会财务工作会议上,有理有据地阐述了他的观点。

谈到动情处,李保忠不由自主地流下热泪,而且越谈泪水越多。在座的几乎没有不被李保忠的真情所感动。在会议分组讨论时,与会人员对野外地质职工深表同情,纷纷赞同李保忠的意见。李保忠的这次汇报发言在与会代表中引起了强烈反响,不少省、市(区)工会的领导也深表同情。参会者也附和李保忠的提议。会后,经全总讨论研究,并下发文件,各省地质局工会经费自管,不再向省总工会上交15%的经费。仅此一项,每年全国地质行业多留出的工会经费达四五百万元,弥补了基

第八章　改革开放后的地质工会工作

层地质工会经费不足的问题。

　　李保忠清楚，要想改善和提高野外地质队员的生活水平丰富他们的业余文化生活，经费最重要。

　　此事传开后，赢得全国地矿系统工会干部的一致赞扬。有的工会干部说："自留工会经费的政策是李保忠哭出来的。"

　　这次会议结束后，中国地质工会和中国煤矿工会合并为"中国煤矿地质工会"。在以后的工作中，李保忠依据他提出的20字"工作方针"马不停蹄在全国地质队开展调研。李保忠在煤矿地质工会工作15年间，他到过全国495个地勘单位（当时数据）中的428个，掌握了大量基层地质队的情况，撰写了大量调研报告，为地质队解决了很多实际问题。

　　李保忠在地质工会和中国煤矿地质工会期间，想了很多改善野外职工工作生活的办法。有的省地质工会也积极和行政领导商意，采取了很多措施。如云南省地质工会将职工福利费和工会经费，向艰苦的地质分队倾斜。还有就是重大节日为野外一线地质队员发放罐头和香烟的事，至今许多老地质队员回忆起来是那么的难忘。据原驻西双版纳的云南地质局十七地质队的一位地质队员回忆道，上世纪70年代末80年代初，每逢元旦、春节、国庆等重大节日，都会收到来自北京地质部慰问的午餐肉罐头、红烧肉罐头、蛋卷罐头和上海产的"牡丹"牌香烟。那时候，物资计划供应紧张，很多家庭一个月才能吃上一次肉。买肉的时候还要央求卖肉的师傅在割肉的时候，多割一点肥肉。现在，饮食都讲究健康，过多的油脂被认为是不利于健康的。买肉时，都要些精瘦的。可那个时候不一样，这位地质队员回忆道："肥肉可以熬油，熬过油的油渣可以变着花样吃。如只熬一半油的肥肉，还可以炒菜。"总之在他们心中，肥肉可以有很多种吃法，光是油渣就有好几种吃法。瘦肉反而就没有那么多了。在野外，炊事员和地质队员交流如何炒菜好吃，向他们征求意见，炊事员说的都是厨艺方面的问题，可大家回答的是："多放油绝对好吃！"

这些罐头成了地质队员的宝贝，每每收到都收藏起来，吃的时候将夹着白色的肥肉、棕色的肉冻和红烧肉倒进大锅，加上水和白菜、萝卜一起煮，大家围在锅旁，一边聊天，一边吃。锅里沸腾着、散发着诱人的香味，这种香味足以刺激到一百米以内的人。饱餐一顿后，吸上一支"牡丹"牌香烟，那滋味，至今令人回味和怀念。

也有舍不得自己吃，带回家给老婆孩子吃。孩子饱餐一顿后，就想起自己的爸爸是地质队员，他没有回来和我一起吃，可他能带回来这些美味。

还有就是文化生活的匮乏，在野外，几乎没有什么娱乐活动。有的地质队员闲暇时间，到驻地附近的乡村小学篮球场所活动。天黑后的时候，只有点上蜡烛打扑克，不赌钱，输赢就在脸上贴纸条，或者钻桌子。有时他们为观看一场电影得来回走四五个小时的山路。

二 解决地质队员子女上学难

地质队员为了祖国地质找矿事业，常年奔波在野外。不仅自己辛苦，家人孩子也跟着受罪。就说子女上学的事，就是一个难题。地质队员在野外工作流动大，随队的子女读书也要跟随着地质队员的工作地点变换而变换学校。山东省一名地质队员的随队子女上过6年一年级。更有住在边远偏僻没有人烟的地质队，当地没有学校，又由于没有城市户口，无法将子女放在城市里上学，只能由爷爷奶奶或外公外婆照顾。

为解决野外地质队员的子女上学问题，孙大光任部长期间，曾派人和教育部交涉过，教育部回答的是：农村社、队的小学也不都是公办的，边远偏僻的社、队由于学生数量少，一般都是自办，地质队不仅住地偏远，工作又流动分散，子女的上学问题更是只能自己办学。

面对野外地质队子女上学难的问题，以及如何解决好地这个"老大难"问题，这成了当时地质矿产部和中国煤矿地质工会的一项任务。

1983年秋天，李保忠跟随中国煤矿地质工会分管地质的副主席卢宗英来到安徽省潜山县的311地质队调研。

安徽省地质矿产局311地质队组建于1964年2月，曾为国家地质总局第三地质大队，先后为国家寻找和探明金、多金属等矿产百余处，磷、石墨、大理石等非金属矿产两百余处，工业和生活用的地下水等液体矿产数十处，取得了一大批地质勘查成果，获得众多省、部级地质找矿成果奖和测绘工程奖，同时为地方政府、国土资源管理部门在地质灾害防治、工程地质、矿山地质、环境地质等方面提供坚实的技术支撑，是一个为国家建设做出重要贡献的地质队。

抵达驻地在安庆地区潜山县西南黄铺的311地质队时已是下午，该队的裴队长带领领导班子成员在队部门口迎接卢宗英一行的到来。

卢宗英下了汽车，同311地质队领导一一握了手，相互问候。晚饭后，李保忠和卢宗英刚回地质队招待所，就来了一对年轻夫妻。见到卢宗英就开门见山地说："听说你们是全国总工会地质工会的领导，我俩想向您反映个问题，我俩都是分队技术员，来大队交地质资料，明天就要返回分队，听说你们来了，想向您汇报一个多年来解决不了的难题。"卢宗英说："欢迎！你有什么问题，尽管说。"

这个技术员说："谢谢您！我和她（坐在他身边的爱人）都是上海人，学校毕业后分配到311地质队工作。她毕业后，家人希望她能留在上海工作，并已联系好了工作单位。可她热爱自己所学的地质专业,加之我已分配在这个地质队工作,她选择放弃在上海的工作,也到这个队来工作了。后来我们有了小孩,在野外无法带孩子,就把孩子送回上海,由外婆照看。3岁时上了幼儿园。如今7岁要上学了。上海有规定,在上海没有户口是不能上学的。国家也规定孩子的户口要随母亲。现在孩子的户口是在311队,我们俩都在分队,那里是无人烟的山区,根本就没有学校。为此我和上海当地派出所联系过7次,他们坚持这是国家规定。现在孩子既去不了幼儿园,也进不了学校。成了我们俩工作生活中的最大负担。你们是全国总工会,是关心职工冷暖,为职工说话办事的单位,请你们为我们想个办法啊!"

卢宗英和李保忠听了这个技术员的话,一时竟说不出话来。卢宗英心想,户籍是由公安系统管理,工会、地质部和公安户籍管理是不同的部门。卢宗英是抗战时期的老干部,以他的思维能力和政策水平他完全理解这个技术员所反映的问题是应该解决的,从地质工作的特殊性来说也应该解决,派出所不能解决,是因为有国家规定。卢宗英考虑很久,最后说:"你反映的问题很重要,这也不是你一个人的问题。因为涉及国家政策问题,我们会将这个问题作为大事来抓。请你把你刚才所说的写一个文字材料,我们回去向有关领导和有关部门进行反映,我们会把结果随时告诉你。"

送走了小俩口,卢宗英没再说话,倒上一杯茶,就躺在了床上。李保忠看得出来,这个新四军老战士,从事多年工会工作,曾任全总国际联络部副部长、中国邮电工会和中国地质工会的副主席，在认真思考今天两个技术员反映的问题。李保忠也在思索着："一个放弃了在大城市工作，跑到深山老林的地质队工作的同志，风餐露宿，吃苦受累不说了。但是，要她将孩子带到野外来上学，这里没有学校，她能安心野外工作吗？"

许久，卢宗英先说话了："保忠！你先起草一个报告，把这俩技术员反映的情况整理出来。回去后，我们向全总书记处反映，我再找志福同志汇报一下，看看全总有没有什么办法。"卢宗英说完，接过李保忠给他倒的开水杯，并向李保忠点了个头，表示谢意。

"好的，我先办这事。"

中华全国总工会主席的批示

回到北京后，卢宗英即刻向全国总工会书记处作了汇报。同时他也专门向倪志福主席作了汇报。

不久，倪志福的批示以正式文件由书记处转送到中国煤矿地质工会。倪志福在汇报材料上批示了"应给予解决落户问题"几个字。卢宗英高兴地告知李保忠，并要他将此批示以挂号的方式寄给那两个技术员。大约半个月后，两个技术员给卢宗英来信说，他们孩子的户口在上海落上了。卢宗英高兴地将李保忠叫到他的办公室，激动地说："告诉你一个好消息，两个技术员的小孩户口在上海落上了！"李保忠听后没有卢宗英那样激动，而是说："这是件好事，是我们为地质职工做了一件得人心的大好事。但是，这只是一个个案，我在地质系统工作几十年，类似的问题成千上万，我们总不能每遇到类似的问题都去找志福同志吧！"卢宗英听李保忠说得在理，接着问他你有什么好办法？李保忠说："就这个问题，从安徽回来，我有两个想法：一是这类问题志福同志不能总批，因为这不是全国总工会的职权范围，而是涉及国家户口管理的政策问题；二是志福同志是中央政治局委员，曾任上海市市委书记，上海公安部门考虑只是一个小孩的户口问题，无关大局，批了。但是，如果有众多类似问题的人知道了，也要求批，公安局能批吗？如果不批，造成后果又怎么办呢。我想出一个彻底解决这个'老大难'问题的办法：由地矿部政治部、煤矿地质工会联合出面，请北京、上海和天津市的公安局户籍处的领导组织一个联合调研组，由地矿部和煤矿地质工会负责路费和食宿，请他们深入到野外地质队调查一下地质职工子女上学的问题。"听得入神的卢宗英问李保忠："能行吗？他们能来吗？"李保忠说："事在人为，想要办成一件事，首先要想到经过努力就可能办成。"卢宗英说："那好，你就去办这个事。"

支持李保忠这样做的力量，缘于他对地质事业的深深爱和割舍不断的情，地质队的经历是李保忠一生难忘的。地质队员的种种艰辛，种种不易，李保忠的心里十分清楚的。

如果说仅仅只从开展工作的角度来说，作为工会干部，下面有人反映情况，就尽力协调解决，事情能办则办，不能办的，做好解释工作，没人会怪你。像李保忠这样和当时的政策较劲的没有几个。他希望在地质队员为国家付出的同时，能够解决他们的后顾之忧，能够享受到相应的待遇。

李保忠到地矿部政治部向部领导详细汇报了解决安徽311地质队技术员的孩子在上海落户口的经过。部领导表扬地质工会为广大地质职工的切身利益做了一件大好事，听到邀请北京、上海、天津公安局的同志到野外地质队进行调研，以解决野外地质职工子女在城市落户问题，表示坚决支持，并同意派人和出经费。

　　部政治部首先和北京市公安局取得联系，该局领导表示支持，同意派两人参加。上海、天津公安局得知北京公安局参加，也都表示愿意参加。于是在1984年3月，北京、天津、上海三个市公安局分管户籍的6名警官齐聚北京组成调研组，在中国地质工会生活部副部长黄德、地矿部政治部办公室王建民的陪同下，调研组一行先后到了云南、甘肃、陕西、黑龙江和内蒙古5个地质局近30个地质队，进行了为期近两个月的调研。通过调研，这些长期在大城市工作的干警们，根本就没有想到野外地质职工的生活条件是如此的艰苦，长期在没有人烟的深山老林或沙漠荒原工作，每天清晨出去工作，除了不可缺少的铁锤、罗盘、放大镜，身上背的是一块咸菜、两个馒头和一壶水（有的怕麻烦不带水）或是饼干和面包，连方便面都不能带，因为到山上没有热水。就是不出工的节假日，吃的也只是挂面或方便面，住的是帐篷或是自建的茅草房，或是租住当地的民房。文化生活基本没有，因为没有电。在个别偏远的地质队，听到职工编的顺口溜说："一年吃不到蔬菜，长年看不见青草，收音机听不到，电视机看不到，报纸看堆报。"至于学校不可能有，原因是分队职工流动分散在点线上工作。只是少数的地质队在队部有自办的小学。

调研组回到北京,在总结这次调研时,每个警官几乎都谈到一个问题——看到地质职工远离城市,远离亲人工作和生活又是如此的艰苦深受教育,我们都应向地质工作者学习和致敬。他们把一生献给祖国的地质事业,子女不但得不到照顾,连上学的机会都没有,真是对不起他们。北京市局户籍处的领导在谈到动情时流下热泪。调研结束后不久,北京市公安局,率先发出《关于野外地质职工子女在北京落户的通知》,随后上海和天津市公安局也相继发出了类似的通知。

至此,地矿系统野外地质队的队员在北京、上海、天津的子女都可以投亲落户上学了。一个地质系统野外职工长期得不到解决的"老大难"问题,彻底解决了。由于三大城市可以落户,其他省、市、地区、县也都可以落户。这个问题的解决,在地质系统职工中引起强烈的反响,大家欢呼,奔走相告。有个野外地质职工说:"我父母是南京人,在南京居住,我的孩子跟着我在地质队东奔西跑,上学成绩一直不好。后来有了政策,孩子可以挂靠亲友在南京户口,这样,我把孩子的户口迁到他爷爷名下,在南京顺利地上了学,解决了多年困扰我的问题。"一名地质系统退休的老人这样说:"解决野外地质队员子女进城落户上学的问题,无疑是解决了野外地质职工的后顾之忧,事关大局。野外地质职工没有了后顾之忧,得以安心野外工作,提高了生产力,促进了地质事业的发展。"

三 特批一台电视机

李保忠不仅为地质系统解决或者争取了野外地质队员孩子读书的问题和工会经费自留这两个大的问题，有时在调研过程中，就直接帮助需要帮助的职工，直接解决实际问题。

九万大山位于广西壮族自治区北部的融水苗族自治县和罗城仫佬族自治县一带，总面积1200多平方公里，主峰为摩天岭，海拔1938米，位于融水滚贝乡境内，现为九万大山国家自然保护区，面积仅次于云南西双版纳国家自然保护区。广西有"二十五万大山"的说法，广西北部有九万大山，南部的六万大山和位于防城的十万大山，加起来正好是"二十五万"。上世纪80年代，一支地质队伍就奋战在九万大山之中。

1983年秋天，李保忠参加了由地矿部政治部和中国地质工会联合组成的"野外地质职工文化生活调研组"到广西壮族自治区地质二队调研。该队位于广西九万大山腹地，不论是交通、工作、生活条件都十分艰苦。

第八章　改革开放后的地质工会工作

李保忠他们到达地质二队后,首先听取了队长和工会主席的汇报。更多的时间,是了解野外地质队员的工作和生活情况。陪同李保忠的分队长说:"为了抓工期,实行'人休机器不休',人员可以轮流休息,但是机器不能停下来。"李保忠等一行还深入食堂与炊事班的同志座谈。李保忠清楚,20世纪80年代初野外地质队员的工作、生活条件虽然还很困难,但是比50年代末60年代初来说,已经改善很多。80年代的职工没有追求房子的意识,能有地方住,有单位分配给一块安身立命之所,能吃饱饭就行了。当晚李保忠等一行就住在半山70-80度斜坡上的既是宿舍又是办公室的毛竹房里。队长介绍说,这里是无人区,吃的还行,住的就差强人意。分队长说,平时大队领导下来指导、检查工作,也就住在办公室里。

李保忠早起,围着分队转了一圈,打量了一下分队四周环境。分队搭建的竹草房就在两座山峰交汇的平缓处。十几台钻机分布在以住地为中心的高山上,近的几百米,远的上千米。钻机高耸的塔台上插着红旗。平整过后的土地,泛着新鲜泥土的颜色。此时正遇钻工交接班,新上工的钻工穿着油污的工作服,唱着《勘探队之歌》,走向钻机。机场便是他们的阵地,《勘探队之歌》就是他们的战歌。一片热火朝天、欣欣向荣的景象。油污的工装下,包裹的是一颗颗热血的心。

远望高山顶上有一处简易的房子,吃早饭时,李保忠问分队长,那房子是做什么用的。分队长告诉他,那是分队的水站,为了保证钻机用水,先把山下水渠里的水抽到那里储存起来,哪台钻机需要水,就沿事先安装的水管将水送到钻机上。水站有4个工人昼夜24小时值班。由于山高路险行走不便，工人们每周下山背一次粮、菜等生活用品。

李保忠问："需要几个人在上面工作呢？"

分队长说："原先，每个机台需要安排一名工人随时到山下河中管理抽水。十几台钻机，就需要十几个人忙这项工作。现在建了水池，只需要4个人就可以，大大减轻了机台人手压力。"

李保忠听后提出，他要上去看看。分队长、工会主席连忙说："不可，那里山太高，又没有路，太危险，一般年轻力壮的工人爬上去，也要三四个小时，您还是别去吧。"

李保忠坚持要上去看看。第二天早饭后，工作组一行3人直奔山顶而去。

九万大山属于南方喀斯特地貌地区，山体除了表面有点土，往下挖不到三尺，就是石头。有的整个山体像一个寺庙的大钟，罩在大地上。山是比较陡峭，有时走着走着，就会被一块大石头拦住，非得侧着身子才能过去。沿着没有路的山，不到11点半3人就到了水站。水站工人看到是地矿部和地质工会来的领导，深为感动，急忙沏茶倒水，准备冲凉用水。又指派一人准备午餐。李保忠等稍稍冲凉后，坐在小院里远望青山叠翠的九万大山，近看面前两个小伙子，衬衣尖尖的衣领，污渍掩饰不了衬衣原本流行的款式。有些憔悴的面容掩饰不了小伙子年轻容貌。蓬乱的头发估计至少半个月没打理过。随后，热腾腾的茶，放在一个简易的小桌上。李保忠对几个工人师傅说："你们整天在这既没有大树又没有鲜花的高山顶上很辛苦，也很寂寞。你们辛苦了！现在我向你们介绍一下：这位女同志是地矿部政治部宣传处的韩文颖同志，这位是你们广西地矿局政治部的李福荣同志。我是中国地质工会的李保忠。"李保忠介绍完，一个年岁大点的工人说："非常欢迎你们来，这么多年来，能到我们水站来的，不用说部里的领导就是局里领导也没有来过。谢谢你们对我们的关心。"这时一个工人把饭端来，对李保忠等3人说："在山上没有什么好吃的，你们凑合吃点吧。"揭开锅盖一看，是青菜烩午餐肉、萝卜汤，主食是烙饼。

那位老工人介绍说："这里高，下一次山很不容易，分队每周才到县城采购一次。我们每星期下山背一次补给，基本上每周有两三天能吃上青菜。其他时间就是吃萝卜、土豆、大冬瓜。"听了介绍，李保忠没说什么，他所想的是在305队和凤阳地质队，比这艰苦得多。饭后，大家聊起了文化生活。

两个小伙子说："在这高高的山上，在这一亩三分地，能有什么文化生活。最多是到山下拿几张过期的报纸，几本过期的杂志。仅有的是一副扑克牌。白天听不见鸟叫，晚上数不完的星星。"

李保忠问："有收音机吗？""没有。""想要点什么呢？""没想过。"李保忠认真地听着，想着。李保忠再问："这里能接受信号吗？""不知道。""应该有吧！""给你们一台电视机，工作之余，看看电视，生活就不寂寞了。"一个工人激动地说："大队部有成百上千的职工，有台电视机是可以的，我们一共4个人的水站，给一台电视机，那是做梦。"

李保忠说："我有这个想法。全国总工会为关心野外地质职工的文化生活，给地质工会拨了一些专用款。我回去提出建议，把你们这里的情况向领导反映，求得解决。"李保忠的话音刚落，一个工人激动地说：那可太感谢您啦。您这样想着我们，能不能办成，我们都要感谢您！"

  但是，李保忠所说的能不能兑现，在广大职工中甚至有些领导干部中都抱有怀疑态度。也有的职工认为，他是代表中国地质工会下来调研的，他出来时领导一定会有一个使用这笔经费的办法和范围，在他认为合适的时候，如何表态会有一个原则。李保忠是性情中人，不可能是随便说说而已。

  在职工的疑虑盼望中，不到一个月，一台19寸大彩电的款打入广西壮族自治区地质工会。不久，这台电视打破九万大山亿万年的沉静，在小小的水站落脚了。这事很快在广西地质局的广大职工中，乃至全国地矿系统工会流传开来。

四 不爱家宴爱食堂

李保忠将积极推进野外地质队的食堂建设,改善职工的生活条件作为工会的一项重点工作。在位于汉中的陕西地质局第四地质队调研期间,李保忠了解到,该队的职工对大队食堂颇有怨言。汉中位于陕西南部秦岭以南,在地理上属于南方,生活习惯也是南方的习惯,汉中靠近四川,很多职工习惯川菜口味,可是食堂厨师恰恰是陕北人,做得一手拿手的面食。面食好吃,但职工不能天天吃,顿顿吃,来自五湖四海的地质队员,天天吃面食是接受不了的。野外分队情况也差不多。很多地质队员在收队后的第一件事,就是到驻地附近的餐馆饱餐一顿,称为"下馆子"。能在家做饭的,尽量不在食堂吃饭,这样一来,食堂越办越冷清。李保忠认为要让地质队员安心工作,首先就是要吃好。

对此,李保忠向该队工会建议:"民以食为天",食是每个人生活中必不可少的重要部分,食堂建设是一个凝聚人心的工程，也是一支地勘队伍稳定的基础，食堂管理的好坏直接影响整个地质队的稳定和发展。对于地质队来说，特别是野外分队的地质队员，常年工作在野外，以深山为家，如何让地质队员在外有家的感觉，百人百口，众口难调，大队要想办法。

李保忠提出四点意见，第一，把厨师派出去学习，各个地方的菜，都要会做一点。第二，每周制定菜谱，提前征求职工意见。第三，根据野外分队工作的强度大小，适当调整油水。第四，工会经费要给予支持。在谈到第四点的时候，李保忠说："食堂要办好，关键在领导。工会经费是做什么的？工会经费就是用于职工的，你们不能老是让工会经费在账上趴着，除了计划的支出和慰问困难职工，剩下的都要用在职工身上才行啊！"

就李保忠的意见建议，第四地质队进行了认真的讨论研究。在讨论的时候，产生了两种声音，一种认为工会经费取之于职工，除少部分作为备用外，其余的就应该全部用于职工，工会主席和党委书记的意见就是倾向于此。另一种则认为，除了解决困难职工这等大事的硬性开支，工会经费应该和其他费用放在一个"大盘子"里，统筹使用。两种意见不相上下，都有自己的理由，似乎都没什么错，都是为了单位。主张统筹使用工会经费的说，把经费都用在吃上面，不是什么好事，还称什么"不能丢掉艰苦奋斗的传统"云云。两种意见对陕西第四地质队工会和党委造成了决策困难。李保忠得知此情况后，同第四地质队领导班子座谈：让职工吃好，是爱护职工的体现，只有吃好了，才能更好地工作。大队在作决策时，要考虑是不是把职工放在第一位，只要是有利于职工的，我们就要做！地质队员不是清教徒，更不是苦行僧。大队不但要支持，还应该想更多的办法为职工谋福利，使大家安心工作。如果没有条件，怪不得大家。但有条件而不去争取，那就是不思进取，保守僵化。

李保忠的话似乎起到了作用。陕西地质局第四地质队在工会主席和党委书记的努力下，基本形成了统一意见，要改善大队食堂伙食，对食堂进行整改，请当地有名的大厨来队对炊事员进行培训，招录两名会做川菜的川籍职工。每周提前制定菜谱，送到广大职工中传阅，征求意见，一周之内菜品尽量不重样。在大队食堂和野外食堂门口，还创意性地弄了一块小黑板，每次就餐后，职工可在上面写下对食堂和饭菜的意见，更鼓励职工直接表达自己想吃什么菜。据说，小黑板挂出去的第一天，就有不少职工在上面写道：想吃宫保鸡丁、鱼香肉丝等。

经过一系列整改，陕西第四地质队的食堂建设大为改观。该队工会主席在给李保忠的信中称："说起食堂，老钻工朱师傅连说了三声好：'厨师做得好，菜品搭配得也好，各个地方的美食都能品尝得到。每餐汤就有两种，热天还会再加一个绿豆汤供应。现在不仅职工来吃，家属都愿意来食堂吃，真是好啊！'"

李保忠把陕西第四地质队的食堂建设情况向卢宗英进行了汇报，卢宗英听后十分高兴。在卢宗英心目中，地质队职工食堂建设一直是个难题。听了陕西第四地质队的食堂建设汇报，卢宗英认为，可以让全国各地的地质队学习借鉴。李保忠立即同第四地质队进行了联系，问能不能承办全国性的地质队食堂工作现场会。回答道："能，现在四队食堂已成一块招牌，附近居民都常来食堂宴请亲友，结婚的、乔迁的、孩子满月的，很多都来这里举办。"李保忠听到后很满意，当场约定来年在陕西地质局第四地质队举办全国地质队食堂工作现场会。

  1984年4月，全国地矿系统职工食堂现场会在陕西第四地质队如期举办，全国各省级地质工会负责人都来观摩学习。在现场会中，卢宗英和李保忠不仅看见很多职工家属在食堂买饭菜，还有社会上的人在食堂就餐。他们问该队工会主席情况，工会主席说，食堂按照李保忠提出的意见，大队进行整改后，食堂建设大为改观，菜品花样多，价格便宜，卫生、可口，原来不爱来食堂的职工和家属，现在都不愿意在家里做饭了，都愿意来食堂吃。不止咱们单位的，外面的人亲朋聚会都首选我们食堂。食堂一班人在劳动中还设计发明了土豆自动削皮机，经过大队修配车间制造出来后，效果很好，汉中的其他几家单位食堂已经订购了几台了。既解决了修配车间人员闲置的问题，还能创收，所得利润又直接用于补贴职工伙食。

  现场会期间，其他单位的工会主席向陕西省第四地质队取经："你们是如何做到的？"回答道："首先，把职工的利益放在第一位，心中有职工。其次，就是不要吝啬工会经费，工会经费取之于职工，就要用之于职工。最后，要提高厨艺，同时在菜品上要尊重职工的意见，职工爱吃什么，我们就做什么。"

  地质职工不爱家宴爱食堂，一时成为佳话。

五　丰富多彩的文体活动

在中国地质工会期间，李保忠还兼任地矿部地质体协副秘书长，组织全国地质职工开展文体竞赛。1981年，李保忠刚到中国地质工会不久，就到广西组织中南片区地质职工篮球赛。

李保忠在河北物探大队组织开展文体活动，或者在河北省地质局、河北省廊坊地区组织职工运动会和开展体育活动有一定的组织经验。这一次，在中南片区的开幕式上，在可以容纳几千人的体育馆里，李保忠指挥上百人的运动队伍有序入场，裁判员、运动员宣誓，退场和节目表演等，李保忠都游刃有余地组织得很好，让与会领导、观众和运动员深感震惊，他们想不到李保忠竟然有这样的调配能力。在中南片区的篮球赛取得圆满成功后，1982年又在兰州开展了西北地区地质职工篮球赛。两次比赛都圆满成功，受到领导和队员们的一致好评。

1983年，国家体委在北京举了行业体协篮球赛，李保忠奉命带领地质体协男女篮球队参加了比赛。在这一次比赛中，地

李保忠带领的地质体协男女篮球队。

质体协女子篮球队取得了第七名的好成绩,为此,地质矿产部领导孙大光和中国地质工会的领导在部机关接见了参加比赛的男、女篮球队队员和领队。

六　世界上最好听的歌——《勘探队之歌》

1956年，李保忠当时所在的304队地质队，有十多台钻机昼夜在锦屏山上轰鸣着。每当夜幕降临，荒凉的大山遍野灯光闪烁，远远望去像是漫天的繁星。地质队员宿营地常常会在深夜听见高音喇叭里传出："同志们快起床，xx号钻机卡钻了，要打吊锤。"喇叭声响后，只见几十名地质队员争先恐后地往山上跑，不一会儿，山上就传来"1、2、3"的号令，随着号令，发出"当！当！当！"的拉吊锤声。人多力量大，事故很快处理完了。李保忠和队友们沿着崎岖的山路下山，就唱着那首属于他们的歌《勘探队之歌》。

1953年12月，《勘探队之歌》首刊于《中国青年报》第4版，中央人民广播电台于1954年1月18日开始广播教唱。这首歌曲与作者佟志贤、晓河的名字一起流传。《勘探队之歌》旋律舒展，有浓郁的生活气息，抒发了勘探队员以苦为乐的情怀，表现了革命乐观主义精神。它唱出了地质战线广大职工的精神风貌和报效祖国的坚强决心,鼓舞了几代地质工作者为地矿事业奋斗终生。

"是那山谷的风,吹动了我们的红旗。是那狂暴的雨,洗刷了我们的帐篷……我们满怀无限的希望,为祖国寻找丰富的矿藏。"当这首歌在夜深人静的空旷峡谷里被唱响时,歌声在山谷里久久回荡,好像有千人在唱,有万人在合。李保忠说,世界上如果说哪一首歌曲"听众"最多,那一定是《勘探队之歌》,没有任何一首歌超过她。因为,听众就是这些巍峨的群山。

1963年,北京地质学院文工团演出了陈耘、徐景贤编辑的话剧《年青的一代》,后来话剧被改编为同名电影,《勘探队之歌》作为主题歌传唱祖国的大江南北。

直到今天,地质队召开各类大会,议程中的最后一项往往就是全体起立,唱《勘探队之歌》。地质队无论男女老少,家属子弟,不会唱这首歌的,没有几个。

李保忠每每回忆起过去的地质生活,心头最先响起、回荡在耳边的就是这首《勘探队之歌》。这首《勘探队之歌》激励着中国的地质人战严寒,斗酷暑,风餐露宿,四海为家,为祖国的地质事业献出了青春和热血。每次回想着这首歌,眼前就会浮现自己及地质工作者们攀进在崇山峻岭间,穿行在大河峡谷中的画面。它真实地在李保忠脑海里描绘了当时地质队员的生活、工作与环境,抒发了那一代人的情怀、意志和执著的追求,激励了几代地质工作者为祖国的建设而爬山涉水奉献青春和热血。

60多年来,《勘探队之歌》在地质工作者之间传唱不衰,

第八章 改革开放后的地质工会工作

激励不少热血青年到边疆去，到艰苦的地方去，攀登他们生命的高峰。

地质工作者唱着她，为社会主义建设立下了汗马功劳：查明矿产资源储量170多种。查明地下水资源量，保证了成千上万座水坝、几万公里铁路、高速公路、一批批石油、核能、冶金、化工等重点建设项目的建设，为农田水利灌溉、人畜饮水、盐碱地和地方病高发地区饮用水改善提供技术支持和水资源保证。

"文革"中，很多单位春节不放假，继续"闹革命"。李保忠所在的河北地质局物探大队组织新年联欢晚会上，都是红歌、样板戏之类节目。最后一个节目是地质队员合唱《大海航行靠舵手》。一曲唱完，意犹未尽。"再来一个！再来一个！"台下掌声雷动。怎么办？几个地质队员一合计，上！哗啦啦上台唱起《勘探队之歌》。因为人人会唱，根本不用练习，也没指挥和伴奏，却唱得气壮山河，在场的人无一不被这样的气氛所感染也跟着唱起来。

直到今天，《勘探队之歌》还在地质队流传着，当年"年轻的一代"早已步入暮年。一代又一代的地质人传承着"三光荣"精神，在岁月交替中，又轮到了我们。

七　坚持原则

　　李保忠在解决职工困难时，不是无原则地进行解决。他在全国总工会工作期间，有一次在一个地质队调研时，一位女同志向他反映家庭生活困难问题，女同志说，父亲是地质队的保卫科科长，得了关节炎，以职业病为理由向大队申请买一辆轮椅，老队长批准了，轮椅已买到家。新队长上任了，他认为关节炎不属于职业病，不同意报销。科长的女儿见李保忠来调研，想向他反映一下给予报销。李保忠听了反映后，坚定地对这位女同志说："按规定关节炎不属于地质工作的职业病，不能报销。前任队长批准报销是错误的。"

　　这位女同志说："不能报销，是否可以申请困难补助？"李保忠说："可以！你的家庭人口平均生活费在25元以下就可以申请。如果你家4口人都在地质队工作，我估计其工资总收入要在300元以上。"她回复说："照你这样说我反映的问题是解决不了，我还要继续向上反映。"李保忠说："你可以反映，但我告诉你,这是国家的政策规定。就是这样的,你反映到哪里,你花了路费到了北京,反映到全国总工会,最后还是这样的结果。不符合政策规定的,到哪里都不会得到解决,希望你考虑我所说的。"

听了李保忠的一席话,这个女同志没有再说什么,走了!

这就是李保忠坚持原则的一例。

八 "三光荣"精神的见证者

"三光荣"精神，指的是"以献身地质事业为荣、以艰苦奋斗为荣、以找矿立功为荣"，是在原来"以地质为业，以深山为家，以艰苦为荣"的口号上发展过来的。

说起"三光荣"精神的起源和发展，李保忠对它的来历和发展非常清楚的。首先，李保忠是地质部建部不久就到部工作的，对地质工作的发展历史了解得多一些。其次是在野外地质队工作的时间长。最重要的是李保忠和"三光荣"精神的起草者李长清是很好的朋友，是建部初期在一起工作就认识的同事。李长清比李保忠年长两岁，他是1952年察哈尔省撤销时来地质部工作的，开始在地质部计划司工作，后来给宋应副部长当秘书。"文革"结束后80年代在地矿部办公厅任副主任，后又任地矿部政治部副主任。1953年和李保忠同是地矿部民乐队的队员。1992年建部40周年时，组织"全国地矿系统职工业余文艺慰问演出团"到华东各省、市和地质队职工的慰问演出时，李长清任团长，李保忠任副团长，两人配合默契，号称"二李"，称呼他俩是大李团长和小李团长。在李保忠的讲述中，我们得知了一些有关"三光荣"精神的来历和形成的有关故事。

1983年初，地质矿产部党组决定召开全国地质系统基层模范政治工作者表彰大会。李长清时任地矿部政治部宣传部部长，在他起草大会报告和为出席大会的国务院副总理王震提供讲话提纲时，朱训副部长传达了孙大光部长对起草报告的意见：要根据广大地质职工多年形成的传统，提出一个新的、能够凝聚整个地质队伍的口号，代替原来的口号。

改革开放后，不少地质队员反映，认为原来的战斗口号与时代发展不匹配。他们认为"以地质为业"是对的，应坚定不移。但是为什么还要"以深山为家"呢？"以艰苦为荣"也是对的，是地质队的优良传统，不仅不能丢还应该继续保持下去。但是地质队员长期在深山野外工作，孩子上不了学，子女就业难，在社会进步经济发展，各行各业工作、生活条件都在改善的情况下，地质队员非要以"深山为家"作为追求目标吗？这些意见引起地质矿产部领导的高度重视。

李长清认识到，新口号既要保留原口号的精华，又要适应全国地质系统开展各类评功授奖活动、加快地质工作步伐的新形势，要突出以地质找矿为中心，又要重视地质工作的各个方面。

在这样的指导思想下，"以献身地质事业为荣、以艰苦奋斗为荣、以找矿立功为荣"的三光荣精神被提炼了出来。

"以献身地质事业为荣"替代了原来的"以地质为业"。李长清认为"以献身地质事业为荣"中的地质事业涵盖了地质科学的各个学科、各个专业以及科学实验，涵盖了各种手段为地质服务的所有工作。

"以艰苦奋斗为荣"则是在原来的"以艰苦为荣"的基础上提炼的，再加上奋斗二字，好的作风应该继续保持。

"以找矿立功为荣"不是狭隘的找矿，而是涵盖了直接找矿，为找矿提供科学理论、科学依据等各个方面的科研成果，涵盖了直接找矿以及为了找矿的前期工作和为找矿提供各种服务的贡献者。

孙大光部长、朱训副部长审阅大会《报告》送审稿后，认为"以献身地质事业为荣、以艰苦奋斗为荣、以找矿立功为荣"归纳总结得很好，并要李长清等在外地调研的政策法规研究室主任温家宝同志回来后，送给他审阅。温家宝回来后，李长清立即将《报告》送给温家宝看，并转达了孙大光、朱训两位领导的意见。第二天温家宝对李长清表示，同意两位部长的意见，这次大会要突出"三光荣"这个主题，使其成为整个地质系统的战斗精神，建议在报告中，前面加上一句"以共产主义为核心"。当时，"文化大革命"结束后，全国正在开展拨乱反正工作，共产主义思想教育正在全国开展。温家宝的建议得到了孙大光和朱训的采纳。

根据温家宝的指示，李长清又重新为王震副总理起草了讲话参考提纲，突出了"三光荣"主题教育的重要意义。

1983年3月，全国地质系统基层模范政治工作者表彰大会在北京召开，大会上朱训同志代表部党组在报告中正式提出了"在全国地质系统深入持久开展以共产主义思想为核心，以献身地质事业为荣、以艰苦奋斗为荣、以找矿立功为荣的'三光荣'精神教育"。

大会闭幕式上,王震副总理代表党中央和国务院在讲话时说:"我受党中央、国务院委托,来看望大家,向你们并通过你们向全国广大地质职工及其职工家属表示亲切的慰问……在新的历史时期,你们以共产主义教育为核心,提倡'以献身地质为荣、以艰苦奋斗为荣、以找矿立功为荣',把共产主义理想同自己的工作紧密结合起来。广大地质职工牢牢树立起'三光荣'思想,并用以指导自己的行动,就一定能开创地质工作的新局面,为祖国的繁荣富强做出更大的贡献。"

这次大会是一次专门以"三光荣"精神为主题召开的全国地质系统的基层模范政治工作者表彰大会,受到的重视程度前所未有。"三光荣"精神的提出,使这次大会开得很有声势,很成功,在全国地质战线影响很大,并迅速在全国地勘单位中传开,各地勘单位纷纷召开以"三光荣"精神为主题的学习动员大会、表彰大会等。以至于国家经济委员会主持召开有关部委参加的全国经济委员会会议时,还特地邀请李长清到会,介绍地质矿产部全国地质系统基层模范政治工作者表彰大会和"三光荣"精神教育的有关情况和内容。

李保忠说,在"三光荣"精神武装下,全国地质战线涌现了一大批体现"三光荣"精神的先进典型。他们在不同年代、不同环境、不同岗位为地质事业发展做出了突出贡献。

"三光荣"精神准确体现了广大地质工作者的精神风貌和艰苦奋斗、无私奉献的光荣传统,因而受到普遍赞同和欢迎。

在"三光荣"精神的凝聚下，地质队伍更加精神焕发，在继承光荣传统的同时，不断提高文化素质和科技水平，不断建立新的功勋。地质工作越来越受到党和国家以及各级政府的重视。1986年，在甘肃省的白银、金昌、嘉峪关市和陕西省垣曲县，分别建立了地质工作纪念碑。1987年，浙江杭州建立了西湖引水纪念碑。1991年，河南平顶山建立了地质工作纪念碑，引用了江泽民同志为地质工作者的题词"献身地质事业无尚光荣"。1992年，全国92个地质勘查单位被授予"全国地质勘查功勋单位"荣誉称号。这92个地质勘查单位代表受到了时任国务院总理李鹏同志和副总理姚依林同志等中央领导的接见。

全国劳动模范、活着的"铁人"王守忠，是原地矿部西北石油地质局6008钻井队队长，在"三光荣"精神激励下，带领6008钻井队队员以钢铁般的意志，顶着戈壁滩上的烈日高温，以艰苦卓绝的奋斗，克服重重困难，终于在1984年9月22日在新疆塔里木盆地北部钻出了高产油气流，首次实现我国海相油气勘查的历史性重大突破，为在中国西部开辟新的油气资源战略接替区做出了重大贡献。

2006年1月20日，《国务院关于加强地质工作的决定》提出：要大力弘扬"热爱祖国、追求真理、开拓创新、无私奉献"的精神。同时，再次提出：继承发扬"以献身地质事业为荣、以艰苦奋斗为荣、以找矿立功为荣"的优良传统，在新时期地质工作中再创辉煌。国务院再次提出继承发扬"三光荣"优良传统，不仅激励着在岗的地质工作者，而且也是对老一代地质工作者几十年艰苦奋斗、无私奉献的肯定，说明共和国没有忘记、

第八章 改革开放后的地质工会工作

也不会忘记地质工作者为国家、为民族做出的贡献。新老地质工作者都应十分珍惜这个荣誉。

2007年，121个地勘单位被国土资源部授予"全国地质勘查行业先进集体"称号。这是在国家对地质战线广大职工继承和发扬"三光荣"精神的肯定，是对地质行业对经济社会可持续发展做出重要贡献的肯定。

浙江省第七地质大队始终践行地质工作者"三

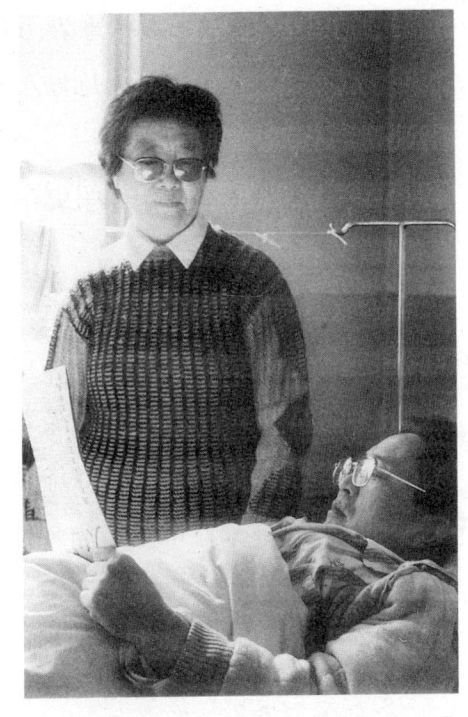

上世纪80年代，李保忠生病住院，难得妻子陪同照料。

光荣"精神，在被称为"浙江西藏"的丽水等地区实现了重大找矿突破，为我国地质找矿事业做出了重要贡献，为国土资源系统和地勘行业树立了精神示范和行为标杆。2011年浙江省第七地质大队和大队党委被国土资源部、中共浙江省委分别授予"全国模范地质队"荣誉称号和"地勘先锋"荣誉称号。国土资源部《关于表彰浙江省第七地质大队的决定》指出：

浙江地质七队始终坚守精神高地，无论在地质工作的辉煌期还是低谷期，都始终坚持继承和弘扬"以献身地质事业为荣、以艰苦奋斗为荣、以找矿立功为荣"的"三光荣"精神，竖立起了新时期地勘人的精神丰碑。

时任国土资源部部长徐绍史在表彰大会上说：

地质七队一代又一代地质工作者始终坚守精神高地，以实际行动践行着地质人"以献身地质事业为荣、以艰苦奋斗为荣、以找矿立功为荣"的"三光荣"精神，不断实现找矿突破，主动服务经济社会发展，在丽水等地区的地质找矿战场上，谱写了一曲新时期地质人的时代赞歌，为我国地质找矿事业做出了突出贡献，为国土资源系统和地勘行业树立了精神示范和行为标杆。向地质七队学习，就是要牢记使命、勇于担当，发挥好地质找矿主力军作用；就是要开拓进取、勇闯市场，服务好经济社会发展；就是要不畏艰险、无私奉献，始终坚守地质"三光荣"精神高地。要以学习弘扬七队的先进事迹为契机，在全国国土资源系统和地勘行业营造学先进、赶先进、争当先进的浓厚氛围；要把向七队学习的活动与创先争优工作紧密结合起来，与推进全国地质找矿突破战略行动结合起来，大力弘扬新时期地质"三光荣"精神，引导广大干部职工进一步振奋精神、扎实工作，锐意进取、改革创新，加快实现找矿突破，全面增强矿产资源保障能力，为促进经济社会又好又快发展做出新的更大的贡献。

第九章

三次巡回演出

一 1986年大西北地区慰问演出

20世纪80年代，新中国成立30多年了，地质矿产部也成立30多年了，但在文化生活上还是30年一贯制的"一首歌——《勘探队之歌》、一部电影——《年轻的一代》、一本书——《鹰之歌》"的局面。在野外开展地质工作条件差、工作辛苦不说，文化娱乐生活还枯燥，是职工特别是青年职工不安心野外地质工作的一个重要原因。按照孙大光部长的话说："地质部门业余文化生活枯燥是一个老大难问题。"

地质队员风餐露宿为祖国寻找矿藏，付出了一般人想象不到的艰苦，可是在全国人民心中，对这一群体还是不太熟悉。地方也需要了解地质队伍，地质队也需要加强和地方的沟通。有的地方政府对流动性较大也不隶属自己的地质队，谈不上太多的关心，不仅关心不够。在落户口、地质队进城建基地的土地划拨、子女读书、就业等还有诸多问题上得不到有效解决。

1985年，在全国总工会已工作5年的李保忠多次到野外地质队调研。结合自己25年的野外地质队亲身体验，向全国总工会和地质矿产部政治部提出在全国搞一次职工业余巡回演出的建议。这个建议很快就得到部政治部领导的回应。想搞，困难也是明摆着的。地质系统已经很多年没有开展过类似的活动了。20世纪50年代，地质文工团是与煤矿文工团并驾齐驱的是全国仅有的两个行业文艺团体，在全国知名度很高，影响很大。地质文工团前身是东北地质调查局的文艺宣传队，成立于1952年8月，宣传队队长是时任东北地质调查局的副局长李奔。李奔多才多艺，30岁出头就任副局长，他亲自抓的这个文艺宣传队人才济济。时任地质部党组书记、副部长何长工到东北地质局调研期间，发现这个宣传队水平很高，于是第二年将其调进北京，改为地质部文工团，在全国开展"乌兰牧骑"式的演出。地质部文工团一直处于鼎盛时期，有乐队、歌舞团、评剧团、杂技团几大部分，各类人才230余人。地质文工团每年4—11月间，到野外去慰问地质队，最远到达新疆，在那里连续演出20多场，在地质职工中反响很大。在京期间还去中南海和人民大会堂以及北京各大剧场为党和国家领导人以及首都人民群众演出。中南海如果有舞会，就请地质文工团的乐队前来伴奏，毛泽东主席一次在紫光阁跳舞休息间隙，听说是地质文工团乐队伴奏，很满意，对大家说："你们演奏得不错嘛，到地质队去演出很受欢迎吧！当地老百姓去不去看啊？"得到肯定答复后，毛泽东主席语重心长地说："你们辛苦，他们（地质队员）更辛苦，你们一定要为他们好好服务。"有一次，地质文工团的评剧团到中南海演出喜剧《挑女婿》，名丑郝永福的表演活灵活现，出神入化，把周恩来总理和其他领导人逗得不时捧腹大笑。20世纪50年代地质文工团曾风光一时，成为行业内外的品牌。

可惜的是，1961年全国开展精简下放，各行业文工团体一律不再保留。何长工副部长通过各方努力，试图以各种方式把地质文工团保留保全，可也不能违抗中央命令，无奈最后只得解散。其中，评剧团成建制移交文化部。1963年秋，地质部举行盛大宴会，送别文工团全体团员，大家含泪话别。从此，地质文工团成为历史。

地质文工团在新中国成立后辉煌了整整十年，他们对广大地质队员的慰问关心，起到的鼓舞和激励作用，是其他方式难以替代的。孙大光就任地质部部长后，一直想恢复地质文工团，部里领导层都没有意见，可具体操作起来难度就大了。建立文工团不像新成立一个地质队，一声令下就建起来了。编制和资金就算没有问题，最重要的是人。懂行懂地质生活又有情怀的团长哪里找？众多高水平的演员哪里物色？当年文工团的人就算召回来，可已是时过境迁，20多年过去了，十年是一代人，当年的年轻女演员，有的都做奶奶了。就算愿意回来，还能爬山涉水到一线地质队慰问吗？当时刚刚结束拨乱反正，政策变动较大，文工团成立了，如果又因政策原因导致解散，又怎么办？这些问题都困扰着孙大光部长。几经推动，部文工团还是没有成立。于是孙大光部长就号召各省局搞"乌兰牧骑"式的小型文工队，先搞业余的，慢慢向专业的靠拢，人员也不全脱产，忙时干主业，也训练，闲时出来慰问。这样，新疆和内蒙古两自治区地质局和第二石油指挥部相继成立了文工队。然而由于领导、体制和管理等方面原因，这几个文工队难以为继，又先后解散。1985年孙大光带着遗憾离开了地矿部，朱训接任部长，朱训也继承老部长的想法，想建立地质文工团开展对野外地质职工的慰问演出。

李保忠的建议一提出来，正与领导层想法不谋而合。但是，舆论哗然：50年代，何长工组建的地质文工团，早就不存在了。70年代孙大光支持几个省地质局搞的小型文工团，也慢慢淡出视野。你李保忠有三头六臂，竟然要白手起家组团深入野外慰问！一时间大家议论纷纷。

李保忠的想法虽然得到了全国总工会和地矿部领导的支持。可是怎么搞？人从哪里来，能不能搞好？挂着地矿部和中国地质工会的大名，如果只是一般的水平，还不如不搞，放手让各省局自行搞点小活动就行。各种担心都有。

但李保忠觉得，地质职工就好比自己的亲人，看望自己的亲人，有时候是不需要太多物质或者说是花样，但是必须要有一颗真诚的心。演出质量的关键在于人、设备、情怀。这三个条件满足了，演出质量不会太差。再说了，我们不是组建正规的文工团，而是成立临时性的文艺演出团，这样队伍比较好组建，演员从各地抽调借调，也不用担心和原单位的劳资关系，各地的演员深入野外地质队，也是大家相互了解交流学习的好机会。李保忠向领导表达了自己的想法。

"人的问题怎么解决？"领导问道。

"在演员人选上，要以地质职工为主体，我们有40万地质职工，就不信选不出一批像样的人才来。还可以请比较有水平的名家进行艺术指点。乐队方面，各省地质局包括部里恐怕都没有这条件，我们可以考虑请外援。"李保忠说这些话，看似轻描淡写，但却是胸有成竹，首先，演员可以在全国的地勘单位遴选。至于有名的专家，李保忠早就心中有数了——李保忠的弟弟李保义是总政文工团的主要演员，1977年主演过反映红军长征途中爬雪山过草地的电影《万水千山》，引起很大反响。谈到乐队和音响设备方面，李保忠说："我有一个朋友在劳动人民文化宫八音盒乐队担任小号手，通过他我和劳动人民文化宫的有关同志沟通过，他们反馈的意见是：地质职工也是劳动人民的一部分，如果需要，肯定要为之服务。"八音盒乐队是一支由8名音乐业余爱好者组成的乐队，因共同的爱好结合在一起，乐队人员本身有自己的工作单位，大家利用闲暇时间排练，演出水平相当不错，成为劳动人民文化宫开展活动时的演奏乐队，经常在国家的重大活动中伴奏和表演。而且八音盒乐队的乐器配置合理，携带方便。"只要有电就行，即使没有电也可以保证演出顺利进行。"李保忠这样说道。

我们来看看后来他请到的八音盒乐队的人员和乐器配置：

钟大星　架子鼓手　（北京电信局职工）

何旭祥　圆号手　　（北京曙光电机厂职工）

常弘达　长号手　　（北京电信局职工）

潘国刚　萨克斯手　（北京乐器厂的职工）

丁玉春　电贝司手　（北京玉器厂职工）

柴双德　电子琴手　（北京曙光电机厂职工）
　　伞　琪　小提琴手　（学校教师）
　　邢久鹏　小号手　（北京地质仪器厂职工）

　　除了电子琴和电贝司需要用电外，其余乐器都可以直接演奏。"这是再好不过的了，只是架子鼓体积稍大麻烦一点，但都不是问题。"

　　李保忠担心在大西北的野外地质队演出，如果没有电，乐队将无法演出。但是后来的事实证明，这些担心都是多余的，在艰苦的青海大柴旦地区，在偏远的锡铁山地质队演出，用的是汽油发电机为乐队供电。演出结束后，演出团准备离开之前，锡铁山地质队员担心下一站也许会更艰苦，主动将汽油桶装满，一定要让演出团带上，以防万一。除了汽油，让演出团带上的还有炊事班养的鸡。他们舍不得自己的战友受苦受累，宁愿自己少吃也要让演出团带上。

　　"要请八音盒乐队参与，肯定要有正式的邀请函或者公文，如果是私人或者民间性质的肯定不行。"李保忠说。

　　领导听了李保忠的一席话，认为可行。"保忠，既然想搞，你弄一个方案出来，演员怎么选，节目怎么配置，艺术指导和乐队人员，你去落实清楚。这些都落实得差不多了，同时规划好慰问演出路线，我们再向上级领导报告。"得到领导授权的李保忠于是放手去抓落实了。

　　李保忠先找到弟弟李保义，李保义知道哥哥的来意后，说道："你们慰问演出，主要是以晚会的形式开展的，通常是歌曲穿

第九章　三次巡回演出

插一些小型舞蹈，两首歌曲中间，夹一个其他节目。这种形式的演出，是以声乐表演为主要内容的。"

李保忠聚精会神地听着，对于演出的经验，李保忠肯定没有李保义丰富。

"我是话剧演员，主要是演话剧，对声乐我是指导不了的。但我可以帮你们请水平相当高的老师。"

"谁？""李双江。""你能保证请得到他？"李保忠连忙问。李保忠不敢相信自己的耳朵。李双江在1979年赴中国对越自卫反击战前线慰问演唱的《再见吧，妈妈》《怀念战友》等歌曲成为中国家喻户晓、妇孺皆知的歌曲。1981年，李双江在北京举办了"文革"以后独唱音乐会，是"文革"后中国军人举行独唱音乐会的第一人，受到中国各界关注。后来更是任解放军艺术学院音乐系主任，艺术造诣不在话下。能请到这样一位大家指导，慰问演出工作的质量肯定高。

弟弟说："我和他关系不错，我们住在一个大院里。"李保忠说："好！就有劳你了！"李保忠平时对自己弟弟很少用到"有劳"这样的词。

艺术指导的事告一段落。劳动人民文化宫八音盒乐队也说过只要是公家的活动，有公文或者函，就可以支持。李保忠再次和劳动人民文化宫的朋友邢久鹏取得联系，确认之后李保忠认为待万事就绪，就由全总煤矿地质工会和地矿部发函邀请。有一个优秀的乐队支撑，准备工作相当于成功了一半。

接下来的事情就是挑选演出人员。在挑选人员的事情上，领导和李保忠的意见是：在全国40万地质职工里挑选，就连主持人（报幕员）也在地质职工里选。经过和部有关部门沟通，一纸文件下到各省地矿局和地矿部各直属单位，在全国地质队遴选演员的工作开始进行。令大家没有想到的是，通知下发后，各单位热情非常高，经过各省局（部门）先行选拔，再推荐到北京的人选就有近一百名。由于是海选，不可能每个被推荐的人都来北京试演参与选拔。这些在各省局（部门）范围内遴选出来的佼佼者，再通过录音的方式，将磁带寄到全总煤矿地质工会李保忠处，有条件的，可以寄录像带。不久，陆陆续续地从全国各地寄往煤矿地质工会办公室的磁带、录像带堆积成山。每一盒录音带上都写了表演者的姓名、节目种类、节目名称，主要是歌曲类和乐器演奏类的。

那一阵子，李保忠和有关人员全身心对上报的节目进行挑选。对表演水平进行打分，综合分数后对演唱水平提出评价，有时候也会请其他同事、朋友前来聆听，给出意见。经过几轮的初选、研判、确定，一份表演节目单形成了，并提交给领导审查。

在这份节目单里，主要是歌曲类和乐器演奏类。值得注意的是，这次提交上来的节目，有不少是地质队员自己创作的原创歌曲，而且都是与地质工作息息相关的，或者是对地质工作的感情流露，对地质队员的崇拜向往。比如黑龙江地矿局表演者杨静演唱的歌曲《我爱遥远的群山》、王丽华唱的《勘探队的小伙子睡着了》、吉林石油指挥所表演者段亚东演唱的歌曲《月光下的钻工》、吉林省地矿局杨兴志的笛子独奏《地质队的早晨》，就是反映野外地质生活的原创作品。河北地质局徐晓玲的《我已爱上地质队的哥哥》，更是得到评委的一致好评。徐晓玲的歌声和那动人的歌词，使得录音机前的评委中的女同志说，听了这首歌，我都不禁对地质队的哥哥产生好感了。这时李保忠和其他同事说"哟、哟，你不早说嘛。我有好几个地质队员朋友还没结婚呢。"说完大家大笑，女同事登时脸红了起来。

　　这首《我已爱上地质队的哥哥》在野外地质队的第一站演出就引起轰动，不少地质队员纷纷要求和徐晓玲合影，要求签名，互留地址。这首歌因此成了这次演出团每到一处的保留节目。演出结束，徐晓玲人还在回家路上，单位收发室收到所去演出地的地质队员寄给她的信，已经在她办公桌上堆成小山。这次演出和这首歌成了徐晓玲后来走向艺术事业的跳板，也是她的主打曲目。

　　《中国国土资源报》在2014年举行的弘扬"三光荣"精神座谈会上，当年参加演出的演员同聚一堂，动情地回忆起28年前曾经的感动。回想起曾经演出的经历，徐晓玲仍然非常激动："1986年我随团去西北演出，在青海锡铁山演出时，海拔很高，大家严重缺氧，只能吸一吸氧气再上台表演，有7个人演出还没开始就晕倒了……在讲话、唱歌都困难的高原上找矿，真是让人难以想象，地质队员们太了不起了！演出团的到来让一线工作者非常高兴，一次我们抵达一个项目现场时，已经是夜里10点，可是一线职工还是敲锣打鼓地欢迎我们。见到大家那么热情，演员们也忘了沿途的艰辛，我们决定开始表演，演出结束时已是半夜12点……参加巡演团是我人生的转折，演出中我唱着《我已爱上地质队的哥哥》，巡演结束回到家乡我真的爱上了地质队的哥哥，并且我把这首歌一直唱到现在。"徐晓玲讲完已是泪流满面。

初步的节目单经地质矿产部和全国总工会审定后，认为慰问演出团组建的条件已经成熟，慰问演出团团长一职由谁来担任呢？全总和地矿部一致决定，就由这次演出慰问的提议者，也是筹建慰问演出团的关键人物李保忠担任。同时也因为李保忠是地矿部出来的，在野外地质队工作了25年的老地质，对地质职工有着深厚的感情，团长就由李保忠担任。

1985年冬天，表演节目单上的演员陆续来京报到，每一位前来报到的演员，李保忠都会亲自去车站接，安顿住宿，并组织他们开始练习。

经过再次确认后，节目名单更加清晰明朗。对于演出路线，全总和地矿部商量后，决定慰问工作环境比较艰苦的大西北地区地质队，除了新疆，都要去。为什么不去新疆呢？因为20世纪50年代地质文工团曾慰问过那里，所以这一次暂不在慰问之列。

这时全总和地矿部通过发函，和劳动人民文化宫取得联系后，乐队的事情也确定下来，并开始和演员们配合练习。李保忠从弟弟李保义那里也得到消息，李双江答应为慰问演出团作艺术指导。李保义说："李双江很谦虚，不认为是指导，只说是交流。"他认为地质队员在辛苦工作之余，还有这份情怀创作、演唱反映地质生活的作品，还要到艰苦的地方去演出，很有情怀，难能可贵，反而是要向地质队员学习这种精神。李保忠为此又专门到位于万寿寺总政歌舞团李双江住处，正式地邀请李双江为慰问团声乐演唱艺术指导。见面后，李保忠谈到了演出团组建情况和外出巡演的目的，又从自身经历谈到野外地质工作的艰苦，两人不知不觉谈了两个多小时，李双江当场表示同意。

正是因为有他的指导，演员们的表演水平有了很大提高。李双江到慰问演出团驻地为大家进行艺术指导的时候，地矿部部长朱训和全总副主席张瑞英莅临现场，和演员们交流，勉励他们好好练习，以高水平演出，慰问一线地质队员。

不久，一份完整的节目演出单出来了，经全总煤矿地质工会和地矿部有关部门研究向领导进行了汇报。并批复同意演出。

我们来看看这份节目单：

声乐部分

1. 独唱：杨静（女高音） 黑龙江省地矿局

演唱歌曲：我爱遥远的群山（创作歌曲） 纺织姑娘 马丽诺之歌 幸福在哪里

2. 独唱：段亚东（女中音） 吉林石油指挥所

演唱歌曲：月光下的钻工（创作歌曲） 振兴中华 我赞美骆驼 夜色阑珊

3. 独唱：徐晓玲（女高音） 河北省地质局

演唱歌曲：我已爱上地质队的哥哥（创作歌曲） 我爱老山兰 长江之歌 祖国啊，我永远热爱你

4. 独唱：焦永强（男高音） 北京市地矿局

演唱歌曲：双脚踏上幸福路 木鱼石的传说

5. 独唱：张湘燕（女高音） 北京地质仪器厂

演唱歌曲：英雄赞歌

6. 独唱：林寅生（男高音）　安徽省地矿局

演唱歌曲：要把矿藏找出来　三峡情　小白杨

7. 独唱：王丽华（女高音）　黑龙江省地矿局

演唱歌曲：勘探队的小伙子睡着了（创作歌曲）

8. 独唱：刘丽英（女高音）　云南省地矿局

演唱歌曲：望星空　十五的月亮　幸福拍手歌

9. 独唱：李焕珠（女高音）　山东省地矿局

演唱歌曲：边疆是我可爱的家

10. 独唱：王红（女高音）　福建省地矿局

演唱歌曲：踩蘑菇的小姑娘　北国之春

11. 独唱：陈鑫（男高音）　辽宁省地矿局

演唱歌曲：三峡情

12. 独唱：王学成（男高音）　北京地质仪器厂

演唱歌曲：刘海砍柴

13. 独唱：宫宝海（男高音）　山东省地矿局

演唱歌曲：黄鹂鸟

14. 黑管独奏：于寻　辽宁省地矿局

独唱：王言一　流行歌曲　吉林石油指挥所

曲目：鞋儿破，帽儿破

15. 京剧清唱：马东红　辽宁省地矿局

演唱节目：玉堂春

16. 女声小合唱：

帐篷边的小溪　红莓花儿开

17. 混声合唱：

要问我们想什么　在希望的田野上　长江之歌

乐器部分

18. 笛子独奏：杨志兴　吉林省地矿局

演奏曲目：地质队的早晨（创作曲目）　牧民新歌

19. 手风琴独奏：吉祥　黑龙江省地矿局

独奏曲目：马刀舞曲　西班牙斗士

20. 小提琴独奏：郭昕　山东省地矿局

独奏曲目：梁祝　新疆之春

21. 轻音乐（八音盒乐队）：

愉快的进行　祝您幸福　八音盒迪斯科

花儿与少年　西班牙斗牛

艺术顾问　李双江　总政歌舞团

团长（领队）李保忠　中国煤矿地质工会

报　幕　马东红　辽宁省地质局

舞台监督　胡泊朝　北京地质仪器厂

以上演员自1986年5月底陆续到北京后，集中在北京西北鹫峰山下的北京市财贸疗养院进行为期近两个月的排练。

在一切准备就绪出征前，慰问演出团在位于三里河的国家计委礼堂进行了首场演出。时任全国总工会副主席、党组副书记罗干和副主席章瑞英，地矿部顾问塞风等领导莅临观看。来自全总和地矿部机关的干部职工200余人观看了演出。这是慰问演出团自组建以来的第一次正式演出,演员们掩饰不住心中的激动和忐忑,李保忠在后台不停地对大家进行鼓励和动员,对稳定大家的情绪起到了明显的作用。这一场演出,演员们的发挥比平时排练得都好。八音盒乐队的乐手们也积极配合演员们的表演,把自身表演水平发挥到了极致。

每个节目结束后,观众都报以热烈的掌声。演出结束后,艺术顾问李双江对声乐演员所唱的歌曲进行了一对一的指点,受到所有演员的热烈欢迎和感谢。

首场演出拉开了这次赴野外一线慰问演出的序幕。7月31日慰问演出团在团长李保忠的带领下,乘火车直奔青海西宁。地矿部政治部副主任吕录生,中国煤矿地质工会副主席靳广祥等到北京站送行。

1986年7月31日,李保忠带领由30人组成的慰问演出团正式出发,开始了这次慰问演出的征程。一路上,他既是团长,还是"政委";既是舞台监督,又是剧务。事无巨细,日夜操劳。

演出的第一场地点是在西宁市区的青海省地矿局区调队礼堂。时任青海省省长宋瑞祥和省直机关干部前往观看演出,演出结束后,他对慰问演出团大加赞赏。他认为演出团表演的节目内容丰富多彩,演艺精湛,很多节目是反映地质生活的,这是自己演自己。

宋瑞祥是地质队员出身,先后在湖南、青海两省任过地矿局局长,对地质工作和地质队员有着深厚的感情。令宋瑞祥没有想到的是这个业余慰问演出团的水平,竟然不在省级文工团的水平之下。宋祥瑞对李保忠说:"多少年来,不论是国家级或者省级专业的、业余的都没有组织过文艺演出团来慰问青海的地质队员。这里艰苦，荒凉，没有想到你们竟然来了，还能有这么高的水平。"

为了让省委省政府的广大干部加深对地质工作的了解和对地质工作的支持，宋瑞祥省长要求慰问演出团到基层地质队演出结束回到西宁后，在青海省人民礼堂再演一场。

8月16日，慰问演出团在青海人民礼堂专场演出后，在省直机关引起轰动。很多之前对地质工作不了解的省直机关干部，因此加深了对地质工作的了解。

在西宁附近和驻海东、海南洲的地质队的几场慰问演出后，慰问演出团沿青海湖南沿，经德令哈、乐都直奔格尔木。

李保忠所坚持的是：凡是有地质队的地方，我们都要到。地质队员几十年都能待的地方，我们为什么不能去？为此，李保忠说，不仅每一个地质队都要走到，而且吃住都和地质队员们在一起，不搞丝毫的特殊。事实上，一路上的演出，地质队有招待所的，就住地质队；没有招待所的，几个演员就同住一个大房间。在大柴旦矿区，大家就"化整为零"，睡到地质队员的中间。这时候，地质队员们总是会拉着演员们谈天说地，深夜也不觉疲倦。

七个演员缺氧"倒下"，演还是不演？

大西北之行，慰问演出团经历了艰苦的旅途，一路上也见识到了地质队员在野外开展工作所付出的艰辛。演出团一行是乘坐火车到的青海省西宁,而从西宁出发到野外的交通全部由汽车接驳。从西宁往西出发,过了青海湖,一辆客车行驶在茫茫的戈壁滩上,几百里望去,荒无人烟,只有非常少的汽车在一条孤独的道路上行驶着。在这样孤独的旅途中,好不容易见到一辆汽车,双方驾驶员都会激动地相互报以一声长长的鸣笛,向对方致意。

为了赶路,慰问演出团往往天不亮就出发,到了地质队时常常已是深夜。一路上没有餐馆,大家就着水壶里的水吃干粮。在茫茫的戈壁滩上,男女演员们上厕所成了一个难题。于是大家想出一个办法来:车行四五个小时后,按规定驾驶员要强制休息,并检查汽车状况,演员们的生理也达到极限。这时候,车停下来检查时,男演员往车的左手边戈壁滩走200米,女演员往车的右边戈壁滩走200米,李保忠站在中间这样来解决演员们的生理需要。

从格尔木向北驱车100多公里,中途要经过世界第一大盐桥(深挖40-50厘米即大盐层)和大柴旦、小柴旦。由于地处大沙漠,汽车难以行走,几十里的路,车陷入沙坑4次。每遇一次,演员都要下来推车,所以早7点从格尔木出发,100多公里的路硬是走了9个小时才到达锡铁山地质队。锡铁山位于柴达木盆地的腹部,它背靠祁连,面对昆仑,北接柴达木山,南临察尔汗盐湖,东依泉吉草原,西连绿梁山,地理上属于祁连山脉的延续。在海拔3500米的锡铁山队部,演出前夕,加上李保忠总共30个人的演出团,因为舟车劳顿高原缺氧,就有7名演员在即将演出前,出现头痛、头昏、胸闷胸痛、手足发麻等高原

第九章 三次巡回演出

慰问演出团在青海的演出受到了地质队员的热烈欢迎。

反应,有一名演员甚至连站都站不稳。这7人不得不转移到海拔较低的地方。30人的队伍,一下子离开7个,演员和乐队都不完整。而且,剩下的演员有的从来没有到过高海拔的地区,还会不会继续发生高原反应?李保忠深为担忧。锡铁山地质队的队员们,看到7个演员倒下,既心痛演员,又担心盼望已久的慰问演出能否如期进行。

锡铁山地质队的队长找到指挥演员化妆的李保忠。他对李保忠说:"你们是第一次来这么高海拔的地方,有些不适应是很正常的,我刚来这里工作的那一阵子,也不适应。不行的话今天你们休整,把状态调整好,再进行演出也不迟。我是非常能理解你们的,那些等候的职工,我去做工作!"

锡铁山地质队成立于1955年,前身是西北地质局六三二队、六三九队，1957年改称锡铁山地质队。三十年来，地质队员在这片缺氧干燥、环境恶劣的土地上，经过艰苦卓绝的奋斗，向党和国家提交了一份份优秀的答卷。1957年和1958年，该队提交的《锡铁山铅锌矿床地质报告》《青海柴达木锡铁山铅锌矿最终地质勘探报告》探明铅锌储量289.16万吨，成为当时全国最大的铅锌矿床。

因为地质队的工作成果，1978年7月，国家计划委员会批准建设锡铁山铅锌矿，设计规模为年采选矿石100万吨、铅锌精矿6.5万吨、银2.5吨。1982年正式列入国家"六五"期间有色金属重点建设项目，成立了锡铁山矿务局，生产铅精矿、锌精矿、硫精矿、电解铅以及金、银等矿产品，锡铁山镇因此成为青海省的一个新兴矿业城镇。

这些成绩的背后，是一代又一代地质工作者用青春和岁月浇灌出来的。

这时候，有的职工见演出久久不能开始，就抱怨起来："我们在这里待了几十年了，没看到过什么演出，连个电影都没看过。好不容易盼来一个慰问演出团，又演不了了。"

也有人说："他们千里迢迢来到我们这高海拔地区，难免会有些不适应，大家都是人，应该理解他们。"

理解的、不理解的、抱怨的，各种声音都有。

这些话，在后台的李保忠和演员们都听在耳里，一旁的队长显得有些为难了。演和不演，成了大问题。

李保忠对队长说："队长同志，你先等两分钟，我和演员们讲两句话。"

第九章 三次巡回演出

在锡铁山慰问地质工人演出现场。

"好！好！"队长边说边退出后台。

李保忠知道，队员们初到高海拔地区，出现高原反应，理应让大家休整。但是，这些地质队员在这里等了三十年啊！为了看演出，有的提前几小时就来占位置。李保忠撩起大幕的一角，悄悄看了看下面的职工，从他们的眼神中，可以看出他们的期盼心情。

如果说不演了，如何向在台下等待很久的地质队员交代，甚至无法向自己的内心交代！

"大家都看到了……"李保忠话还没说完，演员们自发地站了起来，神情凝重地看着李保忠说："团长，您什么都别说，我们不仅要演！而且还要演好！"李保忠感动得不知说什么好，一种欣赏和嘱托似的眼神扫视了一下演员们，点了点头，神情凝重地下达命令："准备演出！"

当主持人风度翩翩地走上舞台，向观众致以问候并向职工鞠躬时，观众席响起了经久不息的掌声。

接下来报幕员马东红的潜台词朗诵道："当华灯点燃了城市的良宵，当一个个家庭里流出温馨的欢笑，朋友啊，你可曾想到，那寂寞的帐篷，正被崇山环抱，一旦这里出现了繁锦，他们又奔向更加荒凉的天涯海角……"这美好而感人肺腑的语言，穿透了地质队员的心扉。过去的都已经过去，孤独、艰辛、汗水、泪水，唯有这一刻，这一份理解与尊重共鸣，像永恒的钟摆一样在荒凉里回荡。

演员们克服高原缺氧带来的种种不适，不仅把节目单上的节目演得淋漓尽致，而且为了补上缺的节目，有的演员把节目单上没有的，原来自己练过、表演过的节目再倾情地为地质队员们奉上。在演出进行中，台上在演出，台下的演员们自发地把带在身边的小食品、花生米、瓜子、糖果等食物分发给看演出的职工。演员此时此刻给观看演出的职工送去的不是小食品，送去的是战友之情，兄弟姐妹之爱，是感谢他们为祖国地质事业所做出的奉献，是感谢他们以献身地质事业无尚光荣的精神。

两小时的演出结束了。

李保忠不顾头晕脑胀，健步走向不是舞台的"舞台"宣布："演出到此结束。"但是台下的职工意犹未尽，还没有回过神来。当演员们一齐站在台上，向观众告别。台下沸腾了，台下观众

第九章 三次巡回演出

按捺不住心中的激情，涌上台上，和演出团的演员们抱在一起痛哭。演出的"礼堂"成了哭泣的海洋。那些经历过多少艰难洗礼,每天和冰冷的钢铁钻机、荒野高山打交道的汉子们流泪了。李保忠回忆起那次演出说："中央电视台组织心连心艺术团赴各地慰问演出，有过这样的场面吗？我们的演出才是真正意义上的'心连心'。"

这里，光秃秃的山上没有一点绿色，地质队员住在已经看不出原来是什么颜色的帐篷里，没有正式的礼堂，演出地点选择在一个废弃的工厂车间里。有趣的是一些年轻或年长的地质队员们却穿着很新的皮鞋和比较时新的服装。一了解平时大家根本舍不得穿，工作不忙的时候，会在帐篷里穿一会"过过瘾"。刚参加工作不久的地质队员，家里写信问有没有什么要寄的。回信说："给我寄点绿色的东西吧，几片树叶子也好……"

在与大家的交流中发现，这里的地质队员的面容和实际年龄相差很大。是大西北的风和岁月，在他们的脸上留下深刻的痕迹，故显得更加成熟稳沉。这些都是让慰问演出团的演员们克服种种不适，坚持为大家演出的动力。演出中和观众的互动时，每个演员上场和下场时，都会发自肺腑地对锡铁山地质队员们说一通内心的感言，赞美他们为国家找矿所付出的努力和奉献。

地质队员们更是围着演员们，拿出陈旧的笔记本，纷纷要求演员们在上面签字，互留工作单位地址，等等。

这次西北之行，对很多演员来说是终身难忘的，他们见识到了大西北地质队员的艰苦。连日奔波的辛苦，也是之前从未体验过的。以至于演出期间乃至结束后好几个月，有几位女演员都没有来例假。

在锡铁山的慰问演出、座谈交流结束时已是下午4点,当天还得赶到锡铁山往北近一百公里外的大柴旦青海省地质五队演出。当慰问演出团到达大柴旦地质五队时已经是晚上,10点,在地质队大门口,地质队员们敲锣打鼓欢迎演出团的到来。在勉强称之为礼堂的地方,地质队员连同家属、孩子两百多人坐在礼堂里期盼着从北京来的艺术家的精彩演出。看到这些,演员们也顾不上一路的疲惫,于是接着演出而且演出的质量一点不差。演出结束后已是深夜。休息的时候,大家发现,地质队的同志为大家铺的床单,还有一股柴火味道。原来,五队的地质队员们,在知道演出团要来之后,自发腾出被褥,换洗床单,供演出团成员们使用.怎奈中途下了一点雨,床单被淋湿了,大家又生起篝火,轮流守着,连夜将床单、床套烘干让演员使用。

在青海西北地区,因靠近新疆、甘肃,昼夜温差可达35℃。在赶来大柴旦的路上,演唱《英雄赞歌》的张湘燕受凉,嗓子感到不适。李保忠建议她这次就不要唱了,保护好嗓子。可张湘燕不乐意了,同李保忠闹起了情绪。李保忠开始也没太在意,后来见张湘燕仍然坚持,就采取折中的办法,李保忠告诉她:"要唱也可以,但别唱《英雄赞歌》了,唱点别的,短的,音不那么高的。要是唱坏了嗓子,下一站又怎么办呢。"在她的坚持下,最后李保忠妥协了。张湘燕是北京探矿机械厂的职工,时年25岁,她是中央音乐学院的毕业生,具有很高的女高音功底,后来更是出国到日本唱歌,并小有名气。

第九章　三次巡回演出

两个珍贵的白兰瓜

在甘肃省地质矿产局区调队演出结束时，李保忠和演员们正在收拾行李，准备开赴下一个地质队演出。这时，两个小伙子分别抱着一个白兰瓜站在演员们住的帐篷门口。李保忠连忙将二人请到帐篷内坐下，一打听，两位都是成都地质学院毕业的大学生技术员，到甘肃区调队工作时间不长。两名地质队员表示，要将这两个白兰瓜送给演出团的演员。

李保忠知道这两个白兰瓜对于当地的地质队员而言有多珍贵：当地非常缺水，不仅生活用水紧张，就连饮用水都很困难。每次开饭，大米饭敞开吃，汤却只能每人一勺。一年到头衣服洗不了几回，大家都把脏衣服攒起，等大队统一组织，用车拉着人和打好包的脏衣服，到远处用水方便的河边洗，洗好后不等晾干又要装在包里拿回来再晾干。有时候地质队员等不及，衣服都穿脏了，又在一堆脏衣服里挑一件较为"干净"的换上。好不容易下一次雨，大家都会把所有容器——锅、瓢、碗、盆、口杯等一切能盛水的容器拿到室外接水。在这里，水比油还贵。

地质队员平时饮用水要靠地质队的一个原来是油罐车改装的车，从远处的镇上拉来，每天早晚洗漱定量一人一盆，每人每天可以在早中晚三餐后灌一军用水壶的开水。在柴达木盆地，夏天太阳辐射强烈，这点水根本不能解决问题。于是地质队就采用含水比较丰富、保存时间较长的白兰瓜来缓解地质队员的饮水问题，每两天发一个白兰瓜，用于补充水分。白兰瓜是兰州产的，车队每隔一段时间去兰州拉一车回来。白兰瓜味美汁多，素有"杭州景美，兰州瓜香"之称，地质队员们倒也吃得开心。

"在那样的条件下，这两个白兰瓜已经不是简单的两个水果了，还寄托了很多东西。"李保忠深情地说。

在和大学生的交流中，李保忠得知：这两个学生原本因为这里太艰苦，已经心生离意，向大队打了辞职报告。演出团来后，他们又感受到了做地质队员的自信，想起了报考大学时心中的理想和追求，对自己心生离开的想法羞愧不已，决定不再离开，要在这里扎根，为祖国的地质事业奋斗终生。

李保忠了解到了他们思想的转变，感慨此行不虚，慰问演出能够起到如此的作用，为他们做出的决定感到高兴和赞赏，却不肯收下两个白兰瓜。两个地质队员不干，说："正是因为你们不辞辛苦来慰问，把我们当亲人一样对待，我俩才决定不再离开，你们的演出使我们重新找到了人生定位。所以，请你们一定要收下我们的这份心意。"李保忠没法，想到不收下会让别人觉得我们是城里来的，看不上在荒郊野外地质队员的东西，于是收下了这两个地质队员的珍贵礼品。演员们得知他们因为自己的到来而改变主意，也很感动，拿出自己的干粮和城里带来的零食和他们一起分享，弹电贝司的丁玉春还送了一个袖珍收音机给两人留作纪念。

这两个白白胖胖的白兰瓜，演员们一直舍不得吃。在一次中途没有补给，水已喝光，大家口干舌燥的情况下，李保忠想起这两个白兰瓜拿出来，先让司机吃一片。剩下的大家分来吃了。

看大家吃得津津有味，李保忠也咬了一口，想起那两个大学生对他的告白，想想演出团不仅为地质队员带去了欢乐，还滋润了他们的心灵，白兰瓜的丝丝甜味沁入到李保忠的心里，他心中荡漾着阵阵的欢喜。

每到一处演出，节目开始之前，李保忠都会上台，代表地质矿产部和中国地质工会，向奋战在野外一线的地质队员致以诚挚的问候，感谢地质队员在祖国广袤的大地上辛劳工作，为祖国寻找丰富的矿藏，为祖国四个现代化建设做出的贡献。

每到一地演出，地质队都会打上横幅：热烈欢迎地矿部文艺队来我队演出。有的在基地围墙等醒目的位置，用红字上书"向地矿部文艺队学习致敬！"的标语。由此可见地质队对慰问演出团的期待和欢迎。

每次演出完毕，地质队会向慰问演出团献上锦旗，以表感谢。至今还能从其中的部分锦旗上的文字内容中看出地质队对演出团的欢迎程度：

地质部文艺演出队留念：
　卅载创举，昆仑焕彩。
　万里送艺，沧海可鉴。
　　　　　　　　青海省第一地质水文地质队赠
　　　　　　　　一九八六年八月十一日

全国地矿系统职工业余文艺演出队留念
技艺精湛

保大叔的故事

服务基层

甘肃省地矿局第六地质队赠
一九八六年八月十八日

  在青海的演出结束后，青海地矿局为演出团举行欢送晚宴。宴会上局党委书记说："你们为我们青海地质队员送上了难得的精神大餐啊。很久青海地质队员没有接触到这样的文化盛宴了。地质队员是奉献最多、索取最少的一群人。如果只给他们'三光荣'精神的安慰，或者多少给一些野外补贴，这样的关心是远远不到位的。真正的关怀，还应该像你们这样，给予精神文化方面的食粮。使他们丰富思想、陶冶情操，让艰苦和枯燥的工作生活增加一些乐趣。"最后他还提出：希望这样的演出以后要经常开展，而且要多到边远偏僻最艰苦的地质队。并当场表态，如果演出团以后再来，青海省地矿局将在经费上给予支持。这充分反映出这位书记对演出团演出效果的肯定。

  位于嘉峪关的甘肃地矿局三大队没有礼堂，表演刚开始，天公不作美，黑压压的乌云笼罩在上空，黑云压城的气势，似乎压得大家喘不过起来，紧接着下起暴雨，大家只得暂时避雨。等了很久，仍没有见雨有要停的意思。李保忠对大家说："雨这么大，不知道什么时候停。眼下不能为全队职工演出，不如我们就为辛勤工作的炊事班的同志表演吧。"李保忠的话得到演员们的赞成。于是，在简陋的食堂，在只有不到十人的观众前，演出团开始了他们的表演。表演环节一丝不苟，没有因为人少，就减少表演节目。演出中，炊事员们认为，专门为他们演出是

第九章 三次巡回演出

不是有些太浪费，李保忠看出他们的顾虑，上前去安慰，打消了他们的顾虑。演出完毕，炊事员们拉着演员们的手，感叹道："哪有部里的演出队来慰问我们这样一个小小的炊事班啊？"说完眼泪止不住地流下。演出结束后，在炊事班里，大家聊得很开心，窗外的雨仍在不停地下着……

银川市政府要求：再演一场！

甘肃境内慰问地质队的演出完成后，演出团到达宁夏回族自治区，这是这次到野外地质队慰问演出的最后一站。第一场演出是在银川市人民大礼堂。宁夏回族自治区政府得知是地质矿产部慰问演出团来了，特要求自治区和银川市两级政府机关工作人员前来观看。通知是下发了，但是很多人认为地质矿产部的一个三十人的业余演出团能演出什么样的水平，没有当回事。演出当天，人员稀稀拉拉，一半的座位都是空的。银川的演出结束后，演出团就立刻沿贺兰山从北往南到西海固，深入到各野外地质队进行慰问演出。

在位于固原市的宁夏回族自治区地矿局第二水文地质工程队，地质队员们挂上横幅，贴上标语，插上旌旗欢迎慰问演出团的到来。迎接演出团的职工群众更是自发早早排在队部门口，夹道等候欢迎，演出团的车还未停稳，噼里啪啦的鞭炮声震耳欲聋，大家拍着手欢迎演出团的到来。

在宁夏各地的慰问演出结束后，西北之行就算完成了。演出团回到银川，准备乘坐火车回北京。离开之前，宁夏自治区政府工作人员通过宁夏地质局找到李保忠说:"你们的第一场演出,很多人没有看,据观看的人说,你们的演出水平很高,没看到的人很遗憾,上次政府通知大家观看你们的演出,很多人对你们不了解没有来,现在纷纷来信来电希望你们在银川再演一场。"

李保忠和在场的演员们听了这位工作人员的话,相视一笑,本来已收拾好行李装备的他们,又再次登上银川的舞台。这次演出不再是观众稀少,而是座无虚席,就连走道上都站满了观众。这场演出是西北之行的最后一场演出,是应地方政府再次邀请的一场演出。演出时,李保忠在台下回想起一路上的点点滴滴,所到之处无不受到地质队员的爱戴和当地政府的欢迎。想到八月十五中秋节那天,演出团在格尔木一天连演3场后,架子鼓手钟大星看着天上圆圆的明月,想起出门在外一个多月的所见所闻,想起自己的亲人,不禁哭出声来,众多演员受此感染也流泪了。演员徐晓玲在演出休息期间外出时钱包被盗,报案后当地公安机关十分重视,抽调警力当即破案,钱包完好回归。在敦煌莫高窟参观时,一名演员因为没有注意到敦煌石窟内不能使用闪光灯拍照的规定,拍照后被管理人员发现,要扭送公安机关处理,在了解到是慰问地质队的演出团的演员后,敦煌莫高窟管理机构和当地公安机关决定以严厉的批评教育代替了本来应该罚款的处罚。

30多天的演出之行,演员们同地质队员结下了深厚的友谊,拉近了地矿部机关和一线职工的距离。很多地质队员看到演出团的到来,愿意把自己心爱最舍不得的东西拿出来和演员们分享，愿意把自己的心事讲给演出团成员听。想起这些，李保忠心里感慨万千。如今，宁夏又专门要求再为他们演出一场，无论是对演员还是对地质工作，都是有益的。

演出接近尾声时，李保忠在台上介绍了地质队员为当地社会经济发展做出的贡献，感谢宁夏自治区和银川市政府对地质工作的支持和帮助。从他的话里，观众感觉到了这意味着演出就要结束了。这时，前排的观众纷纷起立鼓掌，后排的观众像浪一样跟着，在李保忠讲完话，宣布"演出到此结束"，向大家鞠躬致意时，很多观众干脆喊了起来，掌声和欢呼声络绎不绝。

在从银川返回北京的列车上，李保忠和演员们聊起一路上的故事，大家感到既艰辛，又难忘。这时候邢久鹏发现，李保忠本来是乘坐卧铺的，怎么会和他们在一起聊天。演出团里李保忠的年纪最大，组织上照顾他，给他安排卧铺票。后来邢久鹏才知道，福建省地矿局的女演员王红因感冒发烧，李保忠把自己的卧铺让给了她。

深刻的洗礼

这次西北之行，对演出团成员本身也是一次很好的教育，有的成员本来就是地质队员，认为自己已经很艰苦了，但看到大西北地质同行在更加艰苦的环境里工作，见识了在大山深处一扎就是30年的奋斗精神，才知道还有比自己更辛苦的人。

八音盒乐队吹萨克斯的潘国刚，是北京航天航空大学毕业的高材生，毕业后分配在位于交道口的北京乐器厂工作。潘国刚自幼喜爱吹奏乐，无师自通吹得一口好萨克斯。按他自己的话说："名副其实的不务正业。"领导不是很喜欢，同事也有反感的。经过这次巡回演出，潘国刚感叹："原来大家都不把我当正常人看，我甚至怀疑自己的人生。可是这次出来演出，所到之处大家都把我当明星，还结识了很多地质队的朋友。其实我并不是人人都反感的人，我回去之后应该自信起来！同时也应该反思一下自己。特别是我亲眼见到了为祖国地质事业的地质队员常年在'一年吃不到青菜，长年看不到青草，收音机听不到，电视看不到，报纸看堆报'的工作生活环境。他们在风沙弥漫，渺无人烟，高山缺氧，几乎是与世隔绝的地区，一干就是30年，仅帐篷就住坏了5顶。联想到自己在北京衣食无忧的生活，节假日和爱人带上孩子，看电影、逛公园，原来自己是身在福中不知福啊！"后来，地矿部副部长方樟顺特地上门感谢了八音盒乐队的几位演出团成员。在北京乐器厂，方樟顺不仅向该厂领导通报了这次地矿部慰问演出团的情况，同时还介绍了该厂潘国刚同志在这次演出中的良好表现。为此，厂领导决定请潘国刚在全厂职工大会上介绍他赴西北参加慰问地质职工演出的体会。

潘国刚通过这一次演出，使自己思想和灵魂都得到了一次深刻洗礼，自己也不再迷茫，工作积极，领导也对他改变了看法，和同事们的关系也好了起来，渐渐成为单位业务能手。

结束了为期一个多月的西北三省的慰问演出，演出团于9月2日回到北京。9月6日在全总大礼堂向全总和地矿部领导进行了汇报演出。

李保忠在后台看到罗干的司机和其他几位司机在侧门外聊

第九章　三次巡回演出

天,他们本是等候领导的,等的时间长了,也就进来看演出。一位司机说:"说实在的,水平还真不错,尤其那个唱《我已爱上地质队的哥哥》,唱的我都想去当地质队员了。"另一位司机说:"水平确实可以,上次一个省的专业文艺晚会,看了之后没啥感觉,不像你们演得印象深刻。"李保忠听了心想,这些领导们的司机,跟随着领导什么样的文艺晚会没有看过?能让他们看上眼的不多。李保忠感到能让他们感动的有两点:一是所唱的歌曲绝大多数是地质队员自己创作的,演员唱的是自己,带着对地质工作的感情。二是8月14日在锡铁山地质队那场演出后,演员和职工拥抱痛哭的感人场面至今难忘,每想到那次演出就情不自禁热泪盈眶。

演出结束后,罗干副主席和塞风副部长等领导接见了全体演员并合影留念。罗干对在场的全总管理局局长说:"你给演员们准备一些好吃的菜,再备上点酒。"并对李保忠说:"没想到你们组建没多久的业余慰问演出团,能有这么好的效果!希望你们继续发挥,向奋战在野外的地质职工送上高品质的精神食粮。"罗干的话无疑是对慰问演出的最好肯定。

地矿部党组对西北慰问演出极为重视,在演出结束后,方章顺副部长在李保忠的陪同下,到支持这次赴西北慰问演出的地矿系统以外的北京市有关单位:北京曙光电机厂、北京乐器厂和北京财贸学校等单位表达感谢,并送去感谢信和感谢牌匾。这些单位领导得知地矿部副部长来送感谢信,都很激动,都表示慰问野外地质一线职工是应该的,全社会都应该关心这个特殊的群体,如有需要,今后我们还会积极支持这项活动。

二　1990 年东北地区慰问演出

1986 年赴西北的慰问演出，在全国地质系统引起很大反响，要求继续开展巡回演出的呼声很高。1990 年底，地矿部副部长张文岳跟李保忠说："部领导还想组织像 1986 年到西北那样的慰问演出，还有没有条件？"李保忠说："现在距 1986 年的演出已经过去 4 年多了。4 年的时间，各方面都发生了很大变化。当年唱歌的演员还能不能唱，当年的演出风格现在还受不受欢迎？能不能适合野外地质职工的胃口？乐队怎么组建？人事关系有没有变动？这些都是问题。但是，据我所知，1986 年的那批演员，因为有那次巡演的经历，很多演员得到了锻炼。有的出国唱歌，比如张湘燕。有的成了当地和地质队甚至地矿局的文艺骨干。也有的回去之后钻研业务，唱歌的爱好也慢慢放下了。谈到'条件'，那不是问题。没有条件可以创造。1986 年组建慰问演出团时，是没有'条件'的。事在人为，不仅创造出来条件，而且达到了很好的目的。时过境迁，原来那一批人想原封不动地聚在一起已不可能。不如像原来那样在全国地矿职工里再次挑选？江山代有人才出！地矿职工中有人才。1986年成功的演出就是很好的证明。现在部领导如此重视这项工作，我想一定能再次组建起来。我再调查了解一下有关这方面的情况，然后拿出一个组建方案，报部政治部审查。"

于是，李保忠根据1986年第一次组建慰问演出团的经验，开始了筹划。在不到半年的时间就完成了以下工作：

1. 在参加西北演出演员的基础上，挑选了一批新的演员。

2. 增加了节目内容：地方剧种、相声、魔术、舞蹈、数来宝、小品、朗诵。

3. 聘请了李双江、总政歌舞团的著名歌唱寇家伦（电影《夜半歌声》配音者）、苏盛兰（《翻身道情》的演唱者）、袁军（著名京剧名角袁世海之女）为艺术顾问。

4. 确定由张家口探矿机械厂乐队为演出团指定乐队。

5. 筹集到足够的资金，为乐队添置了所需的音响设备，为演员定做了服装。

6. 确定张家口探矿机械厂为指定排练地点。

7. 确定在慰问野外地质队的同时，慰问地质队所在地的市、县政府。

演出团于1991年4月在张家口集训排练后，9月奔赴东北路经北京时，先在地质礼堂为部领导和部机关的职工进行了首场汇报演出。第二场到北京地质仪器厂为该厂职工和家属进行了演出，随后到廊坊市为驻该地区的物探队、测绘队、区调队和住秦皇岛市的地质队职工和家属进行演出。进入辽宁经锦州、沈阳、铁岭，沿沈、哈铁路沿线慰问了所有的地勘单位。到黑龙江省后，省地矿局为慰问演出团配备大轿车和拉道具的大卡车和一辆小轿车，以备团长和应急之用。离开哈尔滨一路向北，经大庆到齐齐哈尔，去嫩江县，到中国东北地区最北的多宝山地质队。每到一省和地质队都受到省委省政府和广大地质职工的热烈欢迎。在辽宁省的演出结束后，省电台对所有演出的节目，安排了每天的连播，历时近一个月。齐齐哈尔市在主要大街的临街面，悬挂了"热烈欢迎地矿部和中国地质工会派演出团来我市进行慰问演出"。市委市政府领导在欢迎大会上说："在我们齐齐哈尔市有3个地质队，其中的水文地质队是在20世纪50年代发现大庆油田前就在大庆地区从事水文地质工作的，他们对大庆油田的发现做过突出的贡献，我们不能忘了他们。今后地质队在生活上，不管遇到什么困难，向市委市政府说一声，我们一定给予解决。"他的讲话受到地质队员们赞扬。在场的一位副秘书长动情地站起来说："为了感谢慰问演出团到我市演出，也为了感谢广大地质工作者对黑龙江省地质找矿做出的贡献，我唱一首歌，以表示对你们的谢意。"他唱了一首《北国之春》。

离开齐齐哈尔到嫩江县。该县的人倾城而出欢迎演出团的到来。当晚的演出，更是一票难求，剧场内外人山人海。

第二天，早饭后，全体演员和省地矿局的陪同人员先是乘大轿车行程近两个小时，由于路况不好，行进艰难，为保证安全，换乘了大卡车，走了约一个小时进入了沼泽泥泞路段。这一段路任何车都无法行走，只得换乘铁爬犁。30多人分乘两个铁爬犁。由于沼泽泥泞路，坑洼不平，深浅难测，大家要抱在一起以免掉下去。尽管小心又小心，还是有个演员掉在一米多深的泥塘里，从头到脚全身是泥浆，成了一个泥猴。下午4点到达多宝山矿区。只见10余顶帐篷一字排开，四周红旗招展和欢迎慰问演出团的标语。所有演员都被安排和队员住在一个帐篷里，演员的被褥都是队员新洗的。凡有演员住宿的帐篷的门上都写有"演员住宿"。有很多职工在胸前左侧，挂有一个小红条，上面写有"接待员""服务员"。住有演员的帐篷，配有一个专职服务员。

晚饭后，露天演出开始了。先是演员演出，两个小时的演出结束后大家余兴未尽，又开始了"演员和队员的联欢"。

但当晚所有演员体验了在三伏的夏天，宿舍里要生起大火炉的生活。

次日告别了一生难忘的多宝山矿区返回嫩江，过纳河进入内蒙大兴安岭，经阿荣旗到扎兰屯。

赴东北慰问演出的节目单

声乐部分

1. 男中音独唱　演唱者：耿朝忠　新疆地矿局

　演唱歌曲：涨潮的中国　地球，你好！　三峡情

2. 女声独唱　演唱者：蔡葵　海南省地质局

演唱歌曲：奉献者之歌　刘兴珍词　蔡葵曲

美丽的西班牙女郎　玛依拉

3. 男生独唱：演唱者：于江　西南石油地质局

演唱歌曲：地质工作就是美　李保忠词　张东曲

勘探月夜归（春风、王超堂词　罗家诚曲）

说句心里话

4. 女声独唱：爱上你就不再回头　朱凤祥词　张东曲

不要问为什么

5. 男中音独唱：演唱者：武春滨　黑龙江地矿局

演唱歌曲：山野夕照　朱凤祥词　张东曲

钻工情　王言一词曲

山野静悄悄　程弓词　吴禹曲

6. 女声独唱：演唱者：侯冬英　吉林省地矿局

演唱歌曲：爱的永恒　李严词　余响鸣曲

党啊亲爱的妈妈　我们是黄河泰山

7. 男声独唱：演唱者：王晓明　辽宁地矿局

演唱歌曲：哦，华夏的土地　王晓明词曲

黄昏放牛　无言的结局

8. 女声独唱：演唱者：张洁芳　江西地矿局

演唱歌曲：思念　山不转水转　在雨中

9. 男生独唱：演唱者：周兴林　安徽地矿局

演唱歌曲：跳起来　朱凤祥词　张东曲

就恋这把土　不能这样活

10. 女声独唱：演唱者：黄红卫　江西省地矿局

演唱歌曲：花香伴你走天涯　英雄战歌

我爱你，中国

11. 男生独唱：演唱者：林寅生　安徽地矿局

演唱歌曲：要把矿藏找出来　咱们的领袖毛泽东

没有强大的祖国，哪有强大的家

12. 男声四重唱：演唱者：李春华、于江、

耿潮忠、武春滨

演唱歌曲：我们的钻工班　勘探队的四条龙

13. 主题曲联唱：地质春秋（本团演员演唱）

舞蹈部分

14. 双人舞：《小背篓》编舞：李伟丽

表演者：杨莉、杨茜

15. 四人舞：《情系山野》集体创作

表演者：张跃、王勇、梁薇、王丽娟

16. 双人舞：《你不用说》

表演者：王凯、杨莉、张跃、杨茜

17. 集体舞：《地球，你好》表演者：本团演员

戏曲、曲艺部分

18. 相　声：《离不开》　创作：朱凤祥

表演：朱凤祥、毛连喜

19. 数来宝：《走出误区》　创作：朱凤祥

表演：朱凤祥、毛连喜

20. 京剧清唱：演唱者：周文英　河北地矿局

演唱歌曲：《女起解》 《霸王别姬》
21. 京剧清唱：演唱者：常爱军 西南石油局
演唱歌曲：《钩金鱼》 《勘探队员意志坚定》
《红灯记选段》

其他部分
22. 魔术：表演者：西安地质学院 岳勇
23. 小品：《乘车》表演者：毛连喜、张洁芳
24. 诗朗诵：《走向荒凉》 创作：侯卫东
朗诵者：李保忠、李春华
团　　长：李长清
副团长：李保忠
艺术指导：李双江 苏盛兰 李保义
编　导：李春华 林寅生 张　东 李伟丽
舞台监督：寅　生 常爱军
伴　奏：地矿部张家口探矿机械厂电声乐队
配　器：张　东
灯光音响：李春华 岳英证 武滨春
主持人：李伟丽 耿潮忠

　　通过节目单，可以明显看出和1986年那次演出的不同和变化，这其中凝结了李保忠和演员们以及作者的心血。

乘坐铁爬犁

慰问演出团的东北之行，最远到达了黑龙江北部齐齐哈尔的地质三队多宝山分队。多宝山分队位于嫩江县北部，毗邻中苏边境。原来多宝山是一个没有名字的地方，位于嫩漠公路旁，没有其他建筑，只有一块145公里的路碑孤独地屹立在路旁，默默地数着零零散散的来往车辆。直到1968年，这里才建起了一个部队农场，名叫3026部队农场。1970年4月，农场经黑龙江驻军正式移交给地方，改名为"星火五七农场"，简称星火农场。1974年，星火农场变为星火人民公社。1984年5月，又改为星火乡。三十多年来，地质队在多宝山地区发现了大型铜、铅锌、钼、铁、金、银、钨等金属矿产和煤炭、膨润土等丰富的矿藏，因此又有了"矿产摇篮"之美誉，是一个矿产资源丰富的"多宝之地"，因此地质队员称此地为"多宝山"。1985年4月，正式定名为多宝山镇。

到多宝山分队的道路是最困难的，"夏天，路都被雨水泡烂了。"当地老百姓这样形容去多宝山的路，泥泞烂土路，卡车进不了，要进只能乘坐铁爬犁。

铁爬犁，对于很多演员来说很陌生，简单点说，铁爬犁的外形像雪橇，但是比雪橇大，大约就是一辆货车车厢那么大。铁爬犁不在冰面上行驶，专门在泥泞湿滑的泥土上行驶。原来没有机械设备作动力，就用骡马牲口来拉。现在则是用履带式拖拉机作为动力。连卡车都无法进入的地方，可见在多宝山地区从事找矿的地质队员工作的艰苦程度。演出团的演员包括李保忠，一辈子就坐过一次这样的交通工具。可是地质队员们就不一样了，他们坐的次数太多了。而且时间漫长，用铁爬犁司机的话说："如果开车，顺着嫩漠公路开到苏联了，铁爬犁还没有到分队。"

一次不大不小的"车祸"

就是在去内蒙的路上，出现了一个不大不小的"车祸"。拉道具的卡车，是一辆东风141牌大货车。驾驶室里坐着3个人，车厢上有两个人。在正常的行驶中，突然车右前轮的轱辘脱离前轴，独自向前滚出几十米，滚到了马路右前方的河沟里。一般情况下，一个向前行驶的车，在前轮突然没有的情况下，车会向前倾倒。奇怪的是，这辆车没有倒，而是稳稳地停下了，车没毁，人没伤。所有演员者赞扬了司机的技术，演员说，我们是来慰问的，只能出怪事，不会出"坏事"。

扎兰屯与扎烂臀

扎兰屯位于内蒙古东北部的呼伦贝尔盟境内。内蒙古地矿局116地质队就驻在扎兰屯。

提起呼伦贝尔，人们就会联想到无边无际的呼伦贝尔大草原，联想到大兴安岭的莽莽林海。呼伦贝尔盟国土面积有25万平方公里，西部与蒙古人民共和国和俄罗斯联邦接壤。扎兰屯

第九章 三次巡回演出

全体演员和东北石油指挥所石油大钻工人合影。

小城位于大兴安岭北段南麓的河谷之中,雅鲁河穿城而过。周围群山植被茂盛、景色秀丽,有著名的城中吊桥公园,园中林木茂盛,花草繁多,曲径通幽。园中还有朱德、叶剑英等国家领导人到此游览的题词碑刻,有著名作家李准为之命名的"一柱亭"。每逢节假日游人如织,人们或徜徉于绿荫之下,或泛舟于河湖之中,犹如一片江南景色,难怪有人将扎兰屯喻为内蒙古的"小杭州"。

可是,到这样一个景色媲美江南的小城去,道路却是艰难的。到达阿荣旗时突遇大暴雨,车队行进缓慢。不停歇的暴雨导致河水暴涨,也引发了山洪。为了防止意外,李保忠乘坐的小轿车在前带路,道具车和演员乘坐的大轿车紧随其后。正在冒雨

269

前行时，突然遇到了一座大石桥，桥长有60—70米，桥宽有4—5米。李保忠凭着自己多年的野外工作经验，他对驾驶员说："桥体应该没有那么快被冲垮，我们应该立即过桥，不能再耽搁。"李保忠想，一旦小车过去，后面的大车要紧跟过去。说时迟，那时快，司机加大油门直冲上桥。就在车冲上石桥到桥顶时，司机一踩刹车，车停下了，他没有说什么，立即趴在方向盘上。李保忠往前一看，惊呆了。原来石桥的对面已经坍塌了，车和断桥只有不到一米的距离。好险啊！如果不是司机及时刹车，可能连人带车都会掉入桥下4—5米深的滚滚洪流中。只听李保忠一句："快倒车！"车退到桥下的大路上，避免了一场大灾难。李保忠说："这是他在几十年的地质生涯中，第二次与死神擦肩而过，化险为夷。"（第一次是在唐山遭遇地震）

到扎兰屯的路不通了，慰问演出团只好返回阿荣旗另找去路。于是在大雨滂沱、到处被山洪冲毁的土路上，绕了近30里去扎兰屯。因为被冲毁的路坑洼不平，坐在大轿车上的打架子鼓的张来顺，头被颠到车顶造成头晕不起，京剧演员常爱军被颠碎尾骨，演员中调侃，我们不是去扎兰屯，是去"扎烂臀"。

驻扎兰屯的地质队员知道演出团要来，特别腾出一间大房子，提前动员队员们将自己的被子、褥子洗干净，给演出团的成员们用。到了宿舍，李保忠看到了地质队员为演出团成员铺好的干净被褥，想到在青海也是这样，时间一晃4年过去了，心中万分感慨。

第二天一早，扎兰屯市市长就到地质队门口等候李保忠。市长是北京来这里的"知青"，同李保忠是老乡。一见到李保忠就要求在当地公演一场。他说："早就听说你们在辽宁和吉林的演出赢得很高的评价，在一些县甚至传出你们是中央歌舞团的。请您看在老乡的面上能为扎兰屯演上一场。"李保忠说："市长，您太客气了。我们这次慰问演出，就有慰问地质队驻地党政领导和当地人民的任务。我们要感谢你们对地质队的关心和支持。"

在扎兰屯期间，常爱军的臀部和尾椎骨也在当地接受了治疗，只是需要慢慢疗养。在谈到常爱军的伤时，不知谁说了一句："扎烂臀，扎烂臀！只是扎烂常爱军的臀，你这一生不要忘记扎兰屯，是它扎烂了你的臀。"大家不由自主地笑了起来，常爱军自己也忍不住笑了出来，笑的抖动使得他伤处发疼。

"无胆英雄"

东北之行，对沿途野外地质队进行了慰问演出，得到了地质队员的一致好评，演员们也得到了锻炼。在巡回演出期间，演员们和地质队员同吃同住。女演员还给地质队员洗衣服，亲如一家人。有的地质分队驻地偏远，汽车只能开到山脚，演员们就步行上山，表演一些清唱、相声、魔术等节目。演出结束，行军锅里炖的肉也飘出了香味，大家围着篝火，边吃边聊，地质队员也即兴在篝火前表演起舞蹈来，多么融洽和谐。巡回演出给每一位演员的心里都留下了深刻的记忆。李保忠也不例外，除了心里留下的记忆外，这次东北之行，还在李保忠身上的身上留下了一条近二十厘米长的刀疤。离开齐齐哈尔当晚在嫩江县演出刚一结束，李保忠的左腹就疼痛不止。痛得他渗出豆大的汗珠，到医院检查诊断为急性胆囊炎。按照医生要求需要住院治疗，李保忠一听就急了。如果住院，演出任务怎么完成，他拒绝了医生的建议，只是开了一些消炎、止痛药带回。第二天他忍着疼痛，带领演出团到多宝山地质队去演出。到多宝山的路途之难，前有表述。舟车劳顿给他带来的痛苦可想而知。每到一地，他还要打起精神以最好的状态上台，为演出做开场白。有时候，开场白讲到一半，演员们见他脸色煞白，汗珠如雨。东北天气变幻莫测，有的地方白天竟也很冷，台上的李保忠，因为疼痛额头竟渗出汗珠，大家都为他捏一把汗，生怕他不知什么时候会一下子倒下去。在这些日子里，李保忠没有叫一声苦，喊一声疼，默默地忍受着。榜样的力量是无声的。演员们见团长都这样了还坚持工作，大家默默地下决心，一定要为地质队员们献上自己最好的表演。在成功完成东北地区的最后一场演出之后，队伍抵达张家口。这时候，李保忠才住院治疗。在张家口空军医院检查时，军队医生扶了扶眼镜，看着面前这位男人说："胆囊因为急性发炎没有及时进行有效治疗，如今胆囊已经枯竭了，说明你长期坚持过剧烈的疼痛，胆囊已经没有了功能，必须摘除，而且要早点摘除，否则很有可能转为其他病变。"不幸的是，在做摘除胆囊手术的时候，又遇事故停电，敞开刀口，等待了两个多小时。从此，李保忠没有了胆囊，却留下了一条垂直约20厘米的手术疤痕，也留下"无胆英雄"的美称。

三　1992年华东地区慰问演出

中南海里的演出

1992年是地质矿产部建部40周年。40年来，广大地质队员奋战在野外勘探一线，为国家经济建设做出了不可磨灭的贡献。地质队伍需要得到关怀，同时地质队员付出的艰辛和取得的成果，有的地方并不十分清楚，也有必要向地方和社会各界通报地矿部建部40年来，为国家和人民取得的巨大成就所做出的贡献，弘扬地质人的"三光荣"精神。在这样一个契机下，地矿部和中国煤矿地质工会决定组织文艺演出队慰问地质队和感谢各省、市（区）多年来对地质事业的关怀与支持。这次演出团由地矿部政治部副主任李长清为团长，李保忠为副团长。（在山东省济南市的慰问演出结束后，李长清因工作离团回京，李保忠带团继续华东地区的行程。）

参演人员基本是东北之行的人员，演出有了一个正式的名称:"地质之光——庆祝地矿事业发展四十周年"。

这次慰问演出主要是针对华东地区的地质队和当地政府,向他们通报40年来的地质找矿成果,让人民群众和地方政府认识、熟悉这一支支默默无闻的地质队伍。

方案和想法向上级汇报后,得到了上级的支持。不仅支持,还下发文件,慰问演出团所到之处,省、市(区)级的四大班子和驻军都来观看演出。经国务院有关领导批准,演出团在离开北京前去外地演出前,先到中南海大礼堂演出一场。国务院副秘书长刘仲黎带领有关人员观看了这场演出。

在山东省受到的特殊"待遇"

到华东地区各省、市慰问演出时,都有四大班子(省委、省政府、省人大、省政协)领导出席观看并讲话。考虑到这一次演出将要有地方政要观看和讲话,特增加了演出团团长李长清或副团长李保忠在省、市领导讲话后要上台讲话。其讲话内容要包括以下三方面内容:一是受地矿部和中国煤矿地质工会领导委托,向省、市领导表示衷心感谢,感谢多年来对地质工作的关心与支持;二是汇报多年来地质工作者为该省、市在地质找矿上所取得的成绩。这些成绩的取得和省、市领导和有关部门对地质工作的支持是分不开的;三是慰问演出的文艺节目不是很精彩,但这是地矿部和中国煤矿地质工会表示感谢的一点心意。

李保忠在济南人民大剧院以副团长的身份,为省、市领导

第九章 三次巡回演出

1992年，李保忠在济南大剧院配乐伴舞朗诵《走向荒凉》。

及省直机关的同志以配乐伴舞的方式朗诵了反映地质生活的散文诗《走向荒凉》。这首诗是由一名地质队员首创，李保忠改编的，受到在场的省、市领导和广大观众的热烈欢迎。

我们也多次听到过李保忠朗诵的《走向荒凉》。如果不是亲耳聆听，很难相信这铿锵有力、中气十足的带着京腔的朗诵，是出自一位年满八十多岁的老人。

  当黎明喷出霞光和激情的时候，
  顶着阳光变幻的天空，
  我们走着；
  当春水抒情上涨的时候，

沿着多变而任性的河床,
我们走着。
和风一起穿过起伏上升的山峦,
和雨一起漫在广阔的平川。
我们从荒凉走向荒凉,
从空旷又走向了空旷。
我们从城市的冬天里走过,
从熙熙攘攘的车站广场经过,
走在春天和麦穗的中间,
走在空寂而孤独的节日之夜,
走向亲人们的问候很难很难寄到的远方。
我们这双从荒凉走向空旷的脚,
向地球发出巨大的问候的脚,
走了60多个春秋,还走在路上。
在我们的前面,荆棘和草隐伏了文明和山的走向,
激情的瀑布已经垂挂了千年。
在我们的背后,
无数沉默无言的脚印可以作证:
一座座新兴城市的崛起,
一栋栋高楼大厦的建立,
一条条道路的修通,
都和我们息息相关,紧密相连。
在大庆、在攀枝花、在金昌、在平顶山、在东营……
都留下了我们的足迹,都洒满过我们的汗水。

第九章　三次巡回演出

> 风属于我们，路属于我们，
> 动人的风景和鲜红的想象也属于我们。
> 像蒲公英、像三叶草、像野百合、像紫丁香，
> 我们的脚印就像奇迹的种子洒满了深山，又开满了深山。
> 我们从荒凉走向荒凉，从空旷又走向了空旷。
> 请人民相信，请祖国相信，
> 当我们唱着《勘探队之歌》经过的时候，
> 那里将不再荒凉，不再空旷。

这首朗诵词，李保忠在每次演出开始前、开场白结束后开始朗诵。每次朗诵都能得到观众热烈而长时间的掌声。

台下的观众议论的时候常说："你们看，人家演出团的副团长都亲自上台表演，看来这台演出，是化了心血的。"

这首诗朗诵，李保忠一直把它朗诵到了国外，不仅自己朗诵，还带领着一群老年华人朗诵。李保忠晚年在加拿大温哥华居住期间，由他组建的温哥华老年协会，常常开展活动，常常都有这首李保忠带领的朗诵《走向荒凉》，带着海外华人唱《勘探队之歌》。把中国地质工作者的歌唱到了海外，估计在世界上，再无第二人。

中南海的演出结束后，南下的第一站是位于沧州的河北省地矿局第七地质大队。河北省的地质队本不是这次演出的目的地，但第七地质大队位于南下的必经之路上。李保忠就提出，七队虽然不是我们这一次演出的华东片区地质队，但是我们都

从人家家门口过了，为什么不能慰问演出呢？同样都是地质队啊。有了李保忠的意见，河北省地矿局第七地质大队的地质队员享受到了一次丰盛的精神大餐。沧州的慰问演出结束后演出团继续南下，在进入山东省和河北省的交界地段，山东省政府特派出以省政府副秘书长和省交通指挥中心领导组成的接待组到两省交界处举行热烈的欢迎仪式。随后由警车鸣笛开道，驶入山东腹地。在演员乘坐的大轿车前挂有"热烈欢迎地矿部、中国煤矿地质工会演出团来我省慰问演出"的横幅。在红绿灯路口时，交警举手敬礼。

济南的演出结束后，一路南下，到沿途津浦路两侧的地质队进行慰问演出。在山东省境内，一直有省政府派出的专车陪同送行，一直送到山东省和江苏省的交界处。

徐州市：春节首先拜访地质队

在和江苏省徐州市政府领导一起座谈时，李保忠说："我对江苏很有感情。1955年我离开地质部到野外的第一个地质队就是江苏东海县的305地质队。当时在那里寻找水晶矿和磷矿。由北京到东海县，徐州是必经之地。说起来，三十多年前，我就和徐州结下情缘了。"这样一说，大家和李保忠的距离感一下子就拉近了。

李保忠说："到东海工作已是37年前的事了。近40年的时间，徐州发生了翻天覆地的变化。当年徐州火车站是很简陋的，全市没有高楼大厦，如今变化太大了。"

在座谈中，李保忠向在座的市领导介绍了徐州地质五队，30年来，在找矿方面对徐州市的贡献。一是找到两个大型地下水库，保证了徐州市市民和工业用水。二是找到一个铁矿、一个煤矿。以上仅仅是在徐州管辖区的找矿成果。就江苏全省来说，最值得一提的是：是东海305地质队找的水晶矿。我是这个队最早参与筹备组队的七人之一。现在这里的水晶是全世界储量最大、质量最好的产区。大家都知道，世界至今发现的3吨多重的水晶独体（水晶王）是在这里找到的，中国人民的伟大领袖毛主席的水晶棺是采用这里的水晶，现已被联合国认定为世界"水晶之都"。

徐州市领导听到李保忠的讲述后，当场表态："我真的不知道地质工作者对我们江苏徐州做出的这些功不可没的贡献。"并对坐在他身边的秘书说："张秘书，你记着，今年过春节，第一个去地质五队拜访看望地质职工，感谢他们所做出的卓越贡献。"

在徐州除了为徐州市委市政府进行慰问演出外，又到了地质五队大院，为广大职工和家属做了慰问演出，感谢他们为徐州市做出的贡献。

这次华东之行，演出团在山东、江苏、安徽、江西、上海、浙江六省市开展了巡回演出，每到一处都受到热烈的欢迎，每次演出都引起轰动。每场演出到最后，演员们都拉出三条横幅，分别写有：

"庆祝地矿事业发展40周年"

"献身地质事业无上光荣"

"向××省（市、地区）人民致敬"

扬州市：为地质队立碑

慰问演出到驻在扬州市的地矿部华东石油地质局慰问演出前，该局组织了一个欢迎演出团的座谈会，邀请了扬州市委市政府领导和市直机关领导参加。副市长王功亮出席了这次座谈会。在座谈会上，李保忠提到了地矿部为江苏寻找矿产资源做出的贡献，为江苏油田的发现立下的汗马功劳。在提到发现江苏油田时，王功亮副市长很惊愕，当即打断李保忠的发言："李团长，你好！对不起打断你的讲话，我一直以为江苏油田是石油部门找到的，江苏石油勘探局是石油部门的单位。不知道江苏油田是地矿部门发现的。"

地质部华东石油地质局设在长江南岸的扬州，扬州历来文人荟萃、经济发达、景色优美，古代文人墨客留下了大量关于扬州的诗篇："故人西辞黄鹤楼，烟花三月下扬州。""二十四桥明月夜，玉人何处教吹箫。"石油的发现，使扬州有了"水乡油田"之称，油田是扬州的另一张名片。但是，很多当地人并不知道地矿部为江苏油田的发现做出的贡献。

李保忠一听这情况，心里有些失落，明明干了工作，付出了艰辛，却不被人们知道。李保忠认为有必要在这个会上讲一讲地质部门的实际工作情况。他说："驻在江都县邵伯镇的江苏石油勘探局确实是属于石油部门的。但驻在扬州的华东石油地质局是属于地矿部的。地矿部华东石油地质局在扬州有勘探开发规划设计院,有测井站、装备制造厂、技工学校和局党校。华东石油地质局第六普查大队就驻在和扬州一江之隔的镇江。井下作业大队在泰州五里桥。这些单位都是我们此行接下来要看望慰问的。"

李保忠继续给在座地方领导讲起江苏油田发现的历史:"早在地质部建部前,地质工作者就开始在江苏地区开展早期的石油地质勘查工作。1955年,国务院批准了地质部第一次石油普查会议关于在全国范围内开展战略性的石油普查勘探的建议。紧接着第二年初,地质部决定从华东地质局抽调得力人手组建华东石油普查队,开展苏、浙、皖三省毗邻地区石油地质调查工作。1970年5月,江苏省革命委员会与国家计委、地质总局联合组建江苏省石油勘探指挥所。1974年,更名为江苏省革命委员会石油勘探指挥部。1983年,更名为地质矿产部华东石油地质局。地矿部不仅辖有华东石油局,还有华北、中南、西南、西北、东北这些区域性石油地质局和海洋地质局。"

李保忠介绍这些的时候,如数家珍。

"在这期间,地质工作者坚持不懈,为扬州乃至江苏和华东地区找到了丰富的油气资源。1970年9月,地质部第六普查勘探大队3208钻井队在戴南施工的苏20井,试采出了具有工业价值的原油14.5立方米,实现了江苏石油勘探史上的第一次重大突破,宣告苏北油田发现。1974年11月,扬州的苏58井终于传来振奋人心的喜讯:真武出油了!经抽汲求产,日产原油46.76吨,标志着江苏石油勘探实现第二次突破。庆功大会是扬州开的呢！有功单位获得奖状和彩电一台。每个野外职工发了一套工作服、一条棉毯。

"20世纪70年代后，地质部油气勘探才开始从东向西转移，调集队伍上新疆塔里木。80年代，不少地质部以外的钻井未能找到油，只有地质部的勘探队伍坚守，1984年9月终于打出了工业油气流。因为这个重大发现，拉开了中国西部石油勘探开发的序幕。"

听完李保忠说的这些，大家才知道，江苏油田的发现和建设离不开地矿部。

一直在听李保忠介绍的王功亮副市长站起来，对李保忠说："李团长，你说的这些我都知道，地质部第六普查勘探大队3208钻井队在戴南施工的苏20井，这口井位于戴泽中学，当时我就在这所中学任校长，就亲眼见证了地质队员为这口井付出的艰辛劳动。学校经常组织学生开展活动，别的地方太远，而且家门口有这么好的学习教育的地方，不去这还去哪？对学生的教育起到了很好的作用。地质队员兢兢业业，低调务实，为江苏的经济建设和发展做了大量的工作，起到了不可估量的作用，应该好好感谢你们啊！我要向市委市政府建议，向省政府报告，为江苏油田发现立下汗马功劳的地质工作者立碑！"

王功亮说到做到，第二年，一块碑立在了1970年9月地质部第六普查勘探大队3208钻井队找到油的苏20井位旁，请曾任江苏省委第一书记、全国人大常委会副委员长的彭冲为碑题了词，彭冲的题词为：

> 把光和热带给江淮大地
>
> 彭冲题
一九九三年九月

背面镌刻着原江苏石油勘探指挥部指挥王正撰写的《苏北油田发现纪略》：

> 一九七零年三月十五日至七月二十日，地质部第六普查勘探大队三二零八钻井队施工苏二十井于此，井深至三千零六米，在苏北盆地新生界下第三系揭示良好含油气层。同年九月十一日，六普一二零五试油队在测试中获日产原油十四又二分之一立方米，宣告苏北油田发现。向为祖国石油地质事业栉风沐雨、攻坚奠基的开拓者们致敬！
>
> 王正·一九九三年七月七日。

李保忠说："没有这次慰问演出，就不会树立起这座丰碑。"当时为地质工作者建立的丰碑，在全国共有4座，其中3座在甘肃省，这是第4座。

浙江省省长：应该是我们慰问你们！

华东之行的最后一站，是在素有"天堂"之称的杭州演出。这一场是慰问浙江省人民政府的，本应来观看演出的浙江省省长柴松岳因公务繁忙没有来。演出结束后，他听说这次演出很精湛，又听说演出团的团长是一位老地质队员，柴松岳特地在他的办公室接见了李保忠。在交谈中两人聊到了地质工作，李保忠发现，这位年长他三岁的省长对地质工作颇为了解，有的地质专业知识竟不比他这个在地质队干了一辈子老地质知道的少。原来，柴省长在水利电力系统工作多年，主持指挥过浙江新安江水利电力工程和贵州猫跳河电站建设。在这期间，他接触了大量的地质工作并经常和地质队员打交道。因此，他对地质队工作了解多，对省内的地质工作也很关心。

柴松岳对李保忠说："听说你们这次演出十分出色，演员都是从地质队里选拔出来的，能演出这样的水平没想到。你们不远千里地赶来慰问地质队、慰问我们，你们辛苦了！

驻浙江的地质工作者为我们浙江经济发展做出了巨大的贡献，付出了巨大的艰辛，成绩有目共睹。应该是我们慰问你们！在此，我代表省委省政府向你们表示感谢！"

李保忠说："地质工作要搞好，离不开地方政府的关心和支持，所以要感谢您。"

两位年龄相仿、同是在新中国成立前参加工作的老同志，仿佛有着很多共同的话题。

离别时，柴松岳对李保忠说："你回到北京后，请代我向朱训部长问好，感谢地质矿产部的慰问！"两人的手紧紧地握在一起。此时，西边窗外，太阳的光芒映红了天空，屹立的宝塔在夕阳下格外显眼，西湖的水面上荡漾起阵阵金色的鄰光。

在杭州的演出结束，标志着此次华东地区的巡回演出圆满结束。演员们不必再回北京，就在杭州就地解散，各自回原工作单位。演出团从筹建至今,演员之间已结下了深厚的战友之情。相见时难别亦难!当初组建队伍,就是万里挑一,大家能聚在一起,已经是一种难得的缘分,一路上大家同心协力,一起吃苦,经历和体验了野外地质队员的酸甜苦辣,一起接受教育提升了自己的思想境界,一路走来的快乐、欢笑难以忘怀。如今,就要分别了。茫茫人海,何时才能再见,何时能再聚首,想到这些,大家更是难舍难分。

所有演员告别美丽的杭州和朝夕相处的战友启程返回工作单位后,李保忠却孤身一人留在了浙江省地矿局招待所。原因是:部政治部领导认为他这次率团演出很成功,也很辛苦,出色地完成了任务。为此,以部的名义给全总有关部门打了电话,建议他在杭州休养半个月。在他休养期间,请他爱人去陪同,一切费用由地矿部支付。全总同意了地矿部的建议。

参加华东巡回演出的演员自1992年10月6日在杭州分别后,再次相见已是20多年后的事了。

2014年4月26日,国土资源部举办了一场弘扬"三光荣"精神座谈会,特地邀请三届演出团的成员们再次来北京相聚,共同回忆曾经的难忘经历。

四 "三光荣"精神永远闪光

在李保忠家里,有一份2014年5月5日的《中国国土资源报》,报上刊载了记者李晓健写的一篇《弘扬"三光荣"精神座谈会侧记》,介绍演出团成员相聚的情况:

28年前,一支由原地质矿产部和中国地质工会共同组织的"地质之光"全国巡回慰问演出团,追随地质工作者的脚步,走到野外工作第一线,将精彩的节目带到大山深处、戈壁荒滩,温暖了一线职工的心。同时,通过与地质工作的亲密接触,演出团的成员们被"以献身地质事业为荣,以艰苦奋斗为荣,以找矿立功为荣"的"三光荣"精神深深打动,那段整装、启程、跋涉、落脚,哪里有野外地质队,就把歌声、欢乐和喜闻乐见的节目送到哪里。这段历史使每一个参演的演员都终生难忘。

在4月26日举办的弘扬"三光荣"精神座谈会上,演出团的成员们再次相聚，动情地回忆起曾经的感动。国土资源部、中国地质调查局等单位有关领导、中国国土资源报社的领导和记者聆听了大家巡演中的故事，并深入展开座谈，从与时俱进的角度畅谈"三光荣"精神的传承，展望地质工作的未来。在这次弘扬"三光荣"精神座谈会上，谈起巡演的往事，演出团的成员们至今感动不已。他们曾在高原缺氧的情况下，在沙漠、荒滩、沼泽地为"三光荣"精神的践行者——老一代地质人歌唱过，表演过。

李保忠是演出团团长，今年已经81岁。进入地质行业62年来，他深入走访过428个地质队，献身地质、艰苦奋斗、找矿立功的信念早已深埋于他的心中，更表现在他生活的点滴之中。有的演员说："作为一个地质人是光荣的，我为地质人唱歌、表演过也是光荣的。地质人只要选择了地质事业，就必定是'三光荣'的践行者。"李保忠在发言中深有感情地说："我的两个儿子、一个女儿和女婿都是搞地质的，我很自豪。我把一生献给了祖国地质事业，难免忽略了家庭，家里大小事务都由老伴儿承担。老伴在1955年5月13日结婚前一天说的：'我支持你干一辈子地质工作，绝不拉你的后腿。'至今我还记在心里。"

"我参加了1990年和1992年的两次巡回演出，在东北三省、华东地区，只要有地质项目组的地方，就会有演出团的歌声。"独唱演员李春华回忆说，在黑龙江多宝山矿区表演时，那里是沼泽地带，演员们是坐铁爬犁拖进表演场地的，而地质队员们在那样恶劣的条件下找矿，难度可想而知！但他们无怨无悔，这就是"三光荣"精神的体现，也正是在"三光荣"精神的感召下，我们30多个演员风雨兼程，一路上从没叫过苦、说过累。

演出团有一首保留曲目《我已爱上地质队的哥哥》，主唱是嗓音甜美的徐小伶，从1986年她第一次参加巡演到现在，这首歌都是她的主唱曲目。回想起曾经演出的经历，她仍然非常激动："1986年我随团去西北演出，在青海锡铁山演出时，海拔很高，大家严重缺氧，有7个人演出还没开始就晕倒了。在讲话、唱歌都困难的高原上找矿，真是让人难以想象，地质队员们太了不起了！演出团的到来让一线工作者非常高兴，一次，我们抵达一个在沙漠里工作多年的地质队，已经是夜里10点多，可是一线职工还是敲锣打鼓地欢迎我们。见到大家那么热情，演员们也忘了沿途的艰辛，我们决定开始表演，演出结束时已是半夜12点……参加巡演团是我人生的转折，演出中我唱着《我已爱上地质队的哥哥》，巡演结束回到家乡我真的爱上了地质队的哥哥，并且我把这首歌一直唱到现在。"讲到这儿，她已泪流满面。

1986年，一支由北京地矿系统以外单位组成的八音盒乐队加入了巡回演出团，一程下来大家都被地质"三光荣"精神震撼。队长回忆说："在青海演出时，早上出发，到达演出点就演出、演完再出发、再演出、再出发……一直在路上，一直在演出。苦不苦，累不累，只有天知道，苦和累大家都承受了。但是，最难受的是由于劳累和得不到休息,加之气候干燥,缺氧,闹得都不想吃饭,虽然不想吃饭,却想拉屎,拉又拉不出来。这种滋味真是有口难言。我们之所以能坚持下来,说心里话是这里地质工作者的精神感动了我们,是地质人的'三光荣'精神激励了我们。"

如今,一座座新兴城市的崛起、一座座高楼大厦的建立、一条条道路的修通,都和地质工作息息相关,紧密相连。而经济社会发展对地质工作的基础性支撑和服务提出了新的要求,更需要充分利用多种载体平台,弘扬"三光荣"精神,让它产生更大的社会影响力。

来自江西的张洁芳说:"父亲是地质工作者,常年在外。年轻时,母亲曾希望我爸爸回广东老家发展,但父亲终究放不下地质事业。母亲便追随父亲也调入了地质部门。"她回忆说,"我从小跟随父母在野外地质队中生活,对野外地质生活很了解。我的小学、中学都是复式学校,一个教室多个年级,因此,教育很成问题。如今,地质子女的教育条件有了很大改善,但是,地质人长期在外,其子女的教育问题还是应受到更多的关注。"

来自重庆的李南平说:"从认识地质队员那天起,就被地质人的精神震撼了。她决心嫁给地质队员,从此开始了聚少离多、默默付出的生活。我从未曾后悔,有的是感动。希望今天的'三光荣'精神继续,更希望地质队员像其他人一样过上幸福美满的生活。"

演出团成员讲述的故事让中国国土资源作家协会名誉主席常江很感动,他说:"在上世纪八九十年代的时候,地矿文化非常活跃，地质之光巡回慰问演出团成为了最接近地质朋友的人，你们是我们地质文化人的骄傲。曾经地质事业真的是'无上光荣'，如今，在市场经济的洪流中，这样的情怀有所减淡。我建议大力宣传和表彰这些奉献地质的人，树立'老地质队员的典型'，宣传他们身上闪耀的'三光荣'之光。"

中国国土资源报社社长陈国栋也颇为动情："可以说，'地质之光'巡演团在当年为弘扬'三光荣'精神，为鼓舞找矿一线职工士气，做出了重要贡献，向你们表示敬意。近年来，社会各界对找矿一线职工服务的意识越来越强，作为国土资源新闻宣传工作者，我们将为尽全力为大家做好服务，宣传新时代的'三光荣'精神。"

中国地质调查局副局长王研在总结发言中表示："地质之光巡演团不仅是'三光荣'的践行者，更是'三光荣'精神的见证者和传播者，'三光荣'精神是我们地质行业必须坚守、传承的精神。"

早上一身露水、中午一身汗水、晚上一身雪水，是对地质队员的真实写照。从莽莽昆仑巍巍太行，到碧波万顷的东海；从白山黑水茫茫草原，到林荫蔽日的热带雨林；从黄沙漫漫的塔克拉玛干沙漠，到人迹罕至的藏北羌塘；从人声鼎沸的上海建筑工地，到星星点灯一片繁忙的北海码头，地质队员的匆匆脚步从来不曾停歇。行走一生的脚步，起点、终点，归根到底都凝聚着"三光荣"精神的指引，这是地质人的信仰，朴素，但有力量。

第九章 三次巡回演出

28年过去了,"地质之光"演出团,依然闪耀着地质人特有的光芒。听说召开弘扬"三光荣"精神座谈会的消息,蔡葵特意从美国赶回来参加,当天晚上就要返航。她说:"再苦再累,也比不上我们的地质队员,希望我们当年见证和传播的'三光荣'精神继续传承下去。"

来自安徽327地质队的张萍,参加工作就走进了庐枞会战现场,她说:"那场铁矿会战的场面,至今仍历历在目。1991年,她带着这份对地质找矿的深厚感情走进了巡演团,演出中了解到的地质工作、地质人的精神,让她备受鼓舞。我有幸来参加弘扬'三光荣'精神座谈会,我身边有人提出疑问,市场经济下,还讲'三光荣'吗?今天和大家团聚,大家的故事和感悟让我找到了答案——无论时代怎么变,地质'三光荣'精神不会变。如今我的儿子也走进了地质队,经常出野外,一走就是十天半个月。我常和他讲,不管走到哪里,辛不辛苦,都要记得你是地质人的孩子,地质人的精神不能忘。"

常爱军出生在地质世家,如今,她的儿子也进入地质队工作,她说:"我常给儿子讲地质队的故事,让他体会什么才是地质'三光荣'。前不久,他写一篇探讨地质精神传承与发展的英文文章,我感到很欣慰。"

黄红卫是广西地质学校的一名教师,她说:"我在1991年参加巡演团前,对地质工作并不了解。通过巡演认识了广大地质工作者,了解了地质事业,被'三光荣'精神深深感动。作为一名教师,我把自己在巡演中了解到的故事，讲给我的学生听，让'三光荣'精神更广泛地传下去。"

当年的年轻人，再聚首时都已经是年近半百的中年人。李保忠看到他们都有了自己的美好前程，依然热爱地质事业，心里由衷地感到欣慰。他在回忆他在1986年、1990年和1992年三次带团到西北、东北和华东进行慰问演出的体会时说："我是1952年投身于祖国地质事业的（地质部成立之年），到1994年离休，在地矿系统工作了43个年头，实现了我将一生献给祖国地质事业的崇高理想和美好的愿望。在这43年的地质工作实践中引以为豪的是：我到过全国495个地质队中的428个，带领演出团慰问过154个地质队，11个分队，22个机台。这使我有机会目睹了广大地质工作者践行'以献身地质事业为荣，以艰苦奋斗为荣，以找矿立功为荣'的'三光荣'精神。党和国家赋予广大地质工作者'三光荣'精神是对地质工作者的信任和鼓舞，地质工作者也是受之无愧的。"

第十章

旅居加拿大

一　坚持做到"五不忘"

1994年，年满60岁的李保忠，从全国煤矿地质工会地质工作委员会主任的岗位离职休养。辛苦几十年了，可以歇一歇安享晚年了。可是李保忠并没有停下来，应女儿之邀，远赴大洋彼岸开始了海外的生活。

1995年5月，李保忠到了加拿大，本想和妻子帮助女儿看管外甥，等外甥长大一点后就回国。没曾想，到了加拿大，看到的种种现象，让李保忠萌生了"虽千万人吾往矣"的心情，决定要留在加拿大，为这里的华人华侨做点什么。

至今，李保忠远离祖国，远离组织在海外断断续续生活已经20多年。20多年来，李保忠虽身在海外，但他不忘祖国，不忘党，不忘自己是中国共产党党员，不忘没有共产党就没有新中国，不忘自己是党的工会干部，且坚持做到了不加入任何宗教组织的活动，不加入任何党派，不加入外国国籍。他坚持按中国共产党党员的标准要求自己，坚持正确的政治立场不动

1995年，李保忠和妻子登机去温哥华。

摇，敢于向丑化、造谣、诬蔑祖国、党和国家领导人的言行做斗争。在坚持以上原则立场的同时，他采取了多种方式向对中国缺乏了解的华人、华裔宣讲新中国成立以来所取得的巨大成就。

李保忠到了加拿大的第一站是安大略省的白求恩的故乡，李保忠住在这里不免想起了自己在白求恩牺牲地涞源从事地质工作的岁月。到了加拿大不久，李保忠就让女婿驱车带他去瞻仰白求恩故居，缅怀这位曾为中国革命付出生命的国际共产主义战士。五十多年前，白求恩不远万里到中国，而今，李保忠又不远万里来到了白求恩的家乡。

在加拿大，李保忠除了和妻子带外甥，别无他做。女儿和女婿，忙于工作，很少与他们团聚。在这里，李保忠才切身体会到身在异国他乡的苦：不会英语，不认识路，找不到可说话的人。除了带孩子，每天只和时间、食物打交道。就这样，呆了4个月后，百般无聊的李保忠打道回府回到北京。不久女儿又来电称，已经举家搬到温哥华。想到温哥华的华人多，也许不那么无聊，李保忠再次登上去加拿大的飞机。

温哥华是加拿大西部最大的工商、金融、科技和文化中心，华人为这座城市的发展做出了不可估量的贡献，清朝末年、民国初期，就有无数华人远道而来，作为劳工修建铁路。

在这里，寂寞感确实没有原来那么强，可以看到华人报纸。一日，李保忠看到报纸上有介绍华人社团的，就电话咨询，想去看看。对方接电话说的是中文，这对李保忠来说当然太好了，于是李保忠报名参加了北京华人联谊总会，尽管活动次数开展得不多，但每次活动都比较开心，天涯羁旅，有了这些活动，李保忠在异国他乡也不觉那么寂寞了。

一次活动时，有一个年纪大的华人讲述自己的遭遇，他说了自己在异国他乡遭受女婿嫌弃的事情，每天他像仆人一样被使来唤去。女儿也不敢得罪这个女婿，自己又没有收入，一天，他坐在沙发上看电视，女婿看到后立即招呼他站起来，"不要把沙发坐坏了！"他站起来手一扶墙，女婿又急忙说："把手拿下来，不要把墙扶脏了！"这位老人边诉说边哭泣。李保忠每每听到或看到老年华人遭受子女或女婿的歧视就义愤填膺，就想能不能有一个组织替这些受歧视的老人评评理，说说话。就是在这一思想指导下，李保忠参加了"北京联谊总会"的常青组。2002年这个组织改名为"北京联谊总会常青俱乐部",李保忠当选为俱乐部主任。后来由于北京联谊总会因内部不团结问题,被社团处除名。李保忠在部分老年华人的支持下,于2004年筹备组建"温哥华老年华人协会"。

二　创建温哥华老年华人协会

很多华人、华侨都知道李保忠在中国是搞工会工作的,所以,2005年1月成立老年华人协会时,到会的绝大多数会员投票选他为会长。"协会"成立后,李保忠带领理事会理事抓了以下工作:

1. 向政府办理注册登记,召开成立大会。3月社团处批准"协会"成立,同时批准李保忠为会长。"协会"合法了,4月10日,在温哥华召开了成立大会,参会人数达450人。时任加拿大总理马田为大会发来贺信,并派他的秘书亲临大会并讲话。

2. 联系"协会"会所。李保忠以私人名义在一个繁华的大街上联系一处不要租金、不要水电费,免费使用一切办公设施(包括电脑、电话、传真、复印)的办公场地。

3. 组建以分会为主的活动场所。先后成立了温哥华、本拿比、列治文、高贵林、素里五个分会,和老年婚姻介绍所。

4. 另谋新会所。"协会"成立不到一年，会员人数就超过 1000 人。由于会员人数的增多，就需有更大的会所。于是在 2005 年 12 月，又在华人聚居多的唐人街找到一个会所。（至今仍在）

5. 从社会上拉捐助。2006 年 1 月"协会"4 名主要领导人，自费回中国投亲靠友去拉捐助。仅半年时间，李保忠就拉来近 7 万加元的捐助，其中仅北京太阳城房地产开发公司就捐助 6 万加元。为了落实这笔捐助，该公司董事长朱凤泊先生还亲自到温哥华签发支票。李保忠即向中国驻温哥华领事馆告知此事，又请了温哥华几家媒体包括英文的、中文的媒体和律师事务所，召开一个新闻发布会，组织了捐助签约仪式。在中国驻温哥华领事馆侨务领事王坚、威尔逊律师和新闻媒体的见证下，朱凤泊先生宣布，捐赠老年协会 6 万加元，并与李保忠当场签下捐赠协议。第二天当地的华文报纸都做了重点报道。

"协会"有了经费，在唐人街的房租、正常的办公费用、各分会的活动资金都解决了。老年华人有了活动场所，不再"蹲家"了，受到老年华人、华侨的欢迎，更受到社会各界的好评，积极要求加入老年华人协会的华人日益增多。

协会的建立，对温哥华的老年华人群体给予了很大的帮助。李保忠秉承自己曾经做工会工作提出的"想职工所想，急职工所急""为职工办好事，为职工办实事"的指导思想，变为"想老年华人所想，急老年华人所急""为老年华人办好事，为老年华人办实事"。温哥华的华人众多，协会的存在，对老年华人起到了稳定作用，同时也起到了稳定年轻人的作用，这些人的子女可以把更多心思放在事业上。

协会给了大家一个休闲娱乐的好去处，有了一个心灵归属地，大大丰富了老年群体的精神文化生活。除此之外，协会还经常组织读书读报，学习中国的经典著作，关心中国和世界时事要闻，组织一些喜欢写书法的老人，义务为唐人街的华人写春联等，深受大家欢迎。为了让身居海外的老年华人不忘祖国，每逢中国的国庆节、春节、端午节、中秋节等传统佳节，"协会"都组织大家联欢。每周五组织的活动，必唱中国革命歌曲。还组建了"华人老年艺术团"，不仅自己搞活动，还经常到华人社区开展慰问活动，不仅华人喜爱，还引起社区内其他人的关注，有时候也应邀为当地人演出，为华人与当地人的和睦相处搭起了友谊的桥梁。

为了让温哥华的老年华人老有所乐，协会还为他们解决了很多问题。一位来自中国的70多岁老奶奶，早在儿媳怀孕两个多月时，就应儿子、儿媳之邀，来温哥华带未来的孙子。就在儿媳临产前1个多月，有一天儿子、儿媳突然甩给这个老奶奶200加元，并说："你走啊，你爱上哪儿去哪儿。"把老奶奶赶出了家门。李保忠听到一个会员的反映后，立即找到这个老奶奶，想对她给予帮助。这位老奶奶对李保忠说："谢谢你的关心了，我已经在好心人的帮助下，得到安置，政府为我安排了住房，每月还给我500加元生活费。"李保忠说："要不要找你儿子谈一谈，他不能这样对待你。"她说："您可别找他，我这里得到政府照顾很好,我就当没有这样的儿子,您可千万别找他。"

协会不仅帮助有困难的老人,也处处为老人提供方便。

老年协会位于温哥华繁华地段的唐人街,为了方便在这里生活或观光的老年人,老年协会特地设立了老年华人服务中心,向老年华人免费开放,无偿提供开水、使用电话、使用洗手间等服务,深受大家喜爱。

三 维护祖国尊严

2005年4月,得知一些政客否定日本侵华战争的历史后,李保忠以老年华人协会的名义和其他华人社团一起,组织发起了"反对日本否定侵华战争大游行"。李保忠带领近200名老年华人走向街头,高举"反对日本军国主义否定侵华战争!"的横幅,振臂高呼"打倒日本军国主义!"的口号,将"抗议信"递交日本驻温哥华总领事馆。老年协会参与游行的人最多,队伍还整齐,受到媒体界和社会各界人士的赞扬,当天还上了电视台和华文报。

2005年9月,时任国家主席胡锦涛将访问加拿大,消息显示有"法轮功""台独""藏独"分子要趁机捣乱,扰乱胡主席的访问行程。为阻止他们的捣乱,维护祖国的尊严,李保忠与老年协会会员商议,决定联合其他华人社团共同行动。

9月16日,胡主席抵达温哥华,李保忠组织了250多名老年人,提前占领通往胡主席下榻宾馆外的有利地形,以防不法分子靠近。不法分子看到李保忠他们是一群老年人，毫不放在心上，就想从老年人这里冲开缺口接近宾馆。可这群老年人就像坚守阵地一样奋力阻挡，当双方发生肢体冲突时，老年华人们也不甘示弱。有一位老大姐身体魁梧，凭借力大，一把将不法分子的旗杆抢过来踩断了，打击了不法分子的嚣张气焰。在李保忠等的组织和坚守下，无论对方怎么冲击，就是无法冲破这层人墙，捣乱的目的没有得逞。当李保忠他们目送胡主席的车队离开宾馆走远时，大家一颗悬着的心才落定下来。

事后，中国外交部驻温哥华总领馆总领事，邀请李保忠及几位骨干到总领馆做客，感谢老年协会为祖国所做出的这一切。

2009年8月，时任全国人大常委会委员长吴邦国访问温哥华，李保忠也同样组织带领老年协会会员采取行动。这些不法分子，最开始轻视李保忠所带领的老年团队，经过和他们几次过招后，后来只要发现李保忠及老年团队在，他们反而避而远之。

四 坚守政治规矩

在问及李保忠为何在离休之后在异国他乡还能坚守自己的理想信念时，李保忠回答，这一切源于他对祖国深深地热爱。李保忠在海外期间，给自己定下了"五个不忘"和"三个坚决不"的要求。"五个不忘"是：不忘祖国、不忘党恩、不忘没有共产党就没有新中国、不忘自己的党员身份、不忘曾经是工会干部。"三个坚决不"是：不加入他国国籍、不做损害中加关系的事、不参加任何宗教。李保忠不仅是这样说的，也是这样做的。

1998年，李保忠参加了温哥华华人藏石爱好者组成的"雅石会"，参加者多是和加拿大联邦政府有联系的社会知名华人人士。雅石会创办了一个刊物叫《石缘》，在纪念该雅石会成立4周年的第6期《石缘》刊物上，加拿大政府总理以及三级议员、中国驻温哥华总领事等发来的贺信和照片要在这期刊物上刊登。但在文字部分，该会秘书长（是一名早年来温哥华的华人）写了一篇文章介绍自己的经历。文中介绍他家曾是地主，因此被批斗过。这还不算，文中还发泄自己的不满，攻击中国共产党的政策，谩骂国家领导人。李保忠看到编辑校样后，立即向中国驻温哥华总领馆报告，并向总领馆建议，及时撤回已发出的贺信和照片。鉴于雅石会的这种行径，李保忠随后登报申明退出雅石会。

  在加拿大，李保忠不时遇到主动找上门来的信仰基督教的华人华侨。这些人来的目的，主要是动员李保忠加入基督教组织。对待这些人，李保忠向他们解释，自己是一个无神论者，坚定地信仰共产主义，不会加入任何宗教。他人信仰宗教，李保忠并不反对，但自己绝不加入。但是这些人一波一波地来老年协会想要发展他为教会成员。

  一次，教会安排一名牧师来老年协会进行演讲。李保忠听到这个牧师自称是中国公费派出教学交流的教师，期满后没有回祖国，滞留海外，加入了基督教。听后，李保忠一肚子火，针对她讲的内容谈了自己的看法：第一，基督教教育信徒都要做善事，讲信用。这名自称中国公费派出教学交流的教师，花着祖国的钱，到国外学习交流，学成之后不回祖国就是一个不善良的人、不讲信用的人；第二，她自称是劳动模范。在中国劳动模范分国家、省、市、县级的，她没有说她是哪一级的。她如果是所在学校的劳模，也是骗取来的，因为她的表现说明了这一点，像她这样公派出国不回去的，不管哪一级的劳动模范都将被撤销称号。因此，她没有资格在这里再谈她是劳动模范；第三，她说她当时信教的原因，是她汽车钥匙丢了，她到教会在主的面前许愿说如果主能帮助她找到钥匙，她就信主。结果真的找到了,她就信了"主"。她能找到钥匙是因为客观上钥匙并没有丢,她不信"主"也能找到;第四,她说中国目前的现状如何不好,要想改变,只有她回去传教才能改变。自有人类以来,还没有任何一个人敢于这样夸大个人的作用。就连她所信任的"主",也未曾这样说过。李保忠说到这,在座的都认为李保忠说得有理。

  还有一次,一位自称是上海来的传教人,他在宣讲中说,20世纪50年代末的三年困难时期,上海向每人每月供应2斤大米,他家有5口人,每月有10斤。当时每月都有教徒到他家过聚会,米饭都是他家供应,10斤大米显然是不够的。因为信仰宗教,他家的大米不但不见少,反而越吃越多,说这都是"主"的恩典。李保忠针对他的言论说:"中国政府一贯主张宗教信仰自由,对正当、合法成立的宗教都是给予支持的,据我所知,北京的基督、天主教的教堂修缮费用都是出政府出资的。每个宗教都可以向教徒宣讲、传播本教的教义、教规。但是,大米越吃越多的宣讲,我是不能理解的,也是不能接受的。"李保忠的发言,引起一片热议,连宣讲人身边的人都认为他讲得有些过头。

  就是李保忠在这两次座谈会上的发言,不利他们吸收发展教会成员,从此也不再来老年协会传教了,也不再邀请李保忠去参加活动。

五 终于盼来大儿子叫声"爸爸"

2009年春节前夕,寒冬的北京已呈现节日的欢乐气氛,李保忠夫妇和女儿女婿回到北京,一家人准备团团圆圆过一个祥和欢乐的春节。除夕这天,李保忠一家人齐聚在一起,揉面、剁馅、包饺子,屋里屋外忙个不停,一家人热热闹闹的。不一会儿,菜上齐了。动筷之前,按照李保忠家的惯例,每个人都要说一个新年愿望。这个愿望,只要合理,大家都要相互帮助实现。李保忠说:"希望一家人平平安安、健健康康、儿女们事业顺风顺水,孙子们学习进步。"晚辈们则免不了说希望老人身体健康长寿之类的话。轮到大儿子李小卫的孩子李想说愿望时,他说:"我今年的愿望很简单。"众人都盯着他,等他说出接下来的话。他说:"我想请大家都把酒杯举起来,在今天除夕的晚宴上,在大家的见证下,请我爸爸叫我爷爷一声'爸爸'!"李想话说完,全屋子的人一下全静了起来。

按常规,这是一个太正常不过的要求了。可对于李保忠来

第十章 旅居加拿大

李保忠的大儿子和二儿子分别在中国地质调查局和天津地热研究院工作。

说,太奢侈了。李小卫出生时,自己没陪伴在旁,出生没几天生病了,医院下达病危通知书,自己也没能在一旁照顾。当第一次见到李小卫,要抱抱他时,他哭闹着不让抱。在以后的日子里,李保忠长期在野外地质队工作,回家的机会少之又少。由于长年不着家,儿女们和李保忠比较疏远,尤其是长子李小卫,过早地分担起家庭责任和带弟弟妹妹,更加对这个父亲有一种说不出的感觉。李小卫长大一点后,李保忠每次回到家,李小卫也从未叫过他爸爸。李保忠也生气过,觉得这孩子不懂事,连爸爸都不叫,甚至有一次差点一巴掌就拍过去。可回头一想,自己对他又怎么样呢?自己无暇过问他们的学习,没带他们去过公园、看过电影,没有参加过一次家长会。想到这些,李保忠没底气了，反而更多的是内疚。就这样，李小卫已50多岁了，从没叫过李保忠一声爸爸。几十年都没喊过，慢慢地，李保忠也适应了。

李想的愿望能实现吗？

简短的安静之后，李小卫的弟弟李小立说："哥，爸爸这几十年也不容易，他是为了工作才这样的！"

李小卫仍没反应。

李保忠见状，顿了顿嗓子想要说点什么，家人都静了下来，李保忠接上话说："我18岁就选择了地质事业，选择了地质事业，就是选择了艰苦和远离亲人，也选择了上不能孝敬父母，下不能关爱子女。作为新中国的第一代地质人，想的是为社会主义建设多找矿，为祖国多做贡献。你们长年看不到我，我也长年看不到你们，我能不想你们吗？我何尝不想时时陪伴着你们，为了祖国的地质事业，我对不起你们的妈妈，对不起你们，我没有做一名好丈夫，没有尽到一个父亲应尽的义务。"

李保忠话说完，李小卫眼泪流了出来："爸爸，您别说了，爸爸！我祝您福寿绵长，永远健康！"李小卫的举动感动了所有家人，大家都在抹眼泪，杨玉珍擦了擦眼角，流着泪说："大家快吃饭，快趁热吃。"饺子、菜冒出的热气与家人温馨温暖的气氛笼罩在这个不大的饭厅，今年除夕的聚会格外热闹。

作为一名地质工作者，李保忠敢拍着胸脯说："我俯仰不愧于自己的祖国。但是作为丈夫、作为父亲，我有愧于家，愧对于子女。这一句迟来的'爸爸'，我等了50多年，虽然时间长了点，但总算听到了。"

六　被加拿大联邦政府授予先进人物称号

在坚守政治规矩的同时，李保忠还坚持遵守加拿大的国家法律。鉴于李保忠在担任华人社团领导期间，不做不说不利中加两国人民团结友好的事，团结了一群华人群体，做出了一定的成绩。2007年，李保忠本人被加拿大三级政府：联邦政府和BC省及温哥华市政府评为："对加拿大社区服务做出突出贡献的先进人物"。颁奖当天，在有2000多名华人、华侨参加的大会上，加拿大联邦政府多元文化部部长向李保忠颁发了荣誉证书。

老年协会办得风生水起，在社会上的名气和影响力也随之提高，与加拿大政府的接触也日益增多。每当加拿大联邦政府和省、市议会选举时，参选人都会找上门来希望争取这方面的选票。在与这些人打交道的过程中，李保忠都要他们做出对华人有益的承诺或给予老年协会支持，才予以支持。并且，竞选人员还要满足三个条件：同中华人民共和国保持友好关系的，承认一个中国的；不支持"台独""藏独""法轮功"等任何反动势力的；关爱老年华人的，只有满足以上条件才会考虑支持。

2009年，李保忠生病住院，加拿大多元文化部部长、国会议员陈卓愉亲自到医院看望李保忠。在送给李保忠的果篮上，写着："祝李叔叔早日康复。"

2015年，加拿大华人联合总会老年协会成立，鉴于李保忠的工作能力和影响力，授予李保忠为加拿大华人联合总会老年协会创会会长称号。

2016年4月，中国驻温哥华领事馆签发明码电报给全国总工会，对李保忠在温哥华的贡献做出评价。电报称：

> 旅加华侨李保忠自1995年赴温哥华定居，作为一名老党员，他热爱祖国，政治立场坚定，始终没有加入加国国籍。长期以来，李保忠关心国内发展建设，积极参与侨社活动，在海外侨社发挥了积极作用……自创建温哥华老年华人协会并担任首任会长以来，积极筹措资金，组织开展各类活动，为当地侨胞和华人社区服务，为该会发展做出重要贡献……

李保忠说，他之所以在远离祖国和远离组织20多年来，能坚持政治规矩，离不开全总老干部局党委的关心和教育，对在海外的党员的加强联系和慰问。李保忠在海外期间，全总老干部局党委都会将有关的学习材料通过电子邮件发给李保忠。每次收到学习资料，李保忠都会认真学习，还积极撰写心得体会，其中《共产党员不论走到哪里都不要忘记自己是共产党员》发表在全总老干局《老干部通讯》上。2011年7月1日，在建党90周年的这天，李保忠组织20多名在温哥华的老年党员过了一次组织生活，共同回忆了建党90年来所取得的伟大成就和每个人在党的培养下的成长历程。组织在国外定居的老年党员过组织生活，这也是少有的。

20多年过去了，当初和老年协会一起存在的一些温哥华的华人社团，由于内部矛盾或是管理不善或其他原因，有的解散了，有的名存实亡。而老年协会则在李保忠的带领下，团结一班人发挥着积极的作用，一如既往地为温哥华的老年华人这一群体服务，让他们老有所乐、老有所为、老有所康，稳定和团结了这一群体。

七　身在异域，心系祖国

李保忠虽身在异国，仍然心系祖国。近十年来，中国南方地区遭遇特大冰冻灾害、汶川大地震、舟曲泥石流、玉树地震、芦山地震发生时，李保忠都积极动员老年协会会员捐款和开展募捐，在坚持自愿的原则下，号召经济宽裕的会员多捐点，不宽裕的少捐点，动员会员走向街头通过义卖募捐。对行动不便的老人，只要他愿意捐款，提出金额，李保忠就先给予垫付。汶川大地震发生后，受李保忠影响，李保忠女婿所在公司就一次性捐了100万加元。为此，当地一家华文报纸曾头版头条刊发了消息。

李保忠十分关心中国地质教育事业，在了解到中国地质大学武汉校区有一名品学兼优的学生，因贫困无法继续学业的情况后，李保忠当即联系中国地质大学武汉校区，表示愿意资助这名学生，并且希望见一见自己资助的对象，勉励他学业有成，将来报效祖国。

第十章 旅居加拿大

李保忠在海外也心系祖国,汶川大地震时在加拿大组织赈灾捐款活动。

知道李保忠要来,中国地质大学为此筹备了"关爱教育——老地质工作者资助我校贫困生"座谈会,邀请李保忠为大家讲述自己的地质工作经历,并要承担李保忠在武汉期间饮食住宿费用。李保忠坚决拒绝校方出食宿费的意见,他说:"这样一来,给学校增添了麻烦,增加了负担。一定要花这个钱,就把他花在教育事业上吧。"座谈会上,李保忠向地质学子们介绍了自己43年的地质经历,从一穷二白的新中国建立初期的地质工作讲到改革开放后的地质工作,与会人员听得津津有味。李保忠说:"地质事业是一项光荣伟大的事业,如果老天让我再选择一次,我还会选择地质事业。"李保忠的讲话,在地质学子中引起很大反响,纷纷表示要学好本领,为祖国地质事业做出贡献。会上,李保忠当场宣布，每年拿出一个月的工资，资助该校贫困生杨志斌，一直到他完成学业。

受李保忠影响，李保忠女婿高建国所在的加拿大公司，也为中国地质大学捐款500万人民币。

八　向捐献藏石的愿望

干了一辈子地质工作的李保忠，对土地、对大山、对石头有着深厚的感情，也培养了他收藏石头的爱好，有李保忠自作诗歌为证：

地质工作苦为先，幸有彩石来作伴。
赤橙黄绿青蓝紫，七彩人生苦也甜。

李保忠在305队，初到野外第一次看到水晶时，即被那一个个独体和簇体水晶所吸引，拿在手上一看，晶莹剔透，不论大小都是6面锥体，尤其是簇体极像一枝枝盛开的玻璃花。它不仅具有重要的国防工业价值，还具有一定的药物价值。从古至今人类把它戴在头上，挂在身上作为装饰品美化生活。不久，李保忠得到一块晶莹剔透，拳头大小的水晶，从此开始了李保忠40多年的"藏石"经历。李保忠不管走到那里，都会带一些石头回家。早年忙于工作，无暇整理和摆弄它们，只是放在书柜里。自打离休后，有了充裕的时间摆弄这些东西，擦洗每块沉睡多年的藏石，边整理边回忆每块藏石的来历，成为李保忠晚年生活的一部分。这些藏石，有的是李保忠借在野外工作的机会搜集的，有的是自己购买的。李保忠将家里客厅腾出来，专门用于摆放这些"宝贝"。对这些宝贝，李保忠如数家珍，他清楚地记得有396块石头。每一块的来历都记得很清楚，譬如一块火山灰岩石，李保忠就清楚记得是从海南岛一个火山口自己采挖出来，陪着他乘海船、火车和飞机远道背回家的。李保忠把自己的藏石分为三大类：

一类是化石类。有始祖鸟、鹰嘴龙、各种恐龙蛋、各种鱼类、各种昆虫、乌龟、蜻蜓、三叶虫、海百合、硅化木等。

二类是矿物及晶体类。有祖母绿、绿宝石、海兰宝石、刚玉、玉石、绿松石、鸡血石、水晶、玛瑙水胆、水晶水胆、雄黄、雌黄、红贡、辉锑、钨、兰铜矿、孔雀石、石膏晶体、针状石棉、大小玛瑙晶体、沙漠玫瑰、黄铁矿晶体等。

三类是观赏石。有龟背石、高低温方解石、凤灵石、贺兰石、菊花石、桃花石、牡丹石、梅花石、雪花石、南极石等。

每每看到这大大小小同自己相依为伴的一块块藏石，都会唤起李保忠的回忆，也激起他对大山的情和爱。每一次欣赏、把玩，都是对自己人生经历的一次抚摸。

1996年，中央电视台记者到李保忠家里采访，本想写一篇关于李保忠地质经历的一篇报道。在看到李保忠满屋的藏石后，记者惊讶了，采访结束后不久，这名记者又向领导反映李保忠家中藏石情况，经允许后，又以李保忠家庭藏石为主题，对李保忠的藏石以及搜集石头的经历，进行了3天的摄制专访。1996年10月15日，中央电视台"万家灯火"栏目，以"七彩之路"为题，向全国播放了李保忠搜集藏石的报道，引起了社会各界关注。电视播出后，全国总工会机关还组织干部职工，到李保忠的家庭藏石展进行了为期7天的参观。

有人看到报道后，曾开出高价要购买李保忠的部分藏石，李保忠委婉拒绝了，他认为盈利不是他藏石的目的。但是，自己年事已高，这些藏石终究要有一个归宿。他有一个愿望：就是适当的时候将自己的藏石捐献给有关研究机构、博物馆。李保忠说："一个人拥有的一切，最终不会带走，藏石理应属于国家。"

第十一章

美好的未来

一　钻石婚的感言

2015年5月，是鲜花盛开的美好季节，也是李保忠赴野外地质队工作60周年的日子，同时也是李保忠和妻子杨玉珍结婚60周年的纪念日。夫妻已经携手走过了一个甲子。

钻石婚，是人生最难得、最隆重的庆典之一。为了纪念这个特殊的日子，李保忠和杨玉珍设宴，邀请亲朋好友来见证这个值得纪念的日子。

在宴席上，大家要求李保忠发表感言。李保忠说，我首先要向在座的亲朋好友介绍两位特殊的嘉宾，他们是和我在地质部机关一起工作过的同事，一个是原地质部办公厅副主任、地矿部政治部副主任李长清，一个是原地矿部办公厅副主任、老干部局局长钱善臣。60年前，他俩都参加了我和杨玉珍的婚礼，今天他俩又来参加我们的钻石婚纪念。在此，我要向大我两岁的李长清，小我两岁的钱善臣表示衷心的感谢。岁月无情，60年过去了，当时参加我们婚礼的有40余人，而今健在的只有4人，

李保忠夫妇钻石婚纪念照

其中有2人已行动不便,他们都通过电话向我们的钻石婚表达了祝福。

"我的第一句话,要说的是感谢,感谢这么多亲朋好友来参加我和玉珍的钻石婚纪念。60年前,我和玉珍喜结良缘,那时没有婚纱、没有戒指,有的只是一张结婚证书和一张签名绸。一路风雨兼程走来,我和玉珍已经80多岁了,结婚也60周年了。我们的婚姻因为有了你们的见证更加幸福。

"第二句话,要说的是愧疚。60年前的今天,我和玉珍在

第十一章 美好的未来

北京结婚,婚后的第二天,我们还没有体会新婚的快乐,彼此就各奔自己的工作岗位,她回天津,我即南下到野外地质队。这么多年来,无论在任何一个工作单位,我都始终不忘报效祖国的初心。为了支持我的工作,我和玉珍先后有过3次约定。我到野外地质队一去就是25年,这25年,玉珍忍受了独自在家孤独寂寞的25年。这25年,我没有尽到照顾陪伴妻子的责任。在她生孩子以及孩子病重,十分需要我在身边陪伴的时刻,我没在她身边,对此,我深感愧疚。

"第三句话,是抱歉。我之所以能在野外安心工作,与玉珍的支持是分不开的。玉珍为了支持我在野外地质队工作,忍受了一般女人不能忍受的苦,经历了一般女人不能经受的经历,她几乎是独自抚养大了三个孩子,还要照顾我年老多病的父母。对于妻子,对于家庭,对于孩子,我想说一声,抱歉了!

"第四句话,我想说的是无悔,回想我一生的工作经历,下东海、赴凤阳、上廊坊、去河西、出塞上、闯关东,为了祖国的地质事业,我跑遍了全国百分之八十的地州市,428个地质队,为祖国做出了我应有的贡献。如果有机会再让我选择一次,我还会选择我热爱的地质工作。回顾自己这一生,我无怨无悔!我可以骄傲地说:'以献身地质事业为荣,以艰苦奋斗为荣,以找矿立功为荣'的三光荣精神,是我从事地质工作的精神支柱,我把青春献给了祖国的地质事业。"

二　展望地质事业的明天

2018年4月,北京的天气渐渐暖和起来,李保忠漫步到了曾经工作过的原地质部机关大院门口。望着大楼门前新换上的中华人民共和国自然资源部的牌子,李保忠细细数着大楼门口牌子的变更:中央人民政府地质部、国家计委地质局、国家地质总局、中华人民共和国地质部、中华人民共和国地质矿产部、中华人民共和国国土资源部,到现在的中华人民共和国自然资源部。

2019年10月,新中国成立70周年之际,李保忠同志荣获中共中央、国务院、中央军委颁发的中华人民共和国成立70周年纪念章。这一年也是李保忠参加工作70周年的日子。

李保忠说:"每个时期的名称是不同时期的历史见证。现在,中国已经进入了新时代,相信在党中央、国务院的正确领导下,地质工作一定会迎来更加辉煌的明天。"

李保忠大事记

1934年1月,出生于北京市海淀区。

1939年2月,在北京大钟寺附近的皂君庙读私塾。

1948年5月,辍学到地主家干活。

1949年9月20日,经乡政府推荐到中央洛杉矶托儿所工作。(参加了革命工作)

1951年1月,在华北军区招待处工作。

1952年8月,转业到苏联专家招待所工作。

1952年10月,在一次会议上见到李四光,得到李四光亲笔签名。

1952月12月,到新成立的地质部工作,参与地质部机关建房工作。

1955年5月15日与妻子结婚,婚后第二天即告别新婚的妻子到江苏省东海县的305地质队工作。

1957年2月,到安徽凤阳地质队工作。

1957年8月,大儿子李小卫出生。

1958年9月,到地质部物探局北方大队工作(后改为河北省地质局物探大队)。

1960年3月,小儿子李小立出生。

1962年10月,小女儿李小艳出生。

1972年10月,加入中国共产党。

1976年7月,出差途经唐山遭遇地震,大难不死。

1980年12月,经中组部特批到全总煤矿地质工会工作。不久妻子调到地质部工作,结束了长达25年的分居生活。

1982年3月,在全国总工会全国财务工作会议上发言,争取到各省、市(区)地质工会不再向省、市(区)总工会上缴工会经费的政策。

1984年,争取到地质队员的子女可以在北京、上海、天津大城市投亲靠友上户口,解决了地质队员子女读书难的问题。

1986年8月,带领慰问演出团,到大西北慰问地质队。

1990年9月,带领慰问演出团,到东北地区慰问地质队。

1992年9月,地矿部建部40周年,与地矿部政治部副主任李长清率团,到华东地区各省、市和地质队进行慰问演出。

1994年7月,离职休养。

1995年5月,赴加拿大投靠女儿定居。

2005年1月,创建温哥华老年华人协会,并任会长。

2007年1月,被加拿大政府授予"对加拿大社区服务有突出贡献的先进人物"称号。

2007年10月,创建世界华人老年联谊总会,并任主席。

2008年6月,参与创建"加拿大华人社团联席会"并任第一届委员和共同主席。

2019年10月,荣获中共中央、国务院、中央军委颁发的中华人民共和国成立70周年纪念章。